그 남자의 결혼 파트너 1

그 남자의 결혼파트너 1

초판 1쇄 발행 2020년 05월 15일

지은이 | 벚꽃그리고
발행인 | 김성룡
기획, 편집 | (주)스마트빅(쉼표)
교정 | 김은희
표지디자인 | 우물
출판등록 | 제2014-000017호 (2011년 6월 30일)

펴낸곳 | 도서출판 가연
주 소 | 서울시마포구 월드컵북로 4길 77, 3층 (동교동 ANT빌딩)
전 화 | 02-858-2217
팩 스 | 02-858-2219
ISBN | 978-89-6897-063-4 03810

the many
marriage partner

그 남자의 결혼 파트너 1

벚꽃 그리고 장편소설

Chapter 01

화려한 샹들리에 불빛 아래 고급스러운 실내가 더없이 반짝거렸다. 잔잔하게 흐르는 클래식 음악과 함께 여기저기서 들리는 대화 소리와 정겨운 웃음소리들. 1년에 몇 번 먹어 볼까 말까 한 호텔 레스토랑 고급 스테이크를 앞에 둔 인선은 차마 먹지도 못하고 어색한 표정을 지으며 정면을 응시했다. 신경을 쓴 듯 보이는 옆으로 단정하게 넘긴 차분한 머리 스타일, 넓은 어깨를 감싸는 색이 짙은 남색 고급 정장이 잘 어울리는 눈앞에 앉은 남자의 외모가 눈부셨다. 둘만의 오랜 정적을 뚫고 낮고 차분한 목소리가 흘러나왔다.

"유인선 씨. 나이가 어떻게 되죠?"

"스물일곱 살입니다."

"사는 곳은 어디예요?"

"잠실이요."

궁금증을 가득 담은 그의 눈동자가 흔들림 없이 인선에게 꽂혔다.

"혼자요?"

"네. 혼자 살아요."

"대학교는 어디 나왔어요? 아. 이거 실례되는 질문인가요?"

"아니요. 괜찮습니다. 한국 대학교 나왔어요."

아무리 생각해도 이게 아닌데. 원래대로라면 물어야 할 사람은 눈앞의 그가 아닌 자신 같은데.

"혹시 개명한 적 있어요?"

"개명이요?"

"네."

"아니요."

"그렇군요."

의아한 물음에 천천히 눈을 깜빡이는 인선의 모습에 선호가 살며시 입술을 밀어 올리며 말했다.

"드세요. 앞에 근사한 음식 놓고 맛도 안 보는 건 예의가 아니죠."

어색한 표정으로 앞에 음식 놓인 음식을 바라보았다. 이 분위기에서 먹을 수나 있는 걸까. 여전히 어색한 웃음이 걸린 입술로 답했다.

"네. 대표님도 드세요."

나이프와 포크를 잡은 인선의 손이 몇 번 움직임을 끝내지 않았을 무렵 그의 목소리가 다시 들렸다.

"대충 듣기는 했는데……."

결국, 두꺼운 고기를 푹 찌르고 반도 썰기 전에 인선의 손이 나이프와 포크를 내려놓았다. 안 먹는다, 안 먹어. 완벽히 테이블 위에서 무릎 위로 손을 내린 인선이 자신보다 궁금한 게 많아 보이는 그를 똑바로 응시했다.

"네. 말씀하세요."

무심한 듯 자신을 향해 똑바로 떨어지는 그의 눈빛이 꽤 진지하다.

"내가 뭘 하면 되는 거죠?"

"……."

"내가 유인선 씨랑 앞으로 무엇을 하면 되는 건가요?"

꾹 다물어진 작은 입술이 천천히 움직였다.

"결혼."

"……."

"결혼이요."

* * *

3일 전. 혜미가 해맑은 얼굴로 물었다.

"대표님. 이러다가 정말 문 닫아야 하는 거 아니에요?"

안 그래도 밝지 않은 인선의 얼굴이 잔뜩 구겨졌다. 인선은 대답 대신 작은 한숨을 내쉬었다.

"야. 너도 그러지 말고 다른 일자리 알아봐."

"저는 괜찮아요. 어차피 내가 돈 벌려고 하는 것도 아니니까. 저

보다 언니, 아니 대표님이 더 걱정이죠.”

　부모님이 정해준 남자와 결혼하면 되는 거 아니냐는 소리를 해 대던 부잣집 막내딸인 혜미는 유학을 다녀온 뒤 너무 놀아 지겹다며 입사를 희망했다.

“너는 좋겠다. 이래서 사업을 하는 게 아닌데.”

“대표님. 이제 와서 후회하면 뭐해요.”

　혜미의 말처럼 이제 와서 후회해 봐야 소용없는 상황이었다. 인선이 3년째 운영 중인 결혼 정보 회사 ‘러브포유’는 원해서 시작된 사업이 아니었다. 졸업 후, 친한 선배 유진이 운영하던 ‘러브포유’에 짧은 아르바이트를 목적으로 일을 시작했다. 한창 꽃다운 스물네 살. 결혼에 대한 현실보다는 환상이 가득했던 시절. 누군가와의 연을 만들어 준다는 사실이 행복하고 즐거웠던 터라 아르바이트생임에도 불구하고 웬만한 직원들 못지않은 사명감과 실적 증대로 정식 직원이 되었다.

　회사는 순탄하게 잘 굴러갔다. 그러던 어느 날, 다른 결혼 정보 업체와 다른 차별점을 주겠다는 포부를 드러낸 유진의 생각으로 VVIP만을 위한 회사로 노선을 바꾸었다. 워낙 쌓아 온 인지도가 있었고, 대표인 유진의 남다른 인맥에 회사는 순항을 이어갔다.

“미안. 나 결혼해.”

　유진은 갑작스레 결혼을 선언했다. VVIP 고객과 눈이 맞았던 것이다.

“사업은 접을까 생각했는데 지금까지 유지해 온 게 아깝기는 하다. 인선아 네가 한번 해 볼래?”

　받지 말았어야 했다. 그동안 고생했다며 권리금은커녕 웃돈까

지 없어 주는데 홀딱 속아 넘어갔었다. 빛 좋은 개살구였던 회사
는 매일 꼬박꼬박 빠져나가는 대출 이자만 해도 어마어마했다.

"대표님. 밥은 먹어야죠."

"응. 뭐 먹을까?"

"여기 앞에 스파게티집 새로 생겼던데. 거기 가 볼까요?"

거기 비싼데. 티 안 나게 머뭇거리는 순간.

"제가 쏠게요. 가요."

"아니야. 그나저나 너 월급도 제대로 다 안 줬는데."

"됐어요. 시급 깎였다 생각하고 안 받을래요. 나 오늘 엄카 있어
요. 빨리 가요. 나 배고파요!"

"그래도 그게 아니……."

똑똑. 두 여자의 얼굴이 동시에 문을 향했다.

"혜미야, 택배 시켰니?"

"아니요."

"아. 주인아주머니인가? 네. 들어오세요."

몇 주째 방문한 사람이 없다 보니 당연히 고객은 아닐 거라고 생
각했다. 문이 열리고 인선과 혜미는 눈이 동그래졌다. 삐딱하게
앉아 있던 인선은 자세를 바로잡았고, 책상 위에 엉덩이를 걸치고
앉았던 혜미는 벌떡 일어나 옷매무새를 가다듬었다.

"어서 오세요. 무슨 일로 오셨죠?"

상냥한 혜미의 인사와 함께 인선이 온화한 미소를 머금으며 손
님을 맞이했다.

"여기가…… 혹시 결혼……."

"네. 맞습니다. 들어오세요."

한눈에 봐도 고급스럽고 우아한 분위기가 풍기는 중년 여성이었다. 색이 진하지 않고 단정히 차려입은 복장에서 누구나 쉽게 입을 수 있는 브랜드가 아님이 느껴졌다. 잠시 자리에 서서 사무실 여기저기를 둘러보는 여자의 모습에 인선이 툭 하고 혜미의 옆구리를 찔렀다.

"이쪽으로 앉으세요. 차 드릴까요?"

"아닙니다. 상담 좀 받을 수 있을까요?"

"네. 당연하죠. 이쪽으로 오세요."

자리에서 일어난 인선이 다가온 여인을 향해 공손한 자세로 명함을 내밀었다.

"안녕하세요. 유인선 대표입니다. 이렇게 찾아 주셔서 감사합니다."

명함과 인선을 번갈아 바라본 여자가 부드럽게 미소 지으며 자리에 앉았다.

"일단 이렇게 찾아와 주셔서 감사합니다. 저희 러브포유는 VVIP 고객을 대상으로 최고의 결혼 상대자를 만날 수 있도록……."

오랜만에 읊어 보는 회사 소개라 참 어색했지만, 최대한 자연스럽게 마친 인선이 부드럽게 미소 지었다. 조용히 인선의 말을 귀담아듣던 여자의 눈동자가 천천히 인선을 살피기 시작했다.

'좀 제대로 입고 올걸.'

찾는 사람이 없다 보니, 늘 갖춰 입던 정장을 입지 않은 지 오래되었다. 그저 자신을 이리저리 살필 뿐 아무 말 하지 않는 여자의 모습에 밀려올라 간 입꼬리가 자꾸만 어색하게 떨어지려 했다.

"혹시…… 어떻게 알고 찾아오셨나요?"

결국, 먼저 입을 열었다.

"소개받고 왔어요."

"소개요? 혹시 어떤 분에게 받았는지 실례가 되지 않는다면 여쭤봐도 될까요?"

회사는 당장 문을 닫아도 이상할 게 없을 정도였다. 그 상황에 누구에게 소개를 해줄 만한 회원이 떠오르지 않았다.

"그냥 비밀로 해 달라고 하셔서요."

"아. 네. 괜찮습니다."

궁금한데. 누구지? 애써 궁금한 표정을 숨기며 미소를 머금었다.

"제가 아들이 있어요."

"네. 말씀하세요."

"평소에 여자에게 관심이 별로 없어서, 여러 번 선을 보기는 했는데 도통 관심이 없어서요. 제가 듣기로는 이곳이 1:1로 맞춤 소개를 해 준다고……."

"아……."

그게 언제 적 1:1 맞춤이더라. 아마도 유진이 본격적으로 회사 노선을 바꿨을 때였을 것이다. 1:1 맞춤 소개는 직원이 고객의 일거수일투족을 함께 일정 기간 보내고, 그들의 생활 방식뿐 아니라 성격, 취미, 식성 이 모든 것을 파악한 후 매칭을 시켜 주는 프로그램이었다. 하지만 시간이 흐를수록 직원을 비서처럼 부리는 일도 잦아졌고 갑질이 그런 갑질이 없었다. 결국 성과도 그다지 좋지 않았기에 사라진 프로그램이었다. 일단 지금은 급하니 있다고 한들, 의뢰를 하는 고객이 없는 이 와중에 상대를 어디서 구한단 말인가. 순식간에 많은 생각이 뒤죽박죽 머릿속을 가득 채웠다.

"워낙 신중한 애라서요. 혹시…… 어려울까요?"

"아. 그게 사실은……."

"비용이라면 얼마든지 드리겠습니다."

우아. 저 멀리 앉아 소리 없는 감탄사를 내뱉는 혜미와 눈이 마주쳤다.

"네. 뭐 어려운 건 없지만……."

어렵긴 하지만 일단 얼마나 생각하는지 궁금하기에 나머지는 뒤에 생각하기로 했다.

"혹시 회사 내에 정해진 비용이나 생각하신 비용이 있으신가요?"

오히려 먼저 물어오니 뭐라고 답할지 말문이 막혔다. 저 멀리 혜미가 손가락 하나를 번쩍 들었다. 일? 하나? 응? 한 장? 한 장이면 얼마지? 백은 아닐 테고. 천? 너무 과하게 부르는 거 아닌가? 꿈틀거리는 인선의 미세한 표정을 인식한 것인지, 온화한 미소를 머금은 여자가 다시 말을 이었다.

"곤란하시다면, 제가 먼저 제안하죠. 한 장! 어떠세요?"

"……."

"계약 조건으로 절반 선 입금해 드리고. 원하는 목적이 달성되면 나머지 완불하도록 할게요. 괜찮으시죠?"

격하게 *끄덕*여지는 혜미의 얼굴을 넌지시 바라보았다. 무. 조. 건. 해. 요. 무언의 압박을 느끼며 천천히 입술을 움직였다.

"네. 좋습니다. 그런데 저희 회사 방침상 비용의 10%만 선 입금이고 계약이 성사되지 않더라도 환불이 되지 않습니다."

"괜찮아요. 더 잘해 달라는 의미로 봐 주시면 됩니다."

오늘 무슨 날인가? 아니면 신종 사기?

"계좌 번호 좀 주시겠어요?"

여자는 말도 안 되는 스피디한 계약에 어리둥절해 있는 인선의 얼굴을 여전히 부드러운 미소로 쳐다보았다. 여자의 핸드백 속에서 핸드폰이 울렸다.

"응. 김 비서. 나 다 끝나 가. 그래? 알았어. 금방 나갈게."

인선이 내민 계좌 번호가 적힌 종이를 받아 든 여자가 자리에서 일어났다.

"미안해서 어쩌죠. 제가 바쁜 일이 있어서. 지금은 가 봐야 할 것 같습니다. 계약서는 따로 작성했으면 좋겠는데. 핸드폰으로 연락드릴게요."

"아. 네. 그러시겠어요?"

"네. 제가 조만간 연락드리죠. 그만 실례했습니다."

"찾아 주셔서 감사합니다. 조심히 들어가세요."

자리에서 일어난 여자가 빠르게 사무실을 나갔다. 여자가 빠져나간 자리를 사이에 두고 인선과 혜미는 황망한 정적에 서로 눈치만 보았다.

"이거 지금, 그냥 간 보고 간 거 맞죠?"

계약서도 쓰지 않고 다시 연락하겠다는 말만 남기고 돌아오지 않던 고객이 한둘이던가. 정신을 차린 듯 김빠진 표정으로 다가온 혜미가 짜증스러운 표정을 지었다.

"난 또 계약 하나 성사되나 했더니. 괜히 기대했네. 대표님. 됐어요. 나가서 밥이나 먹어요."

"그래. 뭐 기대도 안 했어."

"한 장 준다기에 좋아했더니. 됐어요. 선금 500만 원? 그거 없다고 죽는 것도 아니고. 가요. 제가 스파게티 쏠게요."

"그래. 나가자."

그래도 아쉽긴 했다. 그때 띠링 메시지 알림에 아쉬움이 담긴 눈동자로 핸드폰 화면을 바라보았다.

"히익!"

갑자기 들리는 숨넘어가는 인선의 소리에 문을 열던 혜미가 빠르게 고개를 돌렸다.

"대표님. 왜요?"

"혜…… 혜…… 혜미……야."

"응? 왜요?"

뭔데 그래요. 작게 중얼거리며 다가온 혜미가 인선이 뚫어져라 바라보고 있는 핸드폰을 바라보았다.

"히익!"

똑같은 소리가 사무실에 한 번 더 울렸다.

[유인선 님의 계좌 40040* * **로 50,000,000원이 입금되었습니다.]

지금 내가 헛것을 보고 있는 건 아니지? 인선이 한 손으로 눈을 빠르게 비볐다.

"이게 지금 0이 몇 개야? 혜미야. 내가 제대로 보고 있는 게 맞지?"

"네. 이거 5천만 원. 맞는데요?"

동시에 두 여자의 눈이 마주쳤다.

"야. 혜미야. 아무래도 이분이 0 하나를 잘못 눌러 보내신 거 같은데. 맞지?"

"아…… 아마도요? 만약에 제대로 보내신 거라면…….'"

"라면?"

"이거 성사 못 하면 어디 끌려가서 평생 노예로 살아야 하고 이런 거 아닐까요?"

"설마."

"설마가 사람 잡는다고 하잖아요. 요즘 세상이 좀 무서워야죠."

전혀 신빙성 없어 보이는 이야기인데. 갑자기 되게 가능한 이야기처럼 들린다.

"엄마야!"

"악!"

갑자기 울리는 핸드폰 벨 소리에 두 여자의 몸이 크게 들썩였다. 모르는 번호가 떴지만, 누구인지 받지 않아도 알 것 같았다.

"빨리 받아요. 그분일 거 같은데."

"돈 잘못 보냈다고 연락하신 거겠지?"

"빨리 받아 봐요."

"바…… 받아야겠지."

"당연하죠. 뭐라고 하는지 들어 봐야죠!"

흠흠. 목을 가다듬은 인선이 저도 모르게 공손하게 변한 자세로 핸드폰을 받았다.

"네. 유인선입니다."

─안녕하세요. 저 방금 사무실에서 만났던 이주하입니다. 생각

해보니 제가 제 이름도 이야기를 안 하고 왔네요.

"네. 사모님."

—방금 이주하 이름으로 선금 보냈습니다.

"네. 방금 확인했습니다."

—아. 벌써 확인하셨나요? 그럼 됐네요.

"저, 그런데 사모님 혹시……."

—네. 말씀하세요.

금액을 잘못 보내신 게 아닌가요? 물을까 아니면 모른 척 받을까. 아니지. 이건 범죄야.

"금액을……."

—선금 5천만 원 보냈어요.

잘못 보낸 게 아니었구나. 그 한 장이 그 한 장이었다니. 벌어진 입이 다물어지지 않았다.

—아무튼, 앞으로 잘 부탁드립니다.

핸드폰에 바짝 귀를 가져다 대고 있던 혜미의 입도 쩍 하고 벌어졌다.

"아. 네. 그게……. 그러니까."

—계약서는 집으로 와서 썼으면 하는데. 실례가 되지 않는다면 그렇게 해 주실 수 있을까요?

지금 집이 문제인가. 저 멀리 북유럽 크루즈 여행을 하고 계시다고 해도 배 타고 찾아갈 판인데.

"네. 그럼요. 괜찮습니다."

—그럼 일정은 다시 연락드리겠습니다. 제가 지금 이동 중이라. 이만 끊을게요.

"네! 사모님. 연락 주세요."

전화를 끊고 잠시 밀려온 당혹감에 머리가 멍해졌다.

"대박……."

혜미의 목소리에 초점이 사라진 인선의 눈동자가 혜미를 향했다.

"진짜 5천만 원 제대로 보낸 거래요?"

말없이 고개를 끄덕였다.

"꺄악! 웬일이야! 이거 환불 안 된다고 말한 거잖아요! 축하해요. 대표님!"

진심을 담아 축하의 말을 건넨 혜미가 덩실덩실 춤이라도 출 기세다. 축하라……. 정말 그냥 안 돌려줘도 되는 돈이니 축하하면 되는 거니?

"이거 뭔가 찝찝하지 않아?"

"응? 뭐가요?"

살랑살랑 흔들리던 혜미의 몸짓이 멈추었다.

"아니. 아들이 누구인지도 모르고. 혹시 막 되게 무서운 집단의 우두머리이거나. 세상에서 하나밖에 없는 성격 파탄자이거나……."

"그러게요. 듣고 보니 그러네."

불안감이 밀려왔다.

"나 혹시 우리나라를 떠야 하는 일이 생기는 거 아니겠지?"

"에이. 설마요."

"아니야. 지금에라도 못 한다고 해야 하나? 그리고 그 1:1 맞춤 이거 한다고 쳐도. 그 맞는 상대를 어디서 구하냐고. 안 그래?"

"우리 아빠한테 말해 보죠. 뭐. 언니도 알다시피 우리 아빠가 인맥이 워낙 넓으시니.”

“아버님께?”

그래도 되려나. 영 미안한 표정을 짓는 인선의 모습에 혜미가 빙긋 웃었다.

“그리고 영 없다고 하면. 제가 나가죠. 뭐.”

“응? 너?”

“네. 제가 그동안 월급 루팡도 많이 했으니. 그 정도쯤이야. 뭐.”

“에이. 무슨.”

“왜요? 저 어디 가서 빠지는 집안, 외모 아닌데?”

모델 포즈를 지으며 자리에서 휙 하고 한 바퀴 도는 혜미를 바라보았다. 부정하지 못하겠다. 어디든 그녀와 동행하게 되면 수많은 남자의 시선을 받는 일이 이제는 일상이었고 더없이 익숙한 일이었다. 작은 얼굴에 팔등신이 넘어 보이는 기럭지와 시원한 이목구비가 매력적인 그녀. 그런데도 참 수더분하고 예쁘지 않은 구석이 없었다.

“그건 일단 나중에 이야기하자. 우선 밥이나 먹자. 오늘은 내가 쏠게.”

“꺄악! 당연하죠. 대표님이 쏘셔야죠. 저 되게 많이 먹을 거예요.”

“그래. 거기 있는 메뉴 다 시켜.”

다시금 살랑살랑 움직이며 문을 향하는 혜미를 바라보니 웃음이 났지만, 여전히 어딘가 찜찜한 마음을 지우지는 못했다.

＊ ＊ ＊

[내일 오전 10시에 계약서 가지고 집으로 와 주세요.]

주소와 함께 어젯밤 도착한 문자를 다시 확인하니 온몸이 순식간에 밀려온 긴장감으로 뻣뻣해졌다. 드디어 그날이 온 건가. 오랜만의 계약 건이라, 아니 처음 해 보는 거액 계약 건이라 그 어느 때보다 꼼꼼하게 계약서를 살펴보고 거울 앞에 섰다. 나름대로 가장 고급스러우면서 단정한 옷을 골라 입고 화장도 평소보다 공들여 마쳤다.

"여기인가."

담도 참 높고, 문이 참 크기도 하지. 높은 담벼락을 한참을 올려다보던 인선이 크게 심호흡을 했다. 문 앞에 서서 천천히 벨을 누르기 위해 손가락을 뻗는 순간.

"누굽니까?"

"어후! 깜짝이야!"

안 그래도 긴장했는데 바짝 다가온 그림자에 온몸에 소름이 돋았다.

"뭐합니까? 남의 집 앞에서?"

중저음의 차분한 목소리에 천천히 고개를 들었다. 아. 이 남자가 그 아들인가? 운동을 마치고 온 것인지 편안한 트레이닝 복장에 촉촉하게 젖은 머리카락. 또렷한 이목구비라 짙은 인상을 주었지만, 자신이 예상했던 거칠고 무시무시한 인상이 아님에 잠시 안심이 되었다.

"제가 오늘……."

"아. 이제 오신 거구나. 들어오세요."

자신의 방문을 알고 있었다는 듯 금세 표정을 바꾼 그가 커다란 문을 빠르게 열었다.

"가…… 감사합니다."

"이쪽으로 오세요."

친절하게 안내까지 하는 그를 따라 걸음을 옮겼다. 차마 티는 내지 못했지만, 인선의 눈동자가 여기저기 살피느라 빠르게 움직였다. 몇 걸음 옮기자 눈앞에 잘 관리되고 있어 보이는 넓고 화사한 정원이 단숨에 시선을 빼앗았다.

'이거 관리하는 비용만 해도 만만치 않겠는데.'

쓸데없는 걱정까지 하면서 그를 따라 옮기던 걸음이 멈추었다.

"여기예요."

집이 아닌 정원 한가운데 멈춘 그가 인선을 바라보았다.

"여…… 여기요?"

오늘 야외에서 계약하나? 테이블도 없는데? 이리저리 고개를 돌려 살피는 동안 다시 한번 그의 목소리가 들려왔다.

"뭐해요. 이쪽으로 오지 않고."

"아……. 네."

나름 신경 써서 신고 온 하이힐의 얇은 굽이 정원 바닥 흙 속으로 무차별하게 콕콕 박혔다. 인선이 도착하자 남자가 무릎을 구부려 자리에 털썩 앉았다.

"앉아 봐요."

"네?"

"앉아 보라고요. 빨리요."

싫다고 말할 수도 없고 결국 치마를 한 손으로 벌어지지 않게 잘 잡고 무릎을 굽혀 앉았다.

"저기예요."

그의 손끝이 낮은 잔가지 나무들이 우거진 곳을 가리켰다. 인선의 시선이 그의 손끝을 따라 움직였다.

"어머!"

인선의 눈이 순식간에 동그랗게 커지고 조금 더 가까이 보려는 듯 상체가 앞으로 밀려갔다. 빼곡하게 들어선 나무들 안쪽으로 보이는 작은 새끼 고양이. 가만히 지켜보니 상태가 영 좋지 않아 보인다.

"어머 하고 감탄할 때가 아닌 거 같은데요?"

"저기 얼마나 저렇게 있었어요?"

"이틀 정도 된 것 같아요."

미약하게 내뱉는 야옹 소리가 너무나도 안쓰러울 지경이다.

"다친 건가요?"

"아마도 그런 거 같은데요."

"어미 고양이는 어디 가고 혼자 저렇게. 너무 불쌍하다."

사람의 팔이 닿지 않는 거리고, 워낙 예민해 보이는 상태라 쉽게 다가가기도 어려워 보였다.

"지금 불쌍하다고 할 게 아니라. 뭐라도 해야 하는 거 아닙니까?"

"제…… 제가요?"

고양이를 바라보던 그의 기다란 눈매가 인선을 향했다.

"그럼 그쪽이 하지. 내가 합니까? 뭐 준비해 온 거 없습니까?"

듣기 좋은 중저음 목소리가 조금 뾰족하게 변해 있었다.

"그건 뭡니까? 준비해 온 거 없어요?"

남자의 시선이 인선이 바닥에 내려놓은 쇼핑백에 닿았다. 계약 하러 오는데 빈손으로 오기 민망해서 유명하다는 집에서 줄을 서 서 사온 슈케이크.

"아. 이건……."

인선이 머뭇거리다가 천천히 케이크 상자를 열었다.

"그게 뭡니까?"

"이거. 케이크요."

나 참 어이가 없어서. 작게 읊조리는 나지막한 목소리에 인선의 미간이 가득 구겨졌다.

"왜요. 그거 앞에 두고 야옹. 야옹 소리 내려고요?"

잠깐. 이 남자 지금 뭔가 착각하는 거 아니야? 잠시 망설이다 입을 열었다.

"저. 지금 뭔가 착각하신 거 같은데요."

"나 참. 선금까지 보냈는데……. 이게 대체……."

선금? 그러면 착각이 아닌데. 아무리 생각해도 이상하다. 짜증 이 가득 섞인 목소리를 뱉어 낸 남자가 자리에서 벌떡 일어났다. 덩달아 일어난 인선 또한 이 이상한 상황에 짜증이 일었다.

"됐습니다. 돌아가세요."

"네?"

"제가 다시 다른 업체에 전화할 테니. 돌아가시라고요."

꼭 갑과 을을 따지자는 건 아니지만 굳이 따지자면 계약서에 사 인 받으러 온 본인이 을이긴 한데. 이거 해도 해도 너무한 거 아닌 가 싶은 생각이 들어 욱하는 감정이 밀려왔다.

"저기요."

인선의 삐딱한 목소리에 몸을 돌리던 남자가 멈칫 움직임을 멈추었다.

"이거 해도 해도 너무하신 거 아닌가요?"

"뭐가 너무하다는 거죠?"

완벽히 마주 선 그의 눈빛이 똑바로 인선에게 닿았다. 피하지 않고 그를 똑바로 마주한 채 다시 말을 이었다.

"아무리 그쪽에서 선금도 넣었고, 계약서에 사인 받으러 온 건 제 쪽이지만, 갑자기 겁에 질린 고양이를 구하라더니 그냥 돌아가라고요?"

케이크 놓고 야옹야옹? 너 같으면 그러려고 사 왔겠냐? 쏟아 내고 싶은 말이 더 남았지만 그나마 꾹 참으며 그를 똑바로 바라보는 인선의 위로 그의 오묘한 눈빛이 닿았다. 삐딱하게 고개를 한 번 옆으로 기울인 그가 꾹 다물려 있던 입술을 천천히 움직였다.

"계약서요? 무슨 계약서 말하는 거죠?"

* * *

"미안해요. 내가 미리 말을 안 해서 우리 애가 착각했나 봐요."

착각할 게, 따로 있지. 정장 입고 화장 곱게 한 여자가 뾰족 구두 신고 설마 고양이 구하러 왔겠냐? 미안함이 가득 묻은 주하의 목소리에 여전히 잘 펴지지 않는 입술을 애써 밀어 올렸다.

"안 그래도 고양이 때문에 예민해져 있더니만, 오늘 동물 구조 업체에 전화해서 오기로 했던 모양이에요."

인선이 소파에 앉아 종아리에 묻은 흙들을 손으로 툭툭 털어

냈다.

"네. 뭐. 착각할 수도 있죠."

"진짜 미안해요. 쟤가 하나에 꽂히면 보이는 게 없어서 그래요."

더 말해서 뭐 하나 싶어 인선이 챙겨 온 계약서를 테이블 위에 올려놓았다. 계약 내용에 관해 설명하는 동안 주하는 그저 인선을 바라보며 온화한 미소를 머금고 있었다. 제대로 듣고는 있는 건지, 의구심이 생겼지만, 묵묵히 계약 내용 설명을 마쳤다.

"혹시 더 궁금하신 건 없으신가요?"

"네. 전혀요."

역시나 너무 쉽게 진행이 된다. 찜찜함을 견딜 수 없어 결국 인선이 입을 열었다.

"사모님. 사실은 계약 전에 제가 확인하고 싶은 게 있어서요."

"네. 뭔가요?"

"말씀하신 아드님이 오늘…… 그분이시죠?"

"네. 맞아요."

다른 아들이 하나 더 있기를 바랐는데…….

"왜요. 걱정돼요? 아까 말했듯이 쟤가 하나에 꽂히면 거기에 집중해서 그래요. 능력도 있고 성격도 크게 모나지 않은 아이랍니다."

사모님, 그건 엄마라서 그런 거고요. 마음의 소리를 꾹 참았다.

"사실 그것보다 솔직히 말씀드리고 싶은 게 있어서요."

"네. 뭔가요?"

앞에 놓인 찻잔을 우아하게 들어서 입가로 가져가는 그녀를 지그시 바라보았다.

"솔직히 말씀드려서, 이 계약이 잘 이해가 되지 않아서요. 보내

주신 선금도 과하게 많다고 생각합니다. 환불조차 되지 않는다고 말씀드렸는데 괜찮다고만 하시고.”

“네. 그리고요?”

“어떤 분 소개를 받으셨는지 모르지만, 사실은 1:1 맞춤 프로그램, 진행하지 않은 지 오래되었습니다. 여러 가지 사정도 있었고⋯⋯.”

계약이 성사되지 않는다 하더라도, 이런 찝찝한 기분에서 이어나가면 안 된다는 생각에 결국 마음에 담았던 이야기를 건넸다.

“아. 그랬군요?”

찻잔을 내려놓은 그녀가 여전히 여유롭게 웃으며 인선을 바라보았다.

“괜찮아요. 그리고 저 아직 계약서에 사인 안 했어요.”

역시나 안 하겠다는 건가? 그래도 어쩔 수 없지. 예상했던 답을 기다리며 그녀의 말을 귀담아들었다.

“사실 내가 저 녀석 때문에 고민이 많아요. 여자를 좋아하기는 하는 건지, 지난번에 말했지만 여러 번 선을 봐도 그저 그걸로 끝이었어요. 도대체 뭐가 문제인지. 마음 같아서는 내가 맨날 옆에 붙어서 따라다니고 싶지만, 그건 말도 안 되는 거고⋯⋯. 제가 알기로 유 대표 회사 운영이 여의치 않았다고 들었어요. 예전처럼 의뢰인들도 많지 않고.”

온화한 표정을 유지하며 평온하게 말을 이었지만, 그녀의 목소리에 답답함이 가득 묻어 있었다. 하지만 정작 인선은 자신의 상황을 다 알면서 찾아왔다는 사실에 놀랐다.

“회사를 정리할 예정이라던데 맞나요?”

"네. 생각 중이었습니다."

그러면서도 계약서까지 들고 온 자신을 뻔뻔하게 생각하지 않을까. 민망함이 밀려 올라왔다.

"마침 잘됐다고 생각했어요."

예상치 않은 그녀의 말에 인선이 잠시 숙였던 고개를 들었다.

"유 대표도 지금 자금적 지원이 필요한 상황이고, 나도 내가 원하는 바를 얻을 수 있고. 서로 좋지 않을까요?"

"정확하게 어떤 걸 말씀하시는 건가요?"

"지금껏 많은 사람을 만나 오면서 유 대표가 가지고 있는 풍부한 경험을 토대로 우리 선호한테 어울리는 짝을 찾아 줬으면 해요. 물론 결혼까지 가면 가장 좋긴 하겠죠."

"……."

"그리고 하는 김에 확실히 해 주세요."

"확실히요?"

"네. 매일 가장 가까운 곳에서 머물면서 제대로 파악해 달라는 말입니다."

내가 머리가 나쁜 건가. 그녀의 말의 의미를 제대로 파악하지 못한 인선의 눈동자가 허공을 헤매다가 제자리로 돌아왔다.

"저……. 가장 가까운 곳이라면 대체."

"내일부터 선호 회사로 출근할 수 있을까요?"

* * *

대체 이게 무슨 일이야. 집으로 돌아와 털썩 침대에 몸을 던진 인선이 미동조차 하지 않은 채 허공을 응시했다.

'얘가 하루 종일 회사에서 사는 스타일이라. 급여는 우리 계약과 별도로 나갈 거예요. 마침 오랫동안 일하던 비서가 출산 휴가를 들어가서. 딱 좋은 시기인 거 같아요!'

해맑게 이야기하던 주하의 표정이 떠올랐다.

"딱 좋은 시기라……."

지이잉.

[유인선 고객님의 대출 이자 납부일이…….]

핸드폰을 들여다보던 인선의 입술 사이로 가느다란 한숨이 흘렀다. 차라리 좋은 기회인 건가. 더는 사업을 끌어가는 것은 무리라는 생각이 없었던 건 아니다. 현실적으로 금전적인 문제가 가장 큰 이유였고, 혜미야 괜찮다고 하지만 늘 미안한 마음이 없지 않았다.

"그래. 어차피 계약금 받은 거야 안 되면 돌려주면 되고. 일 구할 때까지 마냥 놀 수도 없으니."

말이 되고 안 되고의 문제는 덮어 두기로 했다. 옥죄어 오는 현실에서 더는 숨이 막히고 싶지 않다는 이기적인 생각이 먼저 자리 잡았다. 천천히 몸을 옆으로 돌려 침대 옆 작은 탁자에 놓인 액자를 바라보았다. 잠시 서글프게 휘었던 눈매가 예쁘게 휘어졌다.

"걱정 마요. 나 아직 그렇게 많이 힘들지 않아요."

조금은 담겨 있는 거짓말은 눈치채지 못하게 예쁜 웃음을 담고 작게 속삭였다.

* * *

"아. 피곤해."

살짝 열린 창문 사이로 스미는 새벽 공기를 맞으며 찌뿌둥한 몸을 일으켰다. 어젯밤 주하에게 회사로 출근하겠다는 답을 보내고 받은 답변에 인선은 또 한 번 놀라고 말았다.

[JR 컴퍼니 대표 차선호.]

그렇게 자주 들춰 보던 기업인 잡지에서 여러 번 보아 온 얼굴인데 못 알아봤다는 사실이 믿기지 않았다. 물론 그날 맞추진 그의 복장은 잡지에 나온 사진과는 아주 많이 달랐다. 잡지에서 보았을 때 느껴지는 이미지는 그저 잘 다듬어진 기업 CEO의 이미지였던 반면에, 어제는 그저 잘생긴 청년이었다. 미국에서 5년 전 한국으로 귀국한 선호는 아버지가 대표로 있는 회사를 물려받지 않고 자신만의 벤처 기업 설립으로 많은 이들의 이목을 집중시켰던 인물이다. 새로운 분야에 도전한 사업들이 줄줄이 성공하면서 JR 컴퍼니는 지난해 대기업으로 선정이 되었고, 그 이후로도 성공 가도를 달리고 있는 기업이다.

"그런데 그런 사람 비서를 하라고? 내가 할 수 있는 거 맞아?"

걱정이 모여 하나씩 차곡차곡 쌓이기 시작할 때쯤 전화가 울렸다. 혜미였다.

"혜미야. 새벽부터 무슨 일이야."

ㅡ언니. 문자 이제 봤어요. 어제 친구들이랑 노느라고요.

"근데 벌써 일어났어? 부지런도 하다."

ㅡ아빠 아침에 골프 연습장 가신다고 해서 따라 나가는 길. 근데 언니 그럼 나 회사 안 나가도 되는 거예요?

"응. 그렇게 됐다. 근데 대체 이게 뭔지."

작은 웃음소리가 핸드폰 너머로 들려왔다.

─그러게. 나도 조금 놀랐네. 차선호라니. 대박인데요?

"근데 그런 사람 비서가 말이 되냐?"

─비서는 뭐 사람 아닌가? 뭐가 걱정이에요. 언니 아니어도 어쨌든 사람이 들어가서 하는 일이잖아.

혜미의 말에 웃음이 났다.

"역시 우리 혜미랑 얘기하면 다 해결된다니까."

─그럼요. 언니는 잘할 거예요. 언니 남자 친구는 뭐래요?

"아⋯⋯. 아직 얘기 못 했어. 출장이라 바쁜가 봐.

─뭐야. 아직 전화도 없어요? 아무리 생각해도 너무 무관심해.

"뭐. 바쁜가 보지."

─말해 뭐 해. 아무튼, 언니. 걱정 마요. 다 잘될 거예요. 어? 나아빠가 부른다. 언니! 나중에 통화해요.

"그래."

─출근! 파이팅!

전화를 끊고 거울 앞의 자신을 바라보았다.

"그래. 파이팅이다."

* * *

첫날이니 혹여나 늦으면 안 된다는 생각에 너무 일찍 도착해 버렸다.

"어디로 가야 하나."

아직은 인적이 드문 회사 로비에서 이리저리 두리번거리다가 안

내 직원을 향해 걸음을 옮겼다.

"네. 도와 드릴까요?"

"안녕하세요. 저 오늘 차선호 대표님……."

"아! 안녕하세요. 유인선 씨 맞으시죠?"

"네."

"5층 대표실로 가시면 됩니다. 대표님 출근하셨습니다."

"네? 벌써요?"

"네. 늘 일찍 오세요."

늘 일찍 온다니. 혹시 매일 이렇게 나도 일찍 출근해야 하는 건가? 직원에게 인사를 마치고 5층 대표실을 향했다.

똑똑. 문을 두드리고 한참을 기다려도 답이 오지 않아 다시 한번 문을 두드렸다. 역시나 돌아오지 않는 대답. 조심스럽게 문을 열자 아마도 곧 자신의 자리가 될 것으로 보이는 책상과 대표실로 보이는 문이 하나 더 보였다. 조심스럽게 이곳저곳 살피던 인선이 갑자기 들리는 문소리에 몸을 바르게 곧추세웠다.

"아. 왔습니까?"

대표실 문을 열고 나온 선호가 인선을 발견하고 무심한 표정으로 다가왔다.

"네. 안녕하세요."

캐주얼한 셔츠에 편안한 면바지를 입은 그가 인선의 앞으로 다가왔다.

"어머님한테는 대충 이야기 들었습니다. 오늘부터 인수인계 받으면 되겠네요."

어제 자신을 향해 뱉어냈던 짜증 섞인 말투가 한풀 꺾인 덤덤한 말투로 말하는 그를 가만히 바라보았다. 어색함에 마주쳤던 시선을 피하려는 순간.

"아! 그리고 어제는 내가 미안했습니다."

"……."

"제가 며칠 동안 그 녀석 때문에 예민해져 있어서. 아무튼, 착각해서 미안합니다."

예상치 못한 사과에 인선의 시선이 다시 선호를 향했다.

"아니에요. 저도 사모님 찾아왔다고 똑바로 말씀을 드렸어야 했는데. 딱 부러지지 못했네요. 괜찮습니다."

"그렇게 생각하면 다행이고요."

"네. 괜찮습니다."

어색함에 시선을 다시 피해야 하나 고민하던 인선이 먼저 고개를 돌리는 그의 모습에 작게 안도했다.

"우리 둘이 얘기 좀 해야 할 거 같은데. 내가 오늘 계속 외부에 회의가 있습니다. 오늘 저녁 같이하죠. 괜찮습니까?"

"아. 네."

"내가 6시에 회사 앞으로 데리러 올게요. 조금 있으면 김 비서 출근하니까 오늘 천천히 인수인계 받도록 해요."

"네. 알겠습니다."

말을 마친 그가 대표실을 향해 반쯤 돌렸던 몸을 다시 인선을 향해 돌렸다. 머리카락이 살짝 닿아 있는 인선의 어깨 근처 즈음으로 잠시 머무른 시선. 혹시 뭐가 묻었나 인선이 고개를 숙여 자신의 어깨를 바라보았다.

"저 혹시."

"네?"

"머리 이렇게 해 볼래요?"

"머리요?"

"위로 이렇게 묶는 거."

두 팔을 자신의 머리 위로 손수 들어 시범을 보여 주는 선호를 멍하니 바라보던 인선이 잠시 머뭇거리다가 길게 늘어진 머리카락을 위로 올려 손으로 고정했다.

"이…… 이렇게요?"

"아. 네."

빤히 바라보는 그의 눈빛에 얼굴에서 열감이 느껴졌다. 무슨 생각을 하는지 도저히 알 수 없는 그의 표정.

"저. 이제 내려도 되나요?"

"아! 네. 내려도 돼요."

대체 이게 무슨……. 재빨리 팔을 내린 인선이 물었다.

"그런데 머리는 왜."

잠시 다물어졌던 그의 입술이 천천히 움직였다.

"묶어도 예쁠 거 같아서요."

열기가 채 식지 않은 얼굴 위로 다시 열기가 번졌다. 시선을 도대체 어디에 두어야 할지 고민을 하던 인선이 꼭 붙어 있던 입술을 겨우 떼어 냈다.

"네. 감사합니다."

당황한 자신과는 다르게 여유로워 보이는 표정의 그가 몸을 돌려 자신의 사무실로 돌아갔다.

"어후. 더워……."

그가 시야에서 사라지자, 손으로 연신 부채질을 해 대던 인선이 다시 들리는 문소리에 재빨리 손을 내렸다.

"나 지금 나갑니다. 이따가 6시에 회사 정문 앞에서 만나죠."

"네. 알겠습니다."

"그럼……. 수고해요."

"네."

그가 사무실을 나가고 한참을 멍하니 그가 나간 문을 바라보았다. 묶어도 예쁠 거 같다. 묶어도 예쁠 거 같다라…….

"내일부터 단정하게 묶고 오라는 소리인가?"

그냥 그런 의미를 빙 둘러서 이야기한 건가? 아무리 생각해도 그거 외에는 이유가 없지 않은가.

"단정한 스타일을 좋아하나 보네. 하긴 비서가 단정하기는 해야지."

나름 아침부터 열심히 드라이한 머리인데. 그가 던진 말에 대한 결론을 내리고 책상 옆에 놓인 의자에 앉아서 비서가 오기를 기다렸다.

"안녕하세요. 오늘부터 오신다고 얘기 들었어요."

밝은 목소리와 함께 사무실로 들어오는 직원의 모습에 빠르게 자리에서 일어났다.

"앉으세요! 앉으세요! 어후, 6월인데 왜 이렇게 덥죠?"

한눈에 봐도 밝아 보이는 그녀가 환한 미소와 함께 다가왔다.

"하긴 제가 배가 이렇게 불러서 더 더울 거예요. 저 물 한 잔만 마시고 올게요."

"제가 가져다드릴게요. 앉으세요."

"어머, 감사해요. 휴우. 버스를 타고 왔더니. 이제 배가 많이 나와서 힘드네요. 아침은 드셨어요?"

밝은 목소리로 연신 말을 멈추지 않는 그녀를 바라보니 저도 모르게 웃음이 나왔다.

"제가 첫날부터 너무 말이 많았죠? 대표님한테 맨날 말 많다고 혼나요."

"아. 진짜요?"

역시 예상대로 성격이 까칠한 사람인 건가.

"에이. 진짜 혼내시는 건 아니고요. 농담으로 말씀하시죠."

"아아……."

"저희 대표님 되게 좋으세요. 혹시 원래 아는 사이세요?"

"아니요."

안 그래도 갑자기 대표 비서직에 앉은 것만으로 혹여나 회사에서 직원들이 이상하게 보지 않을까 하는 생각을 은연중에 하고 있던 터라 힘차게 고개를 저으며 답했다.

"그렇구나. 저는 갑자기 비서가 구해졌다고 해서 좋기도 했지만, 혹시 아시는 분인가 했거든요. 아무튼, 저는 하루라도 일찍 들어가게 돼서 너무 좋아요."

"지금 몇 개월이에요?"

"이제 거의 8개월 돼 가요."

"회사 출근하기 힘들지 않으세요?"

"힘들긴 한데. 대표님이 한가하면 무조건 여직원 휴게실 가서 쉬라고 해서 편하게 다니고 있어요."

"아. 대표님이 좋으시네요."

의외네. 그저 예의상 던진 말에 김 비서가 심하게 고개를 끄덕였다.

"되게 좋으세요. 여직원들이 얼마나 좋아하는지 몰라요."

"아. 그래요?"

"일도 잘하지, 외모도 훌륭하지, 성격도 따뜻하지. 그런데 왜 결혼을 안 하시는지 몰라. 근데 결혼이 문제가 아니라 연애도 안 하시는 거 같아요."

"그래요?"

"제가 옆에서 지켜보기로는 일 중독, 운동 중독, 책 중독. 심한 세 가지 중독 때문인 거 같아요."

간단하게 결론을 내린 김 비서가 다른 부서에 잠시 다녀오겠다며 자리를 비웠다. 가만히 의자에 앉아 김 비서의 말을 되뇌어 보았다. 무심해 보이고 무뚝뚝해 보이는 사람인데, 자신이 그의 첫인상을 오해하고 있는 걸까?

"뭐 그거야 앞으로 알아보면 되는 거고. 근데……."

일도 잘하고, 외모도 훌륭하고, 성격도 따뜻한데…….

"정말 왜 사람을 안 만나지?"

정말 김 비서의 말대로 항간에 간혹 떠도는 일과 결혼한 남자 이런 건가? 아니면 혹시 여자보다는 남자를 더 좋아하는 남자?

'그렇다면 이 계약은 이미 종료인데.'

차라리 성격이 좋지 않아서 연애나 결혼을 하지 못하는 거면 오히려 그런가 보다 할 텐데. 아주 짧은 시간에 참 궁금증이 생기게 하는 남자다.

"오래 기다렸죠? 이거 유 비서님이 앞으로 보셔야 할 거 같아서 가지고 왔어요. 부서에 인사드리러 가는 건 나중에 대표님이랑 하세요."

그녀가 눈앞에 내민 서류들을 바라보았다.

"일단 우리 회사 조직이랑 부서명이 보기 편하게 정리된 파일이에요. 사실 직원 사이트에 다 있는데 저는 초반에 찾기가 힘들더라고요. 받으세요."

"네. 감사합니다."

"그리고 이건 앞으로 하셔야 할 일들 제가 정리해 놓은 거예요. 파일로도 있고 일단 제가 컴퓨터 쓰니 보시라고 뽑아 놨어요."

가만히 그녀가 건네준 업무 파일을 보던 인선이 넌지시 물었다.

"보통 일정이 바쁘죠? 혹시 제가 해야 할 일 중에 가장 중요한 게 어떤 게 있을까요?"

밤새 걱정했던 고민이었기에 걱정스러운 표정으로 물었다.

"아! 모르셨구나."

"……."

"이번에 비서 자리를 하나 더 늘렸어요."

"네?"

"박 비서님이라고 남자 직원인데. 예전에 미국에서 대표님이랑 같이 일을 해 오셨던 분인데 최근에 미국에서 들어오셨어요. 아마 앞으로 업무적인 건 박 비서님이 맡으실 거 같아요."

"그럼 저는 뭘 하나요?"

골똘히 생각에 빠진 김 비서가 금세 방긋 웃었다.

"그건 아마 대표님이 알려 주실 거예요. 저는 이번 주 동안 유비서님한테는 회사 돌아가는 분위기나 전반에 대한 굵직한 사항만 인수인계 하라고 부탁받았어요. 나머지는 박 비서님한테 인수인계할 거예요."

"네. 알겠어요."

"아마 조만간 대표님이 말씀하실 거예요."

생각보다 빡빡하지 않은 회사에서의 첫날이 지나고 선호와 약속한 6시가 다 되었다.

"대표님 만나기로 하셨죠? 먼저 내려가세요. 저는 이거 정리하고 갈게요."

"제가 뭐 더 도와 드릴 거는 없어요?"

"전혀요. 빨리 내려가세요. 가서 맛있는 거 드세요!"

"네. 내일 뵙겠습니다."

회사 정문으로 나가자 바로 앞에 세워진 차의 뒷좌석 창문이 내려가고 선호가 인선을 향해 손을 흔들었다.

"유인선 씨. 이쪽이에요."

그의 목소리가 크게 울리자 정문 앞을 지나가던 직원들이 그에게 하나둘 인사를 했다. 여기저기서 들리는 대표님 안녕하세요, 소리에 하나하나 응해 주던 그가 쭈뼛거리며 자리에 서 있는 인선을 바라보았다. 갑자기 차에서 내리는 선호의 모습에 인선이 빠르게 차로 걸음을 옮겼다. 잘 다듬어진 머리 스타일과 깔끔한 정장 차림을 한 선호의 모습에 인선의 시선이 빠르게 그를 훑었다. 그동안 인선이 잡지 속에서 보았던 그 모습 그대로의 느낌으로 그가 눈앞에 있었다.

"빨리 타세요."

그의 목소리에 꽂혔던 시선을 내리며 그에게 가깝게 다가갔다.

"왜 내리세요. 제가 타면 되는데."

"빨리 타요. 네. 안녕하세요. 퇴근하나 봐요?"

여전히 차 문을 잡고 인사를 건네는 직원들에게 하나하나 답하는 선호를 빤히 바라보았다.

"왜 안 타요?"

"저. 뒤에 타요? 그냥 앞에 타도 되는데."

같이 앉기 불편한데.

"그냥 빨리 타십시오. 직원들 자꾸 인사하잖아요."

친근하게 인사를 받던 목소리로 뻣뻣하게 이야기하는 선호를 바라보며 머뭇거렸다. 빨리 타라는 듯 까딱이는 그의 고갯짓에 결국, 선호와 함께 뒷좌석에 자리 잡았다.

"기사님. 아까 말한 대로 가 주세요."

"네. 알겠습니다."

룸미러로 자신을 바라보는 기사를 향해 어색한 웃음과 함께 눈인사를 마친 인선이 어색함에 곧게 허리를 펴고 정면을 바라보았다.

"인수인계는 많이 받았습니까?"

"네. 김 비서님이 워낙 친절히 잘 가르쳐 주셔서."

"김 비서가 말이 좀 많은 편이죠."

덤덤하게 던진 그의 말에 김 비서의 말이 떠올라 피식 웃음이 올라왔다. 애써 입술을 꾹 눌러 내린 인선이 말을 이었다.

"밝은 에너지가 넘치시는 분 같아요."

"맞아요. 가끔 너무 넘쳐서 문제지……."

찌푸린 표정과는 다르게 그다지 싫어한다는 느낌이 담겨 있지 않은 목소리였다. 짧았던 대화가 끊기고 정적이 찾아왔다.

"금방 도착합니다."

"네."

고요한 공간에 작게 틀어 놓은 음악 소리만이 흘렀다.

'되게 좋으세요. 여직원들이 얼마나 좋아하는지 몰라요.'

김 비서의 말이 떠올랐다. 말은 저렇게 해도 은근히 잘 챙기는 스타일인가? 흘깃 시선을 돌렸다. 무덤덤한 표정으로 어둠이 차오르는 거리를 응시하는 그를 잠시 바라보다 인선도 고개를 돌렸다.

* * *

고급 호텔 앞에 내린 인선이 화려한 건물을 가만히 올려다보았다.

"기사님. 차 발레파킹 맡겨 주시고 퇴근하세요. 수고하셨습니다."

기사에게 택시비를 건네준 선호가 인선에게 다가왔다.

"들어갑시다."

화려한 샹들리에 불빛 아래 고급스러운 실내가 더없이 반짝거렸다. 잔잔하게 흐르는 클래식 음악과 함께 여기저기서 들리는 대화 소리와 정겨운 웃음소리들. 1년에 몇 번 먹어 볼까 말까 한 호텔 레스토랑 고급 스테이크를 앞에 둔 인선은 차마 먹지도 못하고 어색한 표정을 지으며 정면을 응시했다.

신경을 쓴 듯 보이는 옆으로 단정하게 넘긴 차분한 머리 스타일이며 넓은 어깨 위로 걸쳐진 색이 짙은 남색 고급 정장에 꾸미지 않아도 잘난 그의 외모가 더욱 빛을 발한다. 둘만의 오랜 정적을 뚫고 나지막한 목소리가 흘러나왔다.

"유인선 씨. 나이가 어떻게 되죠?"

"스물일곱 살입니다."

"사는 곳은 어디예요?"

"잠실이요."

궁금증을 가득 담은 그의 눈동자가 흔들림 없이 인선에게 꽂혔다.

"혼자요?"

"네. 혼자 살아요."

"대학교는 어디 나왔어요? 아. 이거 실례되는 질문인가요?"

"아니요. 괜찮습니다. 한국 대학교 나왔어요."

아무리 생각해도 이게 아닌데, 원래대로라면 물어야 할 사람은 눈앞의 그가 아닌 자신 같은데.

"혹시 개명한 적 있어요?"

"개명이요?"

"네."

"아니요."

"그렇군요."

의아한 물음에 천천히 눈을 깜빡이는 인선의 모습에 선호가 살며시 입술을 밀어 올리며 말했다.

"드세요. 앞에 근사한 음식 놓고 맛도 안 보는 건 예의가 아니죠."

어색한 표정으로 앞에 음식 놓인 음식을 바라보았다. 이 분위기에서 먹을 수나 있는 걸까. 여전히 어색한 웃음이 걸린 입술로 답했다.

"네. 대표님도 드세요."

나이프와 포크를 인선의 손이 몇 번 움직임을 끝내지 않았을 무렵 그의 목소리가 다시 들려왔다.

"대충 듣기는 했는데……."

결국, 두꺼운 고기를 푹 찌르고 반도 썰기 전에 인선의 손이 나이프와 포크를 내려놓았다.

'안 먹는다. 안 먹어.'

완벽히 테이블 위에서 무릎 위로 손을 내린 인선이 자신보다 궁금한 게 많아 보이는 그를 똑바로 응시했다.

"네. 말씀하세요."

무심한 듯 자신을 향해 똑바로 떨어지는 그의 눈빛이 꽤 진지하다.

"내가 뭘 하면 되는 거죠?"

"……."

"내가 유인선 씨랑 앞으로 무엇을 하면 되는 건가요?"

꾹 다물어진 작은 입술이 천천히 움직였다.

"결혼."

"……."

"결혼이요."

일단 최고의 목표는 이 남자의 결혼이기에 인선이 말을 뺄고 입술을 꾹 눌러 물었다. 인선을 가만히 바라보던 선호가 잠시의 침묵 후 다시 말을 이었다.

"그러면 내가……."

"……."

"유인선 씨랑 결혼하면 되는 겁니까?"

"네?! 아니요! 아니요! 그게 아니라."

두 손을 앞으로 내밀어 흔들며 당황하는 인선을 바라보던 선호가 피식 소리 없이 웃었다.

"제가 말을 잘못했나 봐요. 그 결혼이……."

"저도 압니다."

"……."

"어머니한테 들었어요."

"네."

공중에서 방황하던 손을 원래 자리로 돌린 인선이 작은 한숨을 내쉬었다. 웃음을 지운 표정으로 자신을 빤히 바라보는 선호의 모습에 다시금 민망함이 몰려왔다.

"저, 근데 대표님."

"네. 말씀하세요."

"궁금한 게 있어서요."

"네. 물어보세요. 그게 앞으로 유인선 씨가 해야 할 일이잖아요."

잠시 머뭇거린 인선이 천천히 말을 이었다. 일단 대충이라도 그를 알아야 했다.

"지금 만나시는 분이……."

"없습니다."

"그러면 혹시 결혼 생각이 없으신 건가요?"

"아니요. 되게 많습니다."

그냥 있는 것도 아니고 많다니. 예상 밖의 답변에 잠시 머뭇거리는 순간.

"왜 결혼 생각이 많으면서 연애를 안 하냐 그게 궁금한 겁니까?"

그의 물음에 인선이 고개를 끄덕였다.

"그게 앞으로 유인선 씨가 해야 할 일이잖아요."

"……"

"내가 왜 연애를 안 하는지, 결혼은 왜 안 하는지. 그리고 나한테 어울리는 상대를 찾아 주는 일. 그거 아닌가요?"

어머니에게 제대로 듣고 온 모양이다.

"네. 그러네요."

선호가 자연스럽게 앞으로 팔짱을 끼며 식탁 앞으로 기울였던 몸을 편하게 의자에 기대었다.

"앞으로 잘 찾아보세요."

"……"

"유인선 씨가 궁금해 하는 그거."

"……"

"내가 미리 알려 주면 재미없지 않겠어요?"

재미있으려고 하는 일은 아니지만, 그의 말이 완벽히 틀린 말은 아니니 딱히 대꾸할 말이 없었다.

"앞으로 궁금한 거 있으면 다 물어봐요. 대답하는 거야 뭐 어렵지 않죠."

"네. 알겠습니다."

"방금 그 질문만 빼고요."

딱히 이 상황이 싫기보다는 즐기고 있는 듯한 느낌은 착각인 걸까. 마치 앞으로 자신이 얼마나 맡은 바 임무를 충실히 수행할지 지켜보겠다는 듯한 눈빛. 무슨 생각을 하는지 도통 알 수가 없는 사람이다.

생각이 가득 담긴 눈동자로 자신을 바라보는 인선의 모습에 선호가 말을 이었다.

"그렇게 보지 말고 궁금한 거 물어보십시오."

일단 그에 대한 사적인 질문은 조금 뒤로 미루기로 했다.

"아까 김 비서님께 들었는데 비서가 한 분 더 계시다고 하던데."

"네. 맞습니다. 박진호라고 제가 미국에서부터 함께했던 친구가 같이 일하기로 했어요. 앞으로 김 비서가 했던 업무 중에 회사 업무와 관련된 전반적인 사항은 그 친구가 할 거예요."

김 비서와 다르지 않은 답변이었다. 조금 이해가 되지 않았다. 그러면 대체…….

"그러면 제가 앞으로 회사에서 해야 할 일은 뭔가요?"

흠. 선호가 작게 소리 내며 입술을 꾹 다물었다. 잠시의 생각을 마친 듯 그가 입술을 움직였다.

"박 비서가 하지 않는 간단한 비서 업무 하시면 됩니다."

"……."

"그리고……."

"……."

"그냥 내 옆에 있으면 됩니다."

듣기 좋은 중저음 목소리가 나지막하게 둘 사이에 울렸다. 다른 의미를 담을 필요 없는 말임이 틀림없는데, 지금까지 자신을 향했던 눈빛과 다른 빛이 너울거리는 그의 눈빛에 순간 심장이 쿵쿵 빠르게 뛰었다.

"내 옆에서 박 비서가 챙기지 못하는 업무들 도와주시면 됩니다."

"아……."

다시 느긋한 표정을 머금으며 이야기하는 선호의 모습에 얼굴 가득 열감이 밀려들었다.

'유인선. 정신 차려. 착각할 게 따로 있지.'

잠시 머금었던 자신의 황당한 생각에 당황한 마음이 드러나는 것이 아닐까 싶어 애써 입술을 밀어 올렸다. 혹여나 얼굴이 붉어졌으면 어쩌지 고민하는 사이 그가 다시 말을 이었다.

"대충 파트너쯤으로 생각하면 됩니다."

"파트너요?"

"내가 성공적으로 연애하고 결혼하는 그날까지. 내 결혼을 위해 나와 함께 일해야 할 파트너."

"……."

"그러니 열심히 해 보십시오."

"……."

"나도 최선을 다할 테니까."

이 남자 즐기는 게 틀림없다. 지금껏 무감했던 표정과는 다르게 즐거워 보이는 표정과 자신을 향하는 의미를 알 수 없는 눈빛.

"네. 알겠습니다."

"다 식겠습니다. 드십시오."

"네."

식사를 마치고 레스토랑을 나온 두 사람이 엘리베이터를 향해 걸었다. 엘리베이터 앞에 멈춘 선호가 인선을 향해 살며시 몸을 돌리자 인선이 고개를 들어 그를 바라보았다.

"저. 혹시……."

"네?"

"차 한잔 마시고 갈래요?"

아니요! 이런 어색함. 지금으로도 충분합니다. 마음속에서 급하게 튀어나올 뻔한 진심을 꿀꺽 삼키고 천천히 입술을 움직였다.

"아니에요. 대표님 피곤하실 텐데. 오늘은 가시는 게 좋을 거 같아요."

"아. 나는 괜찮습니다."

혹시 곤란한데 밥만 사 주기 미안해서 그런가? 이게 더 곤란해.

"아니에요. 저 신경 쓰지 않으셔도 괜찮아요."

"……."

"이렇게 맛있는 저녁도 사 주셨는데. 충분해요."

한사코 거부하는 인선의 모습에 선호가 가볍게 고개를 끄덕였다.

"그래요. 오늘은 그만 가죠."

1층에 도착한 선호가 자동차 키를 받으러 카운터로 걸어갔다.

투명한 유리문 위로 맑은 빗방울들이 조금씩 흘러내리고 있었다. 평소보다 장마가 일찍 시작한다는 일기 예보가 떠올랐다.

"벌써 장마가 시작되나?"

창밖에 촉촉해진 도로를 멍하니 바라보았다.

"잠깐만 기다려요. 대리 불렀습니다."

어느새 옆에 다가와 말을 건네는 선호를 바라보았다.

"대리요?"

"네."

"술…… 안 드셨잖아요."

"아. 내가 밤에 운전을 못 합니다. 조금만 기다려요. 금방 온대요."

밤에 운전을 못 한다는 말이 대체 무슨 뜻일까. 이해가 되지 않는 표정으로 바라보는 인선의 모습에 선호가 다시 말을 이었다.

"내가 난시가 심해요. 낮에는 괜찮은데 특히 비 오는 밤에는 위험한 거 같아서 그러는 겁니다."

"그럼 매번 비 오면 대리 부르세요?"

"뭐. 그럴 때도 있고, 기사님이 주로 계시니까 불편한 건 없습니다."

되게 불편할 거 같은데.

"난시가 얼마나 심하시기에 운전을 못 할 정도인 거예요?"

걱정과 궁금증이 담긴 인선의 목소리에 다른 곳을 바라보던 선호의 시선이 그녀에게 닿았다.

"뭐. 하면 할 수 있을 거 같은데. 안 하는 거일 수도 있고요."

모호한 답변이 돌아왔다.

"그럼 대리 부르지 말고 제가 할게요. 청담동에서 잠실까지 얼마 안 멀어서 저는 그냥 버스 타고 가면……."

"아니요. 괜찮습니다."

"저 운전 잘해요."

선호가 피식 웃었다.

"저거 되게 비싼 차인 건 알죠?"

아……. 그러니 조금 망설여지네.

"차는 상관없고. 그냥 내가 싫어요."

단호한 답변에 인선도 더는 우기지 않았다.

"기사님. 잠실 들렀다가 청담동으로 가 주세요."

차가 출발하고 그와 나란히 앉은 인선이 흘깃 그를 바라보았다.

'피곤한가 보네.'

머리를 시트에 기대고 눈을 감고 있는 그의 모습을 가만히 바라보았다. 감은 두 눈 사이로 살며시 찌푸려진 미간. 잠시 그를 바라보던 인선이 고개를 돌려 화려한 불빛이 번지는 거리를 눈에 담았다. 자신이 집 앞에 도착한 인선이 작은 목소리로 그를 불렀다.

"대표님. 대표님."

아무래도 깊게 잠이 든 모양이다. 작게 몸을 흔들어 보아도 미동조차 없다.

"기사님. 주소 여기예요. 이쪽으로 모셔다드리세요."

"네. 알겠습니다."

"잘 부탁드려요."

차가 출발하는 것을 확인하고 집으로 몸을 돌렸다.

* * *

샤워를 마치고 나와 털썩 침대에 주저앉았다. 첫 출근으로 인한 긴장과 선호와의 식사 자리로 인한 긴장이 풀리면서 피로감이 단숨에 몰려왔다. 살며시 고개를 돌려 화장대 거울에 비친 자신의 모습을 바라보았다.

'묶어도 예쁠 거 같아서요.'

그의 말이 다시 떠올랐다.

"내일부터 머리를 묶고 가야 하나?"

두 손으로 아직 물기가 촉촉하게 남아 있는 머리카락을 위로 고정한 채 이리저리 얼굴을 돌리며 거울 속 자신을 살폈다.

"아하. 피곤하다."

편하게 침대에 몸을 기대고 멍하니 천장을 바라보았다. 기분이 이상한 하루다. 며칠 사이에 갑자기 들이닥친 새로운 일들 때문이기도 하지만 아마도 이 기분의 많은 부분이 '차선호' 그 남자때문이라는 생각이 들었다. 첫 만남으로 자신이 생각했던 것과는 전혀 다른 그의 평판.

"내 착각인 건가."

식사 중간중간 자신을 바라보는 눈빛에서 가끔 느껴지는 오묘함과 그가 덤덤하게 던지는 한마디 한마디가 이상하리만큼 자꾸 생각에 빠지게 만든다.

"신기한 사람이야."

원래 그렇게 똑똑하고 잘난 사람들은 조금 특이한 면을 가지고 있나?

"뭐 내가 겪어 봤어야 알지."

옆에 놓인 베개를 꼭 끌어안고 편하게 얼굴을 기대었다. 오랜 시간 동안 자신을 바라보던 그의 얼굴이 다시 떠올랐다.

"그런데 왜 이렇게 낯이 익지?"

식사하는 내내 언젠가 만난 적이 있던 사람인가 하는 생각을 지울 수가 없었다. 잡지에서 여러 번 봐 온 얼굴이라 그런가 보다 대수롭지 않게 생각하고 긴장감에 더는 생각을 이어 가지 않았지만, 다시 떠올려 봐도 유난히 낯이 익다. 혹시 예전에 만난 적이 있나 한참을 떠올려 보아도 그렇다 할 기억이 떠오르지 않았다.

"됐다. 피곤한데 잠이나 자자."

자리에서 일어나 불을 끄려는 순간.

Rrrrr. Rrrrr.

"이 늦은 시간의 누구지?"

저장되어 있지 않은 번호였다. 아. 혹시……

"네. 여보세요."

─유인선 씨 잘 들어갔습니까?

차선호였다. 예상치 못한 전화에 잠시 당황했던 인선이 애써 목소리를 가다듬었다.

"네. 대표님도 잘 들어가셨어요? 깊이 잠드신 거 같아서 안 깨웠어요."

─잘했습니다.

"피곤하셨나 봐요. 저는 잘 들어왔습니다. 피곤하실 텐데 빨리 쉬세요."

─네.

"그럼 내일 뵙겠습니다."

그가 전화를 끊기를 기다리며 가만히 귀를 기울였다. 한참 동안 아무런 대답이 들리지 않아 핸드폰 화면을 바라보았다. 여전히 끊기지 않은 전화.

"저. 대표님 그럼 이만……."

─뭐 하고 있었습니까?

"네?"

−아. 이것도 실례되는 질문인가요?

실례라기보다는 그런 질문하기에 너무 먼 관계 아닌가요?

"그냥. 아무것도 안 하고 있었어요. 이제 자려고요."

−아. 그랬군요.

'대표님은 뭐 하고 계셨어요?'라고 묻기에는 너무 어색한 사이라 뭐라고 말하고 전화를 끊어야 하나 고민에 빠져 눈동자만 이리저리 굴리는 사이 다시 그의 음성이 들려왔다.

−혹시 내일…….

"네?"

−아. 아닙니다.

왜 말을 하다가 말아. 더 어색해지게.

"대표님. 편하게 말씀하세요."

혹여나 지시 사항이 있는 건가 싶은 마음에 되물었지만.

−아. 별거 아닙니다. 내일 회사에서 보죠.

아. 역시 어색해.

"네. 내일 뵙겠습니다."

−그러죠.

그와의 전화를 끊고 작게 한숨을 내쉬었다.

"깜짝 놀랐네."

왜 갑자기 전화하고 그래. 사람 당황스럽게.

불을 끄고 침대에 누워 멍하니 천장을 바라보았다. 차에서 잠들어서 미안해서 전화를 한 거겠지……. 단순하게 생각하면서도 이상하게 자꾸만 스며드는 묘한 기분.

"대체 어떤 사람이야."

* * *

분주한 아침이 시작되었다. 갑작스러운 상황 변화에 싱숭생숭한 마음이 들어 이 생각 저 생각 하다가 새벽이 되어서야 잠이 들었다. 알람 소리를 듣지 못해 예상 시간보다 30분은 늦게 일어난 인선이 정신없이 샤워를 마치고 화장대 앞에 앉았다.

"어우. 피부 푸석푸석한 것 봐."

피부도 피부지만 얼굴이 영 상태가 좋지 않다.

최근 고민이 많아 밥도 잘 챙겨 먹지 않고, 잠도 제대로 자지 않아 단기간에 살이 너무 많이 빠졌다.

"볼살이 왜 이렇게 빠졌어. 늙어 보이는 것 봐."

두 볼 가득 바람을 넣고 이리저리 거울 속 자신을 살피다가 다시 빠르게 준비를 시작했다.

출근 시간이야 정해져 있지만, 대표가 매일 일찍 출근하는 것을 뻔히 아는데 느긋하게 출근하기도 애매하고, 일단 당분간 분위기를 파악을 위해 빠른 출근을 결심했다. 최대한 단정한 옷을 챙겨 입고 집을 나서던 인선이 현관 거울 앞에서 잠시 걸음을 멈추었다.

"흠……."

신발 안에 반쯤 넣었던 발을 빼내어 다시 방을 향했다. 머리끈하나를 꺼내어, 어깨 아래로 길게 늘어진 머리를 단정하게 하나로 묶었다.

"음. 됐겠지?"

그저 의미 없이 던진 한마디일지 모르나, 괜히 신경이 쓰였다.

다시 빠르게 걸음을 옮겨 집을 나섰다. 제법 여름 향이 가득해진 아침이다.

"낮에는 조금 더우려나. 사무실은 에어컨이 빵빵하니 괜찮겠지?"

"인선이 출근하니?"

자신의 긴팔 블라우스 소매를 바라보며 단순한 생각에 빠졌던 인선이 자신을 부르는 목소리에 고개를 돌렸다.

"아주머니. 안녕하세요."

인선의 얼굴에 반가운 미소가 번졌다. 잠실로 이사를 온 20년 전부터 이웃사촌으로 지내던 은주가 인선과 다르지 않은 표정을 지으며 다가왔다.

"오랜만이에요! 언제 오셨어요? 완전히 들어오신 거예요?"

"응. 오랜만이야. 어유. 더 이뻐졌네."

"에이. 무슨요. 아주머니가 더 예뻐지셨는데요? 미국 공기가 좋은가 봐요."

"안 그래도 보는 사람마다 뭘 먹고 이렇게 젊어졌냐고 하던데. 호호호호."

"원래 미인이신데요. 뭘."

인선의 칭찬에 한참을 기분 좋게 웃던 은주가 말을 이었다.

"출근하는 거지? 사업은 잘되고?"

"뭐. 그냥 잘 이어가고 있어요."

늘 딸처럼 아껴 주는 그녀라 좋지 않은 사정을 이야기하면 걱정할 것을 알기에 애써 아무렇지 않은 듯 답했다.

"그래? 다행이다. 하긴 우리 인선이가 워낙 똑 부러져서 뭐든 잘할 거야. 그렇지?"

"하하하. 아주머니가 좋게 봐 주시는 거죠. 근데 언제 오셨어요?"

"나. 3일 됐나? 인사하러 가려다가. 내가 정신이 없었어."

"이렇게 봤으면 됐죠. 언니네 애기는 잘 커요?"

"그럼! 얼마나 예쁜지 몰라! 벌써 마미, 마미 그런다니까? 그리고 오기 전에는⋯⋯."

결혼 후, 미국에서 사는 딸의 집에 1년 정도 다녀온 은주의 입에서 손녀 자랑이 한참 동안 이어지고 나서야 끝이 났다.

"그런데. 집 내놨다면서."

"아⋯⋯. 네."

"우리 세 들일 사람 찾으러 부동산 갔다가 들었어. 고민하더니. 결국, 그렇게 하기로 한 거야?"

"네. 고민 많이 해 봤는데. 혼자 살기도 너무 크고. 작은 데로 옮길까 해서요."

애써 수더분하게 웃는 인선을 한참을 바라보던 은주가 인선의 손을 잡았다. 따스한 온기가 깊게 스며들었다.

"괜찮아?"

"네. 열심히 생각해 보고 결정한 거예요. 저 괜찮아요!"

인선의 밝은 표정에 꼭 잡은 손을 톡톡 두드리며 은주가 부드럽게 미소 지었다.

"그랬구나. 보러 온 사람은 있어?"

"아니요. 요즘 주변에 신축 아파트들이 많아서 주택은 별로 인기가 없나 봐요. 곧 오겠죠."

"그래. 근데 많이 아쉽네. 오래 같이 옆에 살았는데."

"그러게요. 저도 아쉬워요."

아쉬움이 가득 담긴 눈동자로 주변을 살폈다. 여름 아침 햇살 아래, 빛바랜 빨간색 지붕이 반짝거렸다. 잊지 못할 아름다운 추억, 그리고 아픔이 있는 곳. 차마 놓지 못해 한참을 고민하고 결정한 일이었다.

"그래도. 너희 가족 잠깐 지방에서 살 때 빼고는 쭉 여기 살았는데. 너 가면 재준이도 아쉬워하겠다."

자기 일처럼 아쉬움을 가득 담은 표정으로 말하는 은주를 바라보던 인선이 부드럽게 미소 지었다.

"재준 오빠 잘 지내요? 얼굴 본 지 오래됐네요."

"응. 재준이도 곧 집으로 들어와."

"아. 진짜요? 언제요?"

"서울로 발령받았어. 아마 이번 주 안에 올 거야. 오면 같이 저녁 한번 먹자."

"네. 그래요. 와. 오빠 진짜 오랜만에 보겠네요. 결혼은 안 한대요?"

은주의 이마에 잔주름이 잡혔다.

"내 말이. 아니 나이는 계속 먹어 가는데. 왜 여자를 안 만나나 몰라."

"에이. 서른세 살이면 아직 결혼 생각 없을 수도 있죠. 그리고 일도 워낙 바쁘잖아요."

"아니. 사회 정의는 지가 다 지킨다니? 경찰도 결혼은 해야지. 연애할 시간이나 있는지 모르겠어. 아무튼, 내가 이번에 오면, 너한테 한번 물어보려고 했어. 어디 괜찮은 선 자리 없는지."

"아……."

다른 의뢰인은 받지 않기로 했는데.

"아휴. 내 정신 좀 봐. 출근하는 사람 잡고 너무 말이 길었다."

아차! 늦겠다! 반가운 마음에 잠시 출근길이라는 것을 잊었던 인선이 정신이 번쩍 들었다.

"아주머니! 저 가야 해요!"

"그래. 빨리 가 봐. 내가 재준이 오면 연락할게."

"네! 저 갈게요!"

"그래. 다녀와!"

조심해서 다녀와. 끝까지 자리에 서서 자신을 향해 친근하게 손을 흔드는 은주를 바라보며 걸음을 옮겼다.

"아우. 정신 나갔지. 안 그래도 늦게 나왔는데. 택시 타고 가야……. 히익!"

갑자기 눈앞에 드리운 그림자에 힘차게 뻗던 발이 급브레이크 밟듯 멈추었다. 툭 하고 어깨가 단단한 무언가에 닿음과 동시에 몸이 뒤로 휘청였다.

"엄마야."

목소리를 내지름과 동시에 허리를 감는 강한 힘에 내쉬던 숨을 순식간에 삼켰다. 가볍게 스미는 좋은 향기와 함께 나지막한 목소리가 들려왔다.

"뭐가 그렇게 급합니까?"

고개가 번쩍 들리는 순간 눈앞에 또렷하게 나타난 얼굴. 차선호. 한쪽 눈을 살짝 찌푸린 그가 똑바로 인선을 내려다보고 있었다.

"악! 대표님!"

"아우!"

저도 모르게 빽 하고 지른 목소리에 선호의 얼굴이 비틀려 돌아갔다.

"유인선 씨. 왜 소리를 지릅니까!"

"아우. 죄송⋯⋯."

죄송은 둘째 치고 너무 딱 맞닿아 있는 그의 몸이 아주 빠르게 인식되어 나오려던 말이 멈추고 말았다.

"저기. 대표님⋯⋯. 파⋯⋯ 팔 좀."

"네? 아."

그제야 가까운 거리를 인식한 선호가 천천히 팔을 풀었다. 허리를 감싸 안은 단단한 감각이 사라짐과 동시에 훌쩍 한 걸음 뒤로 물러난 인선이 당황한 표정을 지우지 못하고 그를 바라보았다.

"지금 나오는 겁니까?"

"네. 그런데 대표님은 여기 왜."

붉어진 얼굴로 익숙한 골목길을 살폈다. 여전히 자리에 서서 멍하니 자신과 선호를 바라보는 은주의 모습에 인선이 빠르게 고개를 돌렸다.

"여기 왜 계세요."

"출근하려고요."

그러니까. 왜 여기서 출근을 하냐고요.

"타요."

"네?"

삐빅, 소리와 함께 그의 뒤편에 세워 둔 자동차 헤드라이트가 번쩍였다.

"타라고요. 출근 안 합니까?"

"해야죠."

"그러니까. 타라고요."

운전석에 빠르게 올라탄 그를 멍하니 바라보던 인선이 잠시 머뭇거리다가 보조석을 향했다. 대체 왜 이 아침에 저 남자가 여기에. 차가 자주 다니는 큰 도로도 아닌, 작은 골목길이다. 굳이 일부러 찾아오지 않으면 지나갈 일도 없는 곳이 아닌가. 보조석에 가만히 앉아 차가 출발할 때까지 생각만 머리에 담던 인선이 천천히 입을 열었다.

"그런데. 대표님……."

"네."

"여기에는 무슨 일로……."

"지나가던 길이었습니다."

"아. 그러셨군요."

회사가 강남인데, 청담동에서 잠실을 지나가는 길이라니. 바보 아닌 이상 이상하게 생각하는 것이 당연한데, 차마 묻지 못하고 입술을 꾹 다물었다.

빨간불 신호에 차가 잠시 정차했다. 애써 정면만 응시하는 자신의 얼굴 위로 느껴지는 시선. 어색하게 눈동자만 굴리던 인선이 슬쩍 그를 향해 시선을 옮겼다. 어제와 다르지 않은 단정한 머리 스타일과 잘 갖춰 입은 블랙 정장. 아침부터 눈이 호강한다는 느껌을 지울 수가 없다.

금방 흩어질 줄 알았던 그의 시선이 한참을 자신에게 머물자 금세 의식이 되기 시작했다. 고개를 다시 돌릴까 말까 고민하는 사이.

"밥은?"

"네?"

"밥은 먹었습니까?"

"네. 먹었어요."

형식적인 답변을 던지고 빙긋 입술을 끌어 올렸다.

"아. 다행……."

꼬르륵. 타이밍도 참 못 맞추지. 뭘 넣어 주고 거짓말하라는 듯 비어 있는 위장이 존재감을 드러내며 크게 울었다. 큭. 소리와 함께 그의 고개가 완벽히 인선을 향해 돌아왔다.

"밥 안 먹었죠?"

"아니에요. 먹었……."

꼬르륵. 내 위장인데 왜 내 마음대로 안 되는 걸까. 의학적으로도 실현 불가능한 상황임을 알면서도 자신의 위장이 원망스러웠다. 살짝 올라가는 그의 입꼬리를 보며 어색하게 미소 지었다.

"네. 아침 안 먹었어요."

결국, 진실을 고했다.

그럼 그렇지. 가볍게 웃은 그가 말을 던졌다.

"간단하게 뭐 좀 먹고 가죠."

"출근 시간이 얼마 안 남았는데……."

"대표가 괜찮다고 하잖아요."

"네."

그렇지. 대표였지. 그리고 나는 비서고. 반박할 필요 없는 확실한 답변에 입을 꾹 닫았다.

어느덧 창문 너머로 회사가 보였다.

회사를 그냥 지나쳐 한참 동안 도로를 달렸다. 영 불편한 자신과 다르게 덤덤하면서도 여유로워 보이는 표정과 자세. 한 손으로 편하게 운전대를 잡고 이리저리 돌리는 모습을 흘깃흘깃 훔쳐보다 보니 아침부터 참 훈훈하다.

'이런 남자에게 과연 어떤 여자가 어울릴까.'

성격이야 아직 정확히 몰라도, 일단 평판은 합격. 표면적 이유에서 하나도 부족함이 없는 남자다. 여자를 만나지 않는 이유는 대충 90프로 이상은 본인의 의지일 것이고, 나머지 10프로가 인연이 닿지 않아서일 것이라고 판단을 내렸다. 직업병이 발동함과 동시에 저도 모르게 꼼꼼하게 그를 살피기 시작했다.

'운동을 하나. 몸도 좋은 거 같은데.'

골목에서 맞닿은 그의 단단한 몸을 생각하자 괜히 민망함이 몰려와 고개를 작게 저었다.

다시 관찰이 시작되었다. 짙고 모양 좋은 눈썹 아래로 날카로운 듯 보이지만 남자다운 콧날. 입술 끝이 살짝 올라간 적당한 두께의 촉촉한 입술.

'저런 입술이 돈을 부른다던데.'

어디에선가 보았던 얕은 관상학 지식까지 동원해 가며 그를 살폈다. 픽 하는 웃음소리에 정신이 번쩍 들었다. 넋 놓고 입술을 바라보던 눈동자가 자신을 똑바로 향한 그의 눈동자와 마주쳤다.

"유인선 씨."

"네?"

"지금 뭐합니까?"

오늘 참 정신이 여러 번 번쩍 든다.

"에……. 그게."

"내 입술에 뭐 묻었습니까?"

"아니요. 그게 아니라."

당황한 나머지 공중에 손을 휘휘 저었다.

"아니면. 뭔데요?"

잠깐. 내가 왜 당황하지? 내 업무가 아니었던가? 그를 잘 살피고, 그에게 잘 어울리는 사람을 찾는 일.

"이미지!"

"……."

"이미지! 관찰 중이었어요. 대충 대표님이랑 어떤 분위기의 여자분이 잘 어울릴까. 뭐 그런 거?"

의식하지 못한 사이에 강남의 한 브런치 카페 앞에 주차된 자동차. 가볍게 안전벨트 버클을 풀어낸 그가 살며시 고개를 기울였다.

"죄송해요. 제가 너무 대놓고 봤죠. 제가 이게 직업병이라."

"아니요. 그렇게 사과까지 할 필요 없어요. 일인데요."

"네. 이해해주셔서 감사합니다."

감사까지 해야 하는 건가. 싫기도 했지만, 너무 대놓고 쳐다본 것이 사실이기에 충분히 기분 나빴을 수 있다는 생각이 들었다.

"그런데. 궁금한 게 있는데."

운전대 위에 놓인 그의 기다란 손가락이 톡톡 운전대를 가볍게 두드렸다.

"네. 말씀하세요."

살며시 고개를 숙여 안전벨트를 버클을 풀기 위해 손을 천천히 뻗으며 답했다.

"더 가까워야 하지 않나요?"

이해 불가능한 질문에 잠시 숙였던 고개를 드는 순간. 훅 하고 다가온 선호의 얼굴이 코끝이 닿을 만한 거리에 멈추었다.

'흡.'

숨을 삼켰다. 살며시 내리떴던 눈은 그 어느 때보다 크게 떠졌고, 조용하던 심장이 찌릿한 감각과 함께 빠르게 뛰기 시작했다. 차마 몸을 뒤로 물리지도 못한 채 시간이 멈춘 듯 딱딱하게 굳어 버렸다.

"이 정도는 돼야. 잘 보이지 않겠어요?"

다시 좋은 향기가 코끝을 타고 스몄다. 향수를 쓰나 보다. 관상학적으로도 훌륭한 입술 끝이 웃으면 더 예쁘게 올라가는구나. 당황스러운 상황과 어울리지 않는 생각임을 알면서도 더욱 당황하지 않기 위해 억지로 그를 살피기 시작했다.

당혹감을 애써 감춘 눈동자가 그의 얼굴 위를 천천히 감상하듯 훑었다. 이런 상황에서도 침착함을 담고 자신을 살피는 그녀의 모습에 웃음이 걸린 선호의 입술 끝이 미세하게 꿈틀거렸다.

"어때요?"

이렇게 가까이서 나지막하게 물어오니 얼굴이 화끈거리기 시작했다.

"뭐…… 뭐가요?"

"가까이서 보니까. 어떠냐고요."

"조…… 좋네요."

큭 소리와 함께 그의 얼굴이 눈앞에서 멀어졌다.

하아……. 차마 소리 내지 못하고 낮은 한숨을 뱉었다. 좋네요, 라니……. 이게 말이냐 막걸리냐. 너무 프로페셔널하지 못했다. 굳이 확인해 볼 필요도 없을 만큼 얼굴은 빨개져 있을 게 뻔했다. '그렇게 틀린 말은 아니니까. 괜찮아.'

잘생긴 걸 좋다고 한 게 뭐가 잘못됐냐. 애써 자신을 다독였다.

"다행이네요. 좋다니."

"……."

"내려요. 밥 먹어야죠."

차에서 내려 유유히 걸어가는 그의 뒷모습을 바라보며 그제야 소리 내 한숨을 내쉬었다. 살짝 뒤돌아 자신을 바라보며 빙긋 웃는 그의 모습. 아무리 봐도 이 상황을 즐기는 거 같은 느낌을 지울 수가 없다. 빨리 내리라는 듯 까딱이는 그의 고갯짓에 여전히 붉은 얼굴로 차에서 빠르게 내렸다.

* * *

"먹어요. 어제 저녁도 잘 못 먹었을 텐데."

역시나 다 안다는 듯한 표정의 선호.

"네. 잘 먹겠습니다. 대표님도 드세요."

눈앞에 잘 차려진 먹음직스러운 브런치. 예상컨대 앞으로 그와 이렇게 마주 앉아 밥을 먹을 날이 적지 않을 것 같다. 그때마다 이런 먹음직스러운 음식을 두고 불편해하면 안 될 것 같은 마음에 어제와 다른 마음으로 음식을 먹기 시작했다.

"와. 되게 맛있네요. 여기 유명한 집인가 봐요."

입안을 호강시켜 주는 맛있는 음식에 감탄이 절로 나왔다.

"네. 유명하다고 하더라고요."

오물오물 씹고 있던 음식을 꿀꺽 삼킨 인선이 선호를 바라보았다.

"처음 오시는 거예요?"

"네. 오늘 처음 와요."

"아. 그렇구나."

대수롭지 않게 답한 인선이 다시 재빨리 음식을 입에 넣었다.

"천천히 먹어요. 사무실 신경 쓰지 말고."

너무 맛있어서, 사무실 따위 머리에 전혀 담고 있지 않았기에 괜히 뜨끔거렸다. 그래도 대표가 신경 쓰지 말라는데. 다시 포크가 빠르게 움직이기 시작했다.

음식 몇 개를 먹고 포크를 내려놓은 선호가 열심히 음식을 먹고 있는 인선을 가만히 바라보았다. 안 데리고 왔으면 어찌할 뻔했나 하는 생각이 들 정도로 야무지게 잘 먹는 그녀의 모습에 괜히 웃음이 번졌다. 혹여나 그녀가 의식할까 봐 재빨리 웃음을 지운 선호가 살짝 멀리 놓여 있는 커피를 그녀 앞으로 밀어주었다.

"감사합니다."

가식 없이 전달되는 그녀의 한마디에 결국 선호가 웃음을 숨기지 못했다.

왜 웃어. 물어오는 듯 닿는 그녀의 눈빛에 선호가 흠흠 목을 가다듬었다.

"유인선 씨는 솔직한 사람인가 봐요."

너는 역시 어려운 사람이야. 또 무슨 뜻인지 이해가 되지 않는 그의 말에 그녀의 고개가 살며시 기울어졌다.

"저. 대표님. 무슨 뜻이신지 제가 잘."

무덤덤한 표정을 유지하며 잠시 꾹 다문 그의 입술이 천천히 움직였다.

"좋네요."

"네?"

"왜요. 나는 좋으면 안 돼요?"

자신이 당황해서 던졌던 말을 고스란히 내뱉는 선호의 모습에 누군가 얼굴에 뜨거운 물을 부은 것처럼 얼굴이 화끈거렸다.

"다 먹었죠? 일어나죠. 천천히 나와요."

또 그가 유유히 멀어졌다. 붉어진 볼 위로 기다란 눈매가 살며시 찌푸려졌다. 농담인가?

"농담을 뭐 저렇게 진지한 표정으로 해. 사람 당황스럽게."

역시 이상하게 나랑 어디가 안 맞는 사람이야.

사무실을 향하는 차 안에서 인선은 침묵을 유지했다. 흘깃 바라본 그는 꽤 기분이 좋아 보인다. 아침부터 갑자기 나타나서 사람 여러 번 당황스럽게 만들더니 정작 본인은 여유가 넘친다. 자신이 당황한 모습이 즐거운 건가? 사디스트적 경향이 있는 건 아니겠지. 저도 모르게 또 그를 꼼꼼하게 살피던 인선이 살짝 돌아오는 그의 시선에 재빨리 시선을 옮겼다.

사무실에 들어가자 자리에 앉아 있던 김 비서가 무거운 몸을 천천히 일으켰다.

"오셨어요?"

"뭐 하러 일어나요. 앉아 있어요."

"네. 대표님."

냉큼 자리에 앉은 김 비서가 인선을 향해 밝게 손을 흔들었다. 괜히 늦은 것도, 대표와 함께 들어오는 것도 눈치가 보여 어색한 걸음으로 자리를 향했다.

"박 비서는요?"

"아! 오셨는데. 비서실에 인사드리러 갔어요."

"오면 방으로 들어오라고 하세요. 그리고 제가 어제 말씀드린 건 준비됐나요?"

"네. 방에 준비해 놨습니다."

"수고했어요."

김 비서의 옆에 나란히 서서 이야기 나누는 두 사람을 멍하니 번갈아 보았다.

"유인선 씨. 들어오세요."

"네?"

"제 사무실로 들어오라고요."

"네! 네!"

가방을 내려놓고 후다닥 사무실로 향했다.

커다란 창문으로 제법 높아진 해가 바닥으로 눈부시게 떨어졌다. 전체적으로 부드러운 색상으로 배치된 가구들, 사무실이라고 하기에는 아늑하면서도 고급스러워 보이는 분위기였다. 처음 들어와 보는 공간을 이리저리 살피던 인선이 창문 앞 책상으로 다가가는 그에게 시선을 돌렸다. 햇살에 살며시 가늘어진 눈으로 재킷을 벗어 의자에 툭 하고 던져 놓고 책상으로 다가가 무언가를 바라보는 그를 가만히 응시했다.

Rrrrr. Rrrrr.

"네. 차선호입니다. 네. 부장님 말씀하세요. 지금 들어왔습니다. 말씀하신 거 제가 살펴봤는데, 잠시만요. 컴퓨터 좀 켜고 말씀드릴게요."

여전히 자리에 서서 잠시 나갔다 와야 하나 고민하며 전화를 받는 그를 바라보았다. 어깨와 얼굴 사이에 전화기를 끼고 분주하게 손을 움직이던 선호가 고개를 살며시 들었다.

"저 나갔다 올까요?"

소리 없이 입을 벙긋거리자.

"앉아요."

사무실 가운데 소파를 가리키며 그가 벙긋거렸다.

"네. 지금 열었습니다. 이게 상대편에서 보내 온 시안인가요? 지난번 거보다 그다지 나아진 게 없는 거 같은데요?"

가만히 소파에 앉아 꽤 신중하게 오가는 대화를 한참 동안 귀에 담았다. 얼마나 중요한 일인지도 알지 못했고, 대화 내용을 정확하게 다 알아들을 수는 없었지만 오랜 시간 동안의 통화 내용을 듣고 있자니 왠지 자신과는 다른 세계라는 것이 느껴졌다.

'하긴 이런 회사의 대표인데. 쉬이 올라올 수 있는 자리가 아니지.'

그의 통화가 생각보다 길어졌다. 밤에 잠을 제대로 못 잔 탓도 있었고, 아침부터 갑자기 나타난 대표 덕분에 긴장도 했는데 이렇게 각 잡고 앉아 있으려니 죽을 맛이다.

'아유. 허리 아파. 차라리 나가 있으라고 하든가.'

불만스러운 눈빛으로 괜히 흘깃 그를 바라보고는 눈앞 테이블 위에 가득 쌓인 서류를 보았다.

'김 비서님이 준비했다는 게 이건가?'

멍해진 눈동자로 눈앞에 차곡차곡 쌓인 서류가 몇 개인가 살피던 중.

"미안해요. 통화가 길어졌네요."

"괜찮습니다."

기다란 다리로 성큼성큼 다가온 선호가 인선의 앞에 마주 앉았다. 답답한 듯 단정하게 묶여 있는 넥타이를 손으로 당겨 내린 그가 손끝으로 눈앞에 서류를 가리켰다. 인선의 시선이 그의 손끝을 지나 다시 그의 얼굴로 향했다.

이게 뭐? 인선이 빙긋 웃으며 그의 말을 기다렸다.

"유인선 씨 거예요."

"네?"

뭐가 내 거라는 거지?

"유인선 씨가 봐야 할 자료라고요."

"아……."

"물론 복잡한 업무들은 진호, 아니 박 비서가 할 테지만. 어느 정도 회사 돌아가는 실정은 비서로서 알아야 하니까."

맞는 말이었다.

"네. 알겠습니다."

"보다가 궁금한 거 있으면 나한테 물어봐요."

굳이 물어볼 게 있으면 김 비서에게 물어보는 게 편하지 않을까. 어차피 내 거면 그냥 책상에 놔두지 뭘 임신한 사람한테 사무실까지 이걸 옮기라 해. 두 가지 생각을 머리에 담으며 천천히 고개를 끄덕였다.

자리에서 일어난 선호가 다시 책상을 향하는 모습에, 인선도 자리에서 일어서 품 안으로 서류를 하나씩 챙기기 시작했다.

"뭐합니까?"

갑작스러운 선호의 목소리에 서류를 향하던 인선의 손이 멈추었다. 내가 뭘 잘못했나? 잠시 머뭇거리던 인선이 입을 열었다.

"서류. 챙기는데요."

"그러니까 서류는 왜 챙기냐고요."

"제 자리에 가져가려고요."

당연한 거 아니야? 보라며. 내 책상에서 보지 그러면 어디서 봐. 뭐가 잘못된 것인지 전혀 모르겠다는 표정으로 품 안에 서류를 하나 더 담았다.

"그냥. 거기서 보세요."

"네? 여기요?"

"네. 거기. 딱 그 자리."

"아. 저기 이……."

이게 대체 무슨 소리야. 잠시 극하게 밀려온 당황스러움을 가라앉히고 천천히 입술을 움직였다.

"저 대표님. 여기는 조금……."

조금이 아니지만 애써 순화해서 말을 뱉었다.

'많이 불편하다고.'

그리고 마음에 가득 담긴 표정을 보란 듯이 얼굴에 담았다.

"왜요? 불편한가요?"

어쩜 저렇게 태연한 표정으로 물을 수 있을까. 그래도 확실히 전해야 했다.

"네. 불편할 거 같습니다."

"뭐가요?"

너! 너! 너! 차마 너라고 말은 못 하고 작게 한숨을 내쉬었다.

"제가 여기 있으면, 대표님 일하시는 데 방해가 될 것 같고, 사실 소파에 앉아서 문서를 보는 일도 편해 보이지는 않습니다."

"아. 그런가요?"

"네."

"하긴. 그렇기도 하겠네요. 내가 그 생각을 못 했네요."

정말 몰랐다는 듯 답하는 그의 표정에 잠시 울컥 올라왔던 화를 가라앉혔다. 이게 벌세우는 거지 일하라는 거야? 아무리 생각해도 그건 아니라는 생각이 들었다. 그래도 이제라도 알아들었으니 다행이라며 잔뜩 굳었던 얼굴을 풀었다.

"네. 저는 이만 나가……."

"김 비서님. 관리팀 전화해서 유인선 씨 책상 제 사무실로 옮기라고 전해 주세요."

ㅡ네. 알겠습니다.

스피커로 흘러나온 상큼한 김 비서의 목소리가 사무실 안을 채웠다.

"됐죠? 잠시 앉아서 기다리세요."

책상을 옮기다니…… 미쳤다. 그리고 내가 불편한 이유 두 개 말했는데. 왜 하나만…….

"그리고 나 일하는 거 전혀 방해 안 되니. 걱정하지 말아요."

결국, 하나도 기각. 네 걱정 아니고 내 걱정인데.

인선이 역시 뱉지 못하는 말을 삼켰다.

포기한 인선이 서류를 내려놓고 털썩 소파에 앉았다. 똑똑. 노크 소리와 함께 관리팀 직원들이 우르르 사무실로 들어왔다.

'빠르시기도 하시지.'

이 회사 넘버원의 지시에 쏜살같이 달려온 관리팀 직원들이 햇살이 아주 잘 드는 창가에 인선의 책상을 빠르게 놓아 주고 퇴장했다. 빠른 대처 고오오맙습니다. 눈물 나게 고마운 관리 팀 직원이 설치해 준 책상으로 서류까지 손수 옮겨 준 선호가 툭툭 책상을 두드리며 빙긋 웃었다.

"자! 앉아서 편하게 보세요."

"네."

그동안 나름 대표면서 같은 사무실 쓰게 했던 직원들에게 뒤늦은 사과의 말을 전하며 그가 친절하고 빠르게 만들어 준 자신의 자리에 앉았다.

똑똑. 다시 울린 노크 소리와 함께 반쯤 열린 사무실 문.

"어? 왔어?"

반가운 선호의 목소리와 함께 대충 봐도 190cm는 되어 보이는 장신의 남자가 사무실로 들어왔다.

'와! 크다. 누구지? 아! 박진호라는 분인가.'

"어서 와. 오느라 수고했다."

문 앞까지 빠르게 다가가 악수를 하며 어깨를 툭툭 때리는 선호의 모습에 두 사람이 꽤 친밀한 관계임이 자연스럽게 느껴졌다.

"고생은요. 그동안 별일 없었습니까?"

"뭐. 바빴지. 정리는 잘하고 온 거지?"

"네."

"훌륭한 인재 빼 간다고 내가 욕 엄청 먹은 거 알지?"

"네. 압니다."

"그래도 너 어디 가서 이런 연봉 못 받는다."

"그건 아닌 거 같은데요."

"이게. 끝까지."

꿔다 놓은 보릿자루처럼 눈만 멀뚱멀뚱하며 의외로 많은 수다를 주고받는 남자들을 숨죽여 바라보았다. 한참이 지나서야 자리에 서서 자신들을 바라보는 인선을 의식한 선호가 인선을 향해 걸음을 옮겼다.

"박 비서. 인사해. 이쪽은 유인선 씨."

"안녕하세요. 유인선입니다."

공손한 인선의 인사에 진호도 고개를 숙이며 공손하게 인사를 건넸다.

"안녕하세요. 박진호입니다."

"김 비서 대신해서 앞으로 근무하실 분이야."

시선을 인선에게 고정한 채 선호가 있는 자리까지 다가온 진호가 천천히 입술을 밀어 올렸다.

"잘 부탁드립니다. 이야기 많이 들었습니다."

"……."

내 이야기를 많이 들었다고? 의아한 진호의 말에 인선의 표정이 묘하게 변했다. 인선의 표정을 인지한 진호가 다시 말을 이었다.

"아침에 김 비서님이 말씀해 주시던데요. 굉장한 미인이시라고."

"아……. 아닙니다. 김 비서님 왜 이상한 말씀을……."

"실제로도 굉장히 미인이시네요. 앞으로 잘 부탁드립니다."

"아니요. 제가 잘 부탁드려요."

인물도 훈훈한데, 옳고 바른 말(?)도 잘하는 것 같은 박 비서의 첫인상은 일단 완벽한 합격이었다. 당장 누구라도 소개해 주고 싶은 마음이 불끈 치솟았다.

"안 바쁘냐. 쓸데없는 소리 하려면 나가."

저분은 점점 불합격. 대체 누구를 소개해 줘야 할까 고민이 쌓인다.

툭 하고 박 비서의 어깨를 가볍게 때린 선호가 자리로 돌아가자 빙긋 웃어 보인 진호가 그를 따라 걸음을 옮겼다.

"오늘 부장님 전화 받으셨죠? 고민 많으시던데."

"어. 아까 시안이랑 기획안 봤는데. 다시 돌려보내야 할 거 같아."

아마도 조금 전 통화와 관련된 내용인 것 같았다.

"그 정도입니까?"

"대체 마케팅 팀은 뭘 보고 그 회사를 선택한 거야? 다시 처음부터 시작하라고 해야 하나?"

"처음부터는 조금 무리일 텐데요. 아니면 다시 새로운 기획안 올리라고 하는 편이 나을 것 같습니다. 기존 다른 회사들과 함께했던 작품들은 꽤 시장에서 주목받았던 거로 알고 있습니다."

"일단 그렇게 하기로 했어. 다시 올라오겠지."

"오늘 점심 미팅 잊지 않으셨죠? 1시까지 W 호텔에서 예정되어 있습니다. 그리고 저녁에 지사 본부장들 회의는 5시로 당겼습니다."

"어. 알고 있어."

미국에서 온 지 얼마 안 됐다는 사람이 일정표를 줄줄 읊어 내는 모습에 인선의 입이 떡하고 벌어졌다. 괜히 눈앞에 놓인 서류를 한 장 한 장 넘기며 한참 동안 심각하게 이야기를 나누는 두 사람을 흘깃 바라보았다.

'이쯤 되면 정말 내 자리는 필요 없는 자리가 아닌가?'

물론 이곳에 들어오게 된 이유가 정확한 비서 일 때문은 아니지만, 아무리 생각해도 이상하다.

'매일 가장 가까운 곳에서 머물면서 제대로 파악해 달라는 말입니다.'

사실 의뢰인의 요청이기도 했고, 지극히 개인적이고 현실적인 문제로 인해 받아들인 계약이지만 마음 한쪽이 영 찝찝하다. 결혼할 상대도 그렇다. 성격도 마음도 당사자끼리 맞춰 보는 것이 정확하지, 저 남자랑 연애할 것도 아닌데 굳이 자신이 그를 완벽히 파악할 필요 따위는 없는 문제였다. 빨리 누군가를 소개해 주고, 선호가 그 사람을 만나는 동안 사업 정리와 새로운 일자리를 찾는 편이 낫겠다는 결론을 내렸다.

'선금이야 돌려주면 되고, 시간만 조금 번다고 생각하자. 그런데 사업을 어떻게 정리해야 할까.'

이 고민 저 고민 하다 보니 어느새 두 남자의 대화는 귀에 들리지 않고, 그저 생각에 푹 빠졌다. 얼마나 시간이 지났을까. 의미 없이 종이 위를 볼펜으로 그어 내리던 인선이 이상한 느낌에 고개를 천천히 들었다.

"어……."

아주 가까운 거리에서 이상한 눈빛으로 자신을 바라보는 두 남자.

"아! 대화 끝나셨어요?"

언제부터 서 있었던 거야. 놀란 눈으로 벌떡 일어난 인선의 모습에 진호는 웃었고 선호는 삐딱하게 고개를 기울였다.

"방금 얘기 들었습니까?"

"네? 뭐라고 하셨나요?"

"박 비서. 네가 전해 줘. 나 나가야 하니까."

"네. 다녀오세요."

선호가 사무실을 나가고 여전히 보기 좋은 미소를 지은 진호가 인선의 책상을 살폈다.

"와. 여기가 유 비서님 자리예요?"

세상에. 작게 덧붙이는 그의 말에서 느껴지는 의도가 자기 생각과 다르지 않음을 알 수 있었다.

"뭐 이해는 가네요."

"뭐가요?"

되묻는 인선의 말에 그저 미소만 돌아왔다.

"대표님 지금 나가셔서 점심 미팅 마치고 들어오실 거예요. 오늘 점심은 저랑 드시면 될 거 같아요."

"네."

"김 비서님은 오늘 병원 가셔야 해서 반차 쓰실 거예요. 알고 계세요."

"네."

다시 한번 인선의 책상을 살핀 진호가 빙긋 웃었다.

"서류 보다가 궁금하신 거 있으면 언제든 물어보세요."

"네. 감사합니다."

"저는 그럼 나가 볼게요."

"네."

진호가 사무실을 나가고 인선이 혼자 덩그러니 남았다. 대표도 아닌데 대표실에 혼자 남아 있는 모양새가 아무리 생각해도 이상하다.

"대체. 이게 뭐야."

꾹 눌러 내렸던 불만이 솟구치기 시작했다.

"그래. 배려해 준 걸 거야. 배려. 배려. 배려심이 깊은 남자. 추가하자."

좋게 좋게 생각하는 게 정신 건강에 좋지. 기지개를 켜고 찌뿌둥한 몸을 이리저리 돌리며 사무실을 살폈다. 아무도 없는 사무실을 이제는 마음 편하게 여기저기 살피기 시작했다. 물론 사무실 청소를 해 주기야 하겠지만, 기본적으로 깔끔한 성격임이 예상되었다.

자리에서 일어난 인선이 잠시 머뭇거리다가 선호의 책상으로 다가갔다. 가지런히 놓여 있는 서류들과 줄 맞춰 놓여 있는 볼펜을 보고 인선이 웃음을 터트렸다.

"엄청 깔끔함. 추가."

웃음기 머금은 눈동자가 책장 줄지어 놓인 액자들 위에 멈추었다. 경영인 잡지에서 보았던 사진과 야유회를 가서 직원들과 찍은 것으로 보이는 사진 등을 천천히 훑었다.

"가족사진인가?"

단란해 보이는 가족사진 앞으로 바짝 다가갔다.

"이게 대체 언제야."

중학교? 고등학교? 대충 그쯤인 듯 보이는 선호의 모습.

"와. 아버님 미남이시구나."

부모의 좋은 면만 쏙 빼닮아서 외모가 훌륭하다는 것을 깨달으며 작게 고개를 끄덕였다.

"근데 동생이 있었나?"

초등학생쯤으로 보이는 여자아이. 오빠와 닮은 듯 안 닮은 듯 보이지만 역시나 엄마 아빠의 좋은 점만 빼닮은 너무나 귀엽고 어여쁜 아이였다.

보기 좋은 가족의 모습에 따스한 미소를 담느라 밀려 올라갔던 입술 끝이 천천히 제자리로 돌아왔다. 잠시 숨겨 놓았던 뭉클한 감정이 툭 하고 밀려 올라와 내쉬던 숨을 애써 삼켰다. 재빨리 몸을 돌려 다시 자리로 돌아온 인선이 잠시 뜨거워진 눈가를 식히느라 빠르게 눈을 깜빡였다. 익숙해질 수 없음을 알면서 빨리 이런 감정에 익숙해졌으면 하는 부질없는 바람을 다시 한번 가져 보았다.

* * *

"유 비서님. 식사 가시죠?"

아. 벌써 시간이 이렇게 됐나. 사무실 문을 살며시 열며 자신을 부르는 진호의 목소리에 빠르게 자리에서 일어났다.

"김 비서님은 퇴근하셨어요."

"아. 병원 가신다고 하셨죠?"

"네. 유 비서님, 뭐 드시고 싶으세요?"

엘리베이터를 기다리며 진호가 물어 왔다.

"저 아무거나 괜찮아요. 구내식당도 괜찮고 혹시 박 비서님 드시고 싶은 거 있으면 거기로 가요."

"유 비서님 드시고 싶은 거 드세요. 대표님이 맛있는 거 사 드리라고 했어요. 카드 주고 가시던데요?"

"아. 대표님이요?"

"네."

"아니에요. 이건 제가 살게요."

아침도 얻어먹었는데, 양심이 있지.

결국, 이곳저곳 살피다가 회사 앞 가까운 쌀국수 집을 향했다. 처음 마주했음에도 서글서글한 인상 때문인가 선호와 마주 앉았을 때보다 몇 배는 편한 느낌이었다.

"일은 어떠세요? 할 만해요?"

"어제부터 나와서 뭐 일이라고 할 것도 없었어요."

"대표님은 어때요? 편하게 대해 주시죠?"

내가 아는 대표 말고 다른 대표가 있었나.

"네. 책상도 대표실에 놓아 주시고. 아주 편하게 잘 대해 주세요."

풉. 하는 진호의 웃음소리를 들으며 앞에 놓인 물을 천천히 들이컸다.

"아. 그건 조금 그렇긴 하네요. 그래도 아마 생각이 있으실 거예요."

"무슨 생각이요?"

나를 괴롭히고 싶다. 이런 생각 아니겠죠? 인선의 낯빛이 어두워졌다.

"제 생각에는 아마도 사모님 때문이 아닐까 싶기도 하고요."

"사모님이요?"

"네. 저는 유 비서님 이야기 다 듣고 왔어요. 편하게 말씀하셔도 돼요."

"아아……. 알고 계셨구나."

천천히 고개를 끄덕이는 진호를 바라보던 인선이 눈을 반짝였다.

"혹시 대표님 예전에 만나셨던 분들은 어떤 분들이었어요?"

제대로 아군이 나타났음을 직감한 인선이 찬스를 놓치지 않기 위해 레이더를 작동시켰다.

"어떤 분이라……. 글쎄요."

"정확히는 아니더라도 대충 연령대나 아니면 외모 스타일? 성격 이런 거요."

"음……. 그게."

왜 이렇게 뜸을 들이실까. 이리저리 눈동자를 굴리며 고민하는 진호를 바라보는 인선의 가슴 가득 답답함이 느껴졌다. 그래도 무언가를 얻을 수 있다는 기대감을 버리지 않은 부담스러운 인선의 눈빛에 진호가 슬그머니 눈치를 보며 입을 열었다.

"연애하시기는 했는데……."

"네. 그런데요?"

"사실 오래하신 적이 없어서, 어떤 스타일인지 제가 잘 모르겠네요."

"연애 기간이 짧았나요?"

그걸 연애 기간이라고 해야 하나. 작게 읊조리는 진호의 목소리에 인선의 미간이 살며시 찌푸려졌다.

"사실 여자분 쪽에서 먼저 좋다고 따라다니셔서 만나는 경우가 많아서……. 그러다가 사귀게 되고, 그리고 오래가지 못해서 여자 쪽에서 먼저 헤어지자고……. 뭐 거의 그런 사연이었죠."

아무리 봐도 이건 그냥 여자를 안 좋아하는 사람 아닌가? 그런데 또 결혼은 되게 하고 싶다고 했는데. 점점 미궁 속에서 헤매게 만드는 그의 결혼관. 이쯤 되면 저 그냥 선금 돌려 드리고 포기해야 하는 거 아닌가요? 복잡한 마음을 고스란히 담은 인선의 눈동자가 진호를 향했다. 그 모습에 얼핏 웃음을 보인 그가 다시 말을 이었다.

"그런데 좋아하는 분은 계세요."

"네에?"

이 양반이 장난하나. 그걸 먼저 말했어야지.

"좋아하는 분? 그럼 현재 진행형인가요?"

"아. 과거형이라고 말해야 하나?"

"네에?"

"과거일 수도 있고, 현재 진행형일 수도 있고. 딱 뭐라고 말하기가."

이제 보니 누가 친한 사이 아니랄까 봐 듣는 사람 헷갈리게 말하는 건 선호와 비슷하다. 어쨌든 그게 지금 중요한 것이 아니었다.

"그럼 그분은 어떤 분이신데요?"

"저도 만나 본 적은 없어서요."

하아. 많은 의미가 포함된 인선의 한숨이 크게 터졌다.

"유 비서님이, 직접 물어보세요."

"제가요?"

"저한테 들었다고는 하지 마시고요."

물으라는 거야, 말라는 거야.

"저도 잘 꺼내지 않는 이야기라서요. 그래도 유 비서님은 목적이 있고 대표님도 그걸 아시니 은근슬쩍 물어보면 답해 주시지 않을까요?"

진호의 말마따나 당사자에게 묻는 것이 확실하겠다는 생각이 깊게 자리매김함과 동시에 주문한 음식이 나왔다.

"박 비서님. 드세요. 대답도 많이 해 주셨으니 오늘은 제가 살게요."

많이 도움은 되지 않았지만, 그래도 새로운 사실을 알았다는 것이 중요했다.

점심을 배부르게 먹고, 커피까지 손에 들고 사무실로 돌아왔다. 잠시 들를 곳이 있다는 박 비서가 자리를 비우고 사무실 앞에 덩그러니 서서 문을 노려보았다.

"저기 다시 들어가야 하나? 그냥 여기 앉아?"

슬그머니 김 비서의 빈자리를 보며 고민에 빠졌을 때.

"식사했습니까? 들어가지 않고 밖에 서서 뭐 해요."

고민 따위 더는 할 필요도 없이 선호가 나타났다.

"네. 들어가려고요."

들어가죠. 울리는 그의 목소리를 들으며 말없이 사무실로 걸음을 옮겼다. 여전히 어색하고 불편함으로 가득한 자신과는 다르게 태연하게 책상에 앉아서 컴퓨터 모니터를 바라보는 선호의 모습에 인선이 자리에 앉아 앞에 놓인 서류를 조용히 보기 시작했다.

째깍째깍 울리는 시계 초침 소리와 간혹 울리는 전화벨 소리. 바스락거리는 종이 소리 외에는 아무것도 들리지 않는 정적이 가득한 사무실. 시간이 흐를수록 인선 또한 이 정적이 익숙해져 그와 단둘이 있다는 것을 인식하지 않은 채 서류를 보는 일에 몰두하기 시작했다.

Rrrrr. Rrrrr.

"응. 박 비서. 알았어. 지금 나갈게."

전화를 받고 자리에서 일어서는 선호의 모습에 인선도 천천히 일어섰다.

"저녁 미팅 있어서 나가 봐야 해요."

"네."

"유인선 씨는 퇴근 시간 되면 바로 퇴근하세요."

재킷과 가방을 손에 든 선호가 문으로 향했다.

"바로 퇴근하시는 건가요?"

"네."

"알겠습니다."

"내일 보죠."

"네. 다녀오세요."

선호가 나가고 홀로 남은 사무실. 털썩 의자에 주저앉은 인선이 기지개를 켜며 주먹으로 어깨를 툭툭 두드렸다.

"아우. 온몸이야."

같은 자세로 몇 시간을 앉아 있었더니 어깨가 잔뜩 뭉쳐 버렸다. 자신과 마찬가지로 몇 시간을 같은 자세로 앉아 있던 선호는 멀쩡해 보이던데. 너무 조용한 분위기에 진호와 나누었던 이야기에 대해서는 결국 한마디도 꺼내지 못했다.

"갑자기 좋아하는 여자가 누구냐고 물을 수도 없고. 자연스럽게 물어야 하는데."

인선의 손끝에 잡힌 볼펜이 의미 없이 톡톡 책상을 두드렸다.

"좋아하는 여자라. 누굴까?"

좋아하는 여자가 있으면서 굳이 이 계약에 동의한 이유가 뭘까.

"그분이 벌써 결혼을 한 건가?"

이루어질 수 없는 사랑에 아파하며, 그 사랑을 잊기 위해 어디엔가 존재할 새로운 사랑을 찾는다.

"유인선. 소설을 써라, 소설을 써. 아니지. 그게 완전히 불가능한 건 아니잖아?"

무슨 사연이야, 대체.

"그러니까 남들 잘 하는 연애를 왜 안 해. 일단 만나 봐야 사랑도 찾고 그럴 거 아니야."

누군지 참 궁금하네.

"아차. 내 정신 좀 봐."

생각에 빠져 멍하니 창밖을 바라보던 인선이 핸드폰을 빠르게 손에 쥐었다.

"네. 안녕하세요. 저 유인선이에요. 혹시 집 보겠다는 사람 없었나요?"

─아. 인선 씨. 안 그래도 전화하려고 했어.

"왜요? 집 보겠다는 사람 있어요?"

─아니…… . 그건 아니고.

"그럼요?"

─요즘 도통 신규 아파트 물량도 많고 해서 찾는 사람이 없어. 가격을 더 낮춰 보는 건 어떨까 하는데. 사실 낮춰도 보러 올 사람이 있을지는 우리도 장담 못 해.

"아. 그래요?"

가느다란 한숨이 작은 입술 사이로 흘러나왔다.

"지금 가격도 시세보다 많이 낮춘 건데…… ."

─응. 알지. 그래도 워낙 찾는 사람이 없다 보니까. 인선 씨가 괜찮다고 하면 우리가 잘 얘기해 볼게.

"제가 생각 더 해 보고 전화할게요. 아무튼, 신경 써 주셔서 감사해요."

─그래. 생각해보고 전화해 줘요.

"네. 알겠어요."

하루에도 몇 번은 고민에 빠진다. 눈물이 날 정도로 행복했던 시간과 여전히 가슴 한쪽을 시큰하게 만드는 아픔이 공존하는 공간. 가족들의 흔적은 사라졌지만, 추억을 버리지 못해 지금껏 안고 있었다.

"그래도 정리하는 게 맞겠지?"

덤덤한 눈동자가 한참을 멍하니 허공을 담았다. 천천히 책상에 엎드려 눈을 꼭 감았다.

* * *

띠링. 엘리베이터 도착 소리에 선호가 잠시 감았던 눈을 떠 사무실로 걸음을 옮겼다. 유난히 생각이 많아 피곤한 하루다. 최근 새로운 사업 추진으로 인한 고민도 있었지만, 그것이 주요 원인이 아님을 선호는 정확하게 알고 있었다.

잠시 사무실 앞에 걸음을 멈춘 선호가 재킷 주머니에서 핸드폰을 꺼내어 가만히 바라보았다. 패턴을 풀고 한참을 핸드폰 위를 배회하던 그의 손끝이 머뭇거림과 함께 제자리로 돌아갔다.

"아니다. 됐다."

사무실 문을 열고 책상을 향하던 선호의 발길이 우뚝 멈추었다.

"뭐야……."

잠시 놀라 어둠 속에 크기를 키웠던 선호의 눈이 다시 원래대로 돌아왔다. 책상 위에 엎드린 채로 미동조차 하지 않는 인선. 머뭇거리던 몸을 돌려 천천히 그녀를 향해 다가갔다. 새근새근 들리는 숨소리에 그녀가 잠이 들어 있음을 알 수 있었다.

"대체……."

왜 안 가고 여기서 이러고 있는 거지. 당황스러움도 잠시. 달빛이 내리는 창문 아래 작은 숨을 내쉴 때마다 그녀의 몸이 작게 들썩이는 모습에 내쉬던 숨을 잠시 멈추었다. 너무나도 곤히 잠든 그녀의 모습에 저도 모르게 입술이 밀려 올라갔다.

톡톡. 조심스럽게 인선의 어깨를 두드려 보았지만, 미동조차 하지 않는다.

"저. 유인선 씨."

어깨를 살며시 흔들며 이름을 불러 보아도 역시나 이번에도 마찬가지. 잠시 고민에 빠졌던 선호가 자신의 자리로 돌아가 답답하게 목을 조이고 있는 넥타이를 풀어내며 전화를 걸었다.

"기사님. 먼저 퇴근하세요. 일이 조금 늦어질 거 같아요. 저는 알아서 가겠습니다."

전화를 끊고 인선에게 다가온 선호가 인선의 책상에 살며시 걸터앉아 그녀를 바라보았다.

"머리. 묶었네."

작게 미소를 머금은 선호의 눈동자가 천천히 그녀의 얼굴 위로 움직였다. 만져 보고 싶을 정도로 새하얀 피부. 꼭 감은 눈 위로 숨을 내쉴 때마다 자잘하게 떨리는 기다란 속눈썹, 살짝 벌어진 입술이 달빛을 머금어 유난히 매혹적인 붉은빛을 띠고 있다.

홀린 듯 한참 동안 그녀의 모습을 눈에 담았다. 머뭇거리기만 할뿐, 차마 용기 내지 못했던 선호의 손끝이 천천히 그녀의 입술을 향해 다가갔다. 조금씩 그녀의 입술과 거리를 좁혀 가던 손끝이 미세하게 떨려 왔다.

조금만이라도 그녀에게 닿아 보고 싶다는 욕심. 고요한 사무실에 울려 퍼지는 것이 아닐까 걱정이 될 만큼 심장이 쿵쿵 소리를 내며 뛰기 시작했다. 살며시 그녀의 입술에 닿은 손끝에 부드러운 감각이 번지듯 밀려들었다. 잠시 떨어졌던 손가락이 다시금 용기 내어 입술을 향했다. 아름다운 붉은빛을 물들이듯 손끝을 천천히 움직일 때마다 미세하던 떨림이 온몸으로 천천히 번졌다. 욕심내면 안 되는데, 조금 더 그녀에게 닿고 싶은 감정이 이성을 점점 더 지배해 오기 시작했다. 하루 종일 몇 번이고 가까이 다가와 눈 안에 가득 담고 싶었던 그녀의 얼굴. 세상의 모든 시간이 멈춰버리고 그녀와 자신 둘만이 존재하는 것만 같은 착각에 여전히 심장은 크게 울렸다.

"으…… 응……."

순간 꿈틀거리는 인선의 행동에 입술에 닿았던 선호의 손이 빛의 속도로 제자리로 돌아왔다. 너무 놀란 나머지 책상 위에 걸터앉았던 몸이 휘청거리며 하마터면 바닥에 엉덩방아를 찧을 뻔했다. 차마 소리도 내지 못하고 재빨리 시선을 인선에게 옮겼다. 미세하게 꿈틀거리던 입술이 움직임을 멈추고 다시 새근새근 숨소리가 들려왔다.

"하아. 미친놈."

쿵쿵거리는 심장을 부여잡고 그녀의 곁에서 달아나듯 걸어와 소파에 털썩 주저앉았다. 설렘과 놀람이 뒤엉킨 거친 숨결을 내뱉었다. 기다란 손가락으로 머리카락을 어지럽게 헝클어트리고 다시 한번 크게 숨을 들이마셨다. 소파에 기대어 천장을 바라보던 고개가 한참의 시간이 지나서야 인선을 향해 돌아갔다.

"이게 뭐 하는 짓이냐."

아무것도 모르는 채 잠이 든 그녀를 바라보며 또다시 많은 생각들로 머리를 가득 채웠다.

* * *

따스한 온기에 기분마저 포근한 느낌이다. 또렷이 기억은 나지 않지만 오랜만에 좋은 꿈을 꾸었다. 이 기분에서 벗어나고 싶지 않아, 품 안에 이불을 꼭 끌어안았다.

'응?'

손끝과 품 안에 닿는 이불 감촉이 너무 낯설다. 눈을 꼭 감은 채로 주변을 더듬거리던 손끝에 단단한 감촉이 닿았다.

'으음……. 뭐지?'

그러고 보니 내 베개가 이렇게 딱딱했던가. 쓱쓱 문질러 보니 역시나 손바닥에 같은 감촉이 번진다. 살며시 눈을 뜨자 무감한 표정으로 저를 내려다보고 있는 선호가 보였다.

'내가 종일 이 남자 생각을 너무 많이 했나. 꿈에서도 이 남자가 보이네.'

피식 웃음을 흘리며 천천히 눈을 감았다. 여전히 느껴지는 생경한 감촉. 몽롱한 기분을 머금고 조금 더 만져 보기로 했다. 딱딱하기는 한데, 포근한 거 같기도 하고 마치 전기장판을 켜놓은 듯 번지는 따스한 온기도 꽤 기분 좋았다. 그런데 뭐가…… 조금 이상한데?

"그만 만지고 깼으면 이제 일어나시죠?"

나지막한 중저음 목소리가 여전히 잠에 취한 귓가에 멍하게 울렸다.

'차선호 목소리인데.'

늘 생각하는 거지만 목소리가 참 좋긴 하다.

"남의 다리 그만 만지고 일어나시라고요. 유인선 씨."

목소리 진짜 좋다. 다시 감상평을 작성하려던 머리에 번개가 친

듯 정신이 번쩍 들었다.

"히익!"

눈을 뜸과 동시에 스프링을 달아 놓은 듯 인선의 상체가 공중으로 튀어 올랐다. 당황한 나머지 뒤로 휘청 넘어간 등 뒤로 폭신한 소파의 쿠션감이 느껴졌다.

'내가 왜 여기……'

모든 사물이 제대로 인식되지 않는 몽롱한 눈동자 안에 어둠 속 자신을 똑바로 바라보고 있는 선호의 눈빛만은 또렷하게 각인되었다.

"대표님! 여기서 뭐……"

하세요. 라고 물어보기에는 그의 사무실이 아니던가.

"퇴…… 퇴근한다고 하지 않으셨나요?"

"제가 퇴근하라고 하지 않았나요?"

손바닥으로 툭툭 허벅지를 털어 내는 선호의 행동에 인선의 시선이 아래로 떨어졌다. 그 단단한 감촉이 저거였구나.

'운동을 열심히 하나. 마치 돌을 베고 누운 것 같은 느낌이었는데.'

잠시 목과 손바닥에서 느껴졌던 감각을 떠올렸다.

"지금 어디 봅니까?"

떠오른 감각에 감탄한 나머지 너무 과하게 몰입해서 바라보았다.

"어우. 아니요. 목에 담이 걸려서요. 스트레칭 좀 하느라."

재빨리 고개를 번쩍 들어 위아래 양옆으로 어색하게 돌리자 옆에서 헛웃음 소리가 들려왔다. 민망함이 밀려와 화끈거리는 열기가 얼굴 가득 느껴졌다.

'분명히 책상에 엎드린 것까지는 기억이 나는데…….'

왜 나는 소파에 누워서 저 남자의 다리를 베고 있었던 걸까.

"일어났으면 그만 가죠. 늦었습니다."

손목시계를 확인한 선호가 자리에서 일어섰다. 빨리 이곳을 빠져나가고 싶다는 생각이 가득했던 인선이 기다렸다는 듯 벌떡 일어섰다. 툭 소리와 함께 무릎 위로 느껴지는 허전함. 아마도 그가 덮어 준 것으로 보이는 그의 재킷이 바닥 위로 떨어져 있었다.

"어머……."

선호가 손을 뻗을 새도 없이 인선이 낚아채듯 바닥에서 재킷을 주웠다. 딱 봐도 비싸 보이는 재킷. 먼지를 털어 내느라 분주하게 움직이던 인선의 손이 순간 멈추었다.

"됐습니다. 그만 털어요."

강하게 인선의 손목을 감아쥔 선호가 고개를 빠르게 반대로 돌렸다.

"제가 내일 세탁해서……."

"괜찮으니까. 그…… 옷 좀……."

알아듣지 못한 인선이 고개를 돌린 선호의 옆모습을 말없이 바라보았다. 이상하리만큼 붉어져 있는 그의 귀. 점점 붉은빛이 번지듯 목선을 타고 내려오는 것이 보였다.

"옷이요?"

인선의 손목을 빠르게 놓아준 선호의 손끝이 인선의 치마를 향했다.

"정리하라고요."

그의 말이 떨어짐과 동시에 빠르게 고개를 내렸다. 맙소사. 가득 구겨져 허벅지 위쪽 아슬아슬한 부분까지 말려 올라간 치마.

'하필이면 타이트한 치마를 입고 와서는······.'

당황한 손놀림으로 힘겹게 치마를 내렸다. 정리해야 하는 것은 치마가 아니라 이 남자와의 관계가 아닐까 하는 생각이 머리를 빠르게 스치고 지나갔다.

'얼마나 황당했을까.'

사무실에서 엎어져 잠을 자지를 않나, 막 만지지를 않나. 거기다 이런 흉한 꼴까지. 별 이상한 게 굴러들어 와서 정신 사납게 군다고 생각할 게 뻔하다.

"다 됐으면 나오세요."

조금 전보다는 사그라들었지만, 멀어지는 그의 귀가 여전히 붉은 기를 머금고 있었다. 먼저 가라고 말할까 고민하던 인선이 결국 느릿느릿 그의 뒤를 따랐다.

엘리베이터에 올라타 아무 말 없이 정면을 바라보는 그의 뒤통수를 가만히 응시했다.

'그럼 이 남자가 나를 소파까지 옮긴 건가. 아니면 잠결에 불편해서 내 발로 소파를 찾아간 걸까.'

전자라면······. 발로 굴려서 옮겼을 리는 없으니······.

'맙소사.'

설마 안아서 옮긴 건가? 차라리 내가 자다가 걸어갔다고 생각하자.

"원래 그렇게 아무 데서나 잘 잡니까?"

여전히 정면을 바라보며 꾸짖듯 물어오는 그의 뒤통수를 슬쩍 바라보다가 천천히 입술을 움직였다.

"피곤했었나 봐요. 시간이 이렇게 됐는지 몰랐어요."

"아무리 피곤하다 해도 그렇게 아무 데서 잠드는 거 위험한 행동입니다."

위험할 것까지 있나? 골목길에서 잠을 잔 것도 아니고 사무실에서 잠든 게 이렇게 꾸지람을 들을 일인가. 의아한 생각에 말을 이었다.

"네. 주의하겠습니다. 그런데 보안 팀도 있고, 야근하는 직원들도 많은걸요."

가벼운 답변에 미동하지 않던 그가 그녀에게로 얼굴을 돌렸다. 인선의 대답이 마음에 들지 않는 듯 살며시 찌푸린 눈매며 이해가 되지 않는다는 눈빛. 그렇지 않나요? 여전히 순수한 표정을 짓는 그녀를 바라보던 그가 천천히 말을 이었다.

"물론 회사에 보안 팀도 있고, 야근하는 직원들도 있지만. 그 사람들 다 믿어요?"

"네?"

애꿎은 직원들 이상하게 만드는 그의 발언.

"아니. 뭐 그런 건 아니지만……."

"그럼 나는요?"

꼭 그렇게 이상하게 생각해야 하나요? 물으려던 인선의 말이 빠르게 자신을 향해 몸을 돌리는 그의 행동에 입속으로 삼켜졌다.

"그럼 나는 어떤데요?"

"……."

의도를 알 수 없는 그의 말에 답하지 못하는 사이. 가깝게 다가온 그의 발끝이 인선의 발끝과 툭 맞닿았다.

"나는 유인선 씨가 믿을 만한 사람입니까?"

"저. 대표님……. 무슨 말씀이신지."

강하게 퍼지는 그의 체향이 듬뿍 밀려들었다. 평소보다 진하게 물든 눈빛에서 그가 가볍게 이야기하고 있지 않음이 느껴졌다.

띠링. 엘리베이터 도착 음이 울림과 동시에 맞닿았던 발끝이 떨어졌다.

"나도 남자입니다."

"……."

"무슨 뜻인지 모르겠어요?"

"……."

"그러니 앞으로 조심하세요."

그가 멀어지자 바짝 밀어 올렸던 눈꺼풀을 천천히 위아래로 깜빡였다. 엘리베이터를 벗어나 뚜벅뚜벅 복도 위를 울리는 그의 발걸음 소리에 맞춰 심장이 두근두근 뛰었다. 꾹 누른 듯 뱉어 낸 낮고 진한 목소리와 애써 감정을 가다듬는 듯한 그의 표정에 머릿속이 이상하리만큼 멍해졌다.

"안 내리세요?"

"아. 내려요. 죄송합니다."

엘리베이터를 타려고 기다리던 직원의 목소리에 정신이 든 인선이 빠르게 엘리베이터에서 내렸다. 회사 로비에 서서 자신을 기다리고 있는 듯한 그의 모습에 입술을 꾹 눌러 물었다. 대책 없이 남의 사무실에서 잠이 든 개념 없는 여직원에 대한 경고쯤으로 생각하자.

'고지식한 사람은 그럴 수 있지.'

애써 표정을 가다듬고 그를 향해 다가갔다.

"대표님. 오늘은 죄송했습니다. 저는 이만 퇴근하겠…… 엄마야."

말을 다 마치기도 전에 자신을 향해 날아오는 검은 물체를 반사적으로 손으로 낚아채듯 잡았다. 어리둥절한 표정으로 강하게 움켜잡았던 손바닥을 폈다. 손바닥 안에 놓인 선호의 자동차 키.

"유인선 씨가 운전하세요."

"네?"

대답도 하기 전에 로비에 세워진 자동차 보조석으로 그가 쏙 사라졌다. 인선이 하늘을 슬그머니 바라보았다.

'비도 안 오는데 왜. 그리고 이 차 비싸다며.'

차에 대해 잘은 모르지만 딱 봐도 번쩍거리는 것이 웬만한 회사원 연봉 두세 배는 되어 보였다. 적당한 짙기로 선팅된 창문으로 자신을 바라보는 그의 모습이 보였다. 뭐 합니까? 그의 목소리가 들리는 듯한 착각이 들어 재빨리 운전석에 올라탔다.

"내비게이션 맞춰 놨으니. 출발하세요."

내부가 뭐가 이렇게 복잡해. 시동은 일단 걸었는데……. 사이드 기어조차 찾지 못해 두리번거렸다.

"잠깐만요."

불쑥 눈앞에 색이 짙은 그의 머리카락이 자리 잡았다. 운전석으로 완벽히 상체를 넘기며 다가온 그의 행동에 허리를 빠르게 곧추세웠다.

'너무 가깝다.'

조금만 고개를 내리면 그의 볼에 입술이 맞닿을 것 같아서 입술을 안으로 빠르게 말아 넣었다. 손으로 무언가를 누른 그가 다시 자신의 자리로 돌아갔다.

"됐습니다. 사이드 풀었어요. 출발하세요."

"네."

"……."

"저 근데 대표님?"

고민과 걱정이 담긴 커다란 눈망울이 그를 향했다.

듣지 않아도 그녀가 무슨 말을 하려는지 알 것 같았다. 인선의 시선에 작게 움찔거리는 선호의 입술이 포착되었다.

"대표님. 웃지 마세요."

"제가 언제 웃었습니까?"

"아무튼. 저 이거 막 몰아도 되는 건가요?"

"막이요?"

"아니. 막은 아니고 제가 운전을 잘하긴 하는데……."

차를 판 게 3년 전이었던가. 그때는 제법 잘했는데. 그리고 걔는 이렇게 비싸지 않아.

"이 차. 보험은 들어 있죠?"

회사 차면 당연히 직원들 자동차 보험 들어 있겠지.

"아니요. 나랑 기사님만 들어 있어요."

"네에?"

"괜찮으니 그냥 출발해요."

"기사님 퇴근하셨나요?"

참나. 선호가 웃음을 터트렸다.

"대표님. 제가 그냥 하는 말이 아니라. 혹여나 제가 몰다가 어디 살짝 긁기라도 하면 수리비가 어마어마할 텐데. 보험도 안 들어 있다면서요. 이거 제가 운전해도 되는 건가요?"

진심을 가득 담아 터트린 그녀의 말에도 그는 그저 빙긋 웃었다. 애써 웃음을 삼킨 선호가 정면을 바라보며 천천히 입을 열었다.

"그냥 출발해요. 보험 들어 있어요."

"방금 안 들어 있다면서요!"

그의 고개가 다시 인선을 향했다.

"자동차 보험은 없는데. 더 좋은 보험 있어요."

또 뭐라는 거야. 도대체 이해가 되지 않아 되물었다.

"그게 무슨 말이에요. 더 좋은 보험이라니……."

선호가 손가락 끝으로 자신을 가리키며 부드럽게 입술을 밀어 올렸다.

"에?"

설마 그 보험이라는 게.

"네. 맞아요."

"……."

"나. 차선호."

"……."

"이렇게 든든한 보험이 세상에 어디 있겠어요."

"……."

"그러니 나만 믿어요."

자신만만한 선호의 표정과 말투에 인선이 콧잔등을 찌푸렸다. 원래 세상은 있는 사람이 더하다는 말이 있지 않던가. 이래 놓고 수리비 보상하라며 나중에 말 싹 바뀔지 누가 알아. 전혀 믿음이 가지 않는 눈빛이 선호에게 닿았다.

"왜요? 못 믿겠어요?"

"네. 뭐. 딱히……."

"녹음해 줘요?"

"제가 그렇게 세상을 팍팍하게 살지는 않았지만 그러고 싶네요."

"원하면 녹음하고요."

"됐습니다. 저는 이제 책임 못 져요. 대표님이 시작하신 일이에요."

"네. 무슨 일 생기면 제가 유인선 씨 책임질게요."

말은 잘하지. 핸들을 양손으로 꼭 잡고 전의를 다진 인선이 용기를 내 발을 뻗었다.

끼익.

"아악!"

"저기요! 유인선 씨!"

액셀이 이쪽이 아니었나?

"그거 브레이크잖아요!"

"하하하. 장난이에요. 장난!"

"네? 장난이요?"

나도 놀랐어. 소리 지르지 마. 언제는 세상 제일 좋은 보험이라며 자신만만하게 얘기하더니, 당장 그 보험 해지할 표정이다.

"자. 진정하세요. 출발하겠습니다."

"제대로 하세요."

한 번의 삐걱거림이 더 있고 난 뒤, 차는 안정적으로 출발을 했고 금세 큰 도로에 접어들었다. 뒤에서 여러 번 울리는 클랙슨 소리는 가볍게 무시했다.

"와. 근데 비싼 차라 그런지 다들 피해 가네요."

이렇게 기어가는데 안 피해 가면 그게 보살이지. 언제 긴장했냐는 듯 신세계를 경험하는 듯한 표정을 지어 보이는 그녀의 모습을 선호는 피식 웃으며 말없이 바라보았다.

잠시 차가 정차하고, 엄지와 검지로 관자놀이를 꾹꾹 누르는 선호의 모습을 흘깃 바라본 인선은 그저 피곤한가 보다 생각하며 운전에 집중했다.

"하아……. 다 왔다."

─목적지에 도착했습니다.

내비게이션에서 흘러나오는 저 목소리가 이렇게 반가운 건 오늘이 처음이다. 있는 힘껏 핸들을 잡고 있던 손에서 그제야 힘을 뺐다. 촉촉하게 땀이 배어 있는 손바닥을 쓱쓱 치마에 문지르며 선호를 향해 고개를 돌렸다.

"대표님. 도착했습니다."

아까부터 조용하다 싶었더니 잠이 들었던 걸까. 꼭 감겨 있던 선호의 눈꺼풀이 천천히 밀려 올라갔다.

"도착했어요."

"네. 알아요. 내리죠."

언제 잠이 들었냐는 듯 멀쩡한 표정으로 차에서 내리는 선호를 따라 인선도 재빨리 차에서 내렸다. 제법 무더운 바람이 피부에 와 닿았다.

'버스를 타려면 어느 방향으로 가야 하지?'

어수선한 눈빛으로 골목을 살피는 인선의 앞으로 선호가 다가왔다.

"대표님. 들어가세요. 저는 버스나 지하철 타고 가면 될 거 같아요."

"잠깐 들어갔다 갈래요?"

차 안에서 에어컨 바람을 꽤 오래 맞았다. 갑자기 습한 기운이 주변에 번져서 그런 걸까. 자신이 잘못 들었겠지. 자신의 귀를 의심한 인선이 대수롭지 않은 표정으로 말을 이었다.

"저쪽으로 가면 큰 골목인가요?"

손을 쭉 뻗어 골목 한쪽을 가리키는 인선의 행동에 선호가 다시 입술을 움직였다.

"잠깐 할 얘기도 있고……."

공중에 머물렀던 인선의 손이 천천히 제자리를 찾았다. 손이 내려가는 아주 짧은 순간에 많은 생각이 빠르게 인선의 머릿속을 스쳐 갔다. 다 큰 성인 남녀가 집 앞에서 헤어지는데 집에 들어갔다가 가라는 게……. 이렇게 아무 감정 없이 가볍게 던질 수 있는 말이었던가? 마치 '잠깐 사무실로 들어오세요.'와 흡사한 그의 말투와 표정. 잠시 헷갈리기는 했지만, 불순한 생각이나 착각이 필요치 않은 상황이란 것이 확실했다. 그래도 이 밤에 그러는 건 아니지 않나?

"아니다. 시간이 많이 늦었네요. 혼자 갈 수 있겠어요? 택시 잡아 줄까요?"

생각을 마치기도 전에 그가 먼저 모든 상황을 종료시켰다. 사람은 참 간사하다는 생각이 들었다. 할 말이 있다더니 갑자기 그가 말을 바꾸자 궁금증이 밀려왔다.

"잠깐만요. 택시 불러 줄게요."

"아니에요. 혼자 갈 수 있습니다. 빨리 들어가세요."

"그럼 조심히 들어가세요."

"네. 저 대표님……!"

반쯤 돌아갔던 선호의 몸이 다시 제자리를 찾았다.

"왜요? 무슨 할 말 있습니까?"

"아. 아닙니다. 내일 뵙겠습니다."

싱겁다는 듯 피식 웃은 선호가 다시 몸을 돌렸다. 가만히 자리에 서서 그의 모습이 완벽하게 사라진 후에야 인선이 걸음을 옮겼다.

"할 말이라는 게 뭐지?"

잠시 담았던 궁금증을 떨쳐 버리고 낯선 골목길을 걸었다. 버스와 차들이 제법 많이 다니는 큰 도로에서 택시를 탈까 잠시 고민에 빠졌던 인선이 걷고 싶은 마음에 다시 걸음을 옮겼다. 두 손을 꼭 잡고 얼굴 가득 환한 웃음을 담은 연인들, 누군가를 기다리며 기대감에 들떠 있는 표정을 머금은 사람. 문득 혼자인 게 유난히 쓸쓸하게 느껴지는 날.

"뭐 특별한 날이라고……."

작게 읊조린 인선이 가방 속에서 느껴지는 진동에 빠르게 핸드폰을 꺼냈다.

"빨리도 전화한다. 여보세요?"

─나야. 어디야?

"회사 끝나고 집에 가는 길. 오빠는 어디야? 전화도 못 할 정도로 그렇게 바빴어?"

─어. 바빴어. 알면서 또 그런다.

"그래도 오늘 아침에 전화 한 통쯤 해 주면 좋잖아."

─미안. 바빴어. 생일 축하한다, 인선아.

투덜거림에도 그저 덤덤하게 축하를 건네는 목소리에 포기한 듯 인선이 작은 한숨을 내쉬었다.

"그래. 고마워."

─밥은?

"먹어야지. 미국에서 언제 와?"

─아직 몰라. 조금 더 길어질 거 같기도 하고. 정해지면 연락할 게. 밥 잘 챙겨 먹고. 조심해서 들어가.

"그리고 나 지금 사정이 생겨서 다른 회사에 잠깐 나가게 됐어. 사연이 조금 있는데……."

─인선아. 내가 지금 좀 바빠서 나중에 들을게. 돌아가면 얘기하 자. 생일 축하하고. 끊는다.

"어. 그래. 돌아올 때…… 끊었네."

통화가 끊어진 핸드폰을 멍하니 바라보았다.

2년이 조금 넘는 연애 기간이었다. 이우진. 대학교 3학년 때 나 간 학과 스터디 그룹에서 그를 만났다. 그저 선후배 사이로 지내 다가 졸업을 했고, 가끔 모임이 있을 때마다 다른 사람들과 마찬 가지로 반갑게 얼굴을 마주했던 것이 전부였다. 인선이 '러브포 유'에 입사를 한 후, 우연히 그의 친구를 다른 고객에게 소개해 주 는 자리를 만들게 되면서 그와 만남이 잦아졌다. 특별한 감정에 서 시작된 만남이라기보다는 자주 시간을 함께 보내면서 지극히 자연스럽게 시작된 연애였다. 그렇게 이어 온 만남이 제법 오래되 었기에, 당연히 서로에게 무심해질 수 있다는 생각이 들면서도 그 런 것에서 밀려오는 공허함은 어쩔 수가 없었다.

멈추었던 걸음을 다시 옮기려는 순간 손안의 핸드폰이 다시 진동했다. 화면 위에 떠오른 혜미의 이름에 인선이 부드럽게 미소 지었다.

'걱정돼서 전화했겠지.'

그녀가 전화를 건 목적을 알고 있는 인선이 밝은 목소리로 전화를 받았다.

"응. 혜미야."

─언니! 어디예요!

"아우. 귀 떨어지겠다."

─지금 그게 중요한 게 아니잖아요!

당장에라도 핸드폰을 뚫고 나올 것 같은 혜미의 음색에 인선이 소리 내 웃었다.

─밖이에요?

"응. 밖이야!"

─미안해요. 나 진짜 깜빡했다.

"별게 다 미안하다. 괜찮아."

─나 정말 미쳤나 봐. 분명히 기억하고 있었는데. 진짜 미안. 진짜.

"아니야. 나 진짜 괜찮아."

─언니 일단 생일 축하해요! 근데 지금 어디예요? 남자 친구는 아직 출장에서 안 왔을 테고. 내가 지금 갈게요.

아마 그녀라면 열 일 제치고 달려올 사람이라는 걸 인선은 잘 알고 있었다.

"응. 고마워. 나 밖이야. 약속 있어."

－약속? 누구랑?

"아……. 그냥 아는 사람들이랑."

－아는 사람 누구?

"있어. 네가 말하면 알아?"

한참 동안 인선이 누구를 만나는지에 대한 혜미의 추궁이 끝나지 않았다. 그동안 자신이 얼마나 사람을 안 만났으면 혜미가 이럴까 싶어 한숨과 웃음이 같이 섞여 나왔다.

"진짜라니까. 오늘 회사 사람들이 생일이라고 축하해 준다고 해서 가고 있어."

－아. 회사……. 근데 언니. 진짜죠?

"그렇다니까. 얘가 그동안 속고만 살았나."

혜미와 통화를 하며 느릿느릿 걷던 인선이 횡단보도 앞 인도에서서 신호등이 초록 불로 변하기를 기다렸다.

－그럼 다행이고.

그제야 한껏 올라가 있던 혜미의 목소리가 한 음절 내려왔다.

"그러니 걱정하지 말고. 아무튼, 고마워."

－근데 회사는 어때요?

"회사? 응. 아직 괜찮아."

－며칠 안 된 직원 생일도 챙겨 주는 거 보니까 괜찮은 거 같긴 하네요. 대표는? 차선호 그 사람은 어때요?

"차선호?"

음. 그러게. 어떤 사람일까. 다물어진 입술이 쉽게 벌어지지 않았다.

－언니? 언니? 듣고 있어요?

"응. 듣고 있어."

─차선호 그 사람 어떠냐고요. 막 되게 까칠하고 그렇지 않아요?

그 사람이 까칠했던가. 퉁명스럽기는 한 것 같긴 했지만, 딱히 뭐라고 꼬집을 것이 없었다.

"응. 그냥 아직 잘 모르겠어."

─그래. 며칠밖에 안 됐는데요. 뭐. 아무튼, 잘 파악해요. 아빠한테 미리 선 자리 알아보라고 하게요. 혹시 모르지. 내가 나갈지도 모르는데.

"너 진짜 차선호 만나러 나가게?"

놀란 듯 묻는 인선의 목소리에 큭큭거리는 혜미의 웃음소리가 들려왔다.

─혹시 알아요? 차선호가 내 짝일지? 언니. 사실 옆에서 봐서 뭐 얼마나 그 사람 취향을 알겠어요. 무조건 만나는 게 답이지.

"대표님이랑 너랑? 하긴 비주얼로 봐서는 둘 다 뭐 하나 빠지지는 않는다."

─그래요? 실물이 더 나은가 봐요?

"어. 차선호 인물이 훤해."

잠시 떠올려 봐도 두 사람의 조합이면 연예인 커플 뺨을 치고도 남을 정도이다.

─아무튼, 일단 언니 사업 정리할 때까지 내가 아빠 동원해서 팍팍 밀어 줄 테니까. 걱정 마요.

"그래. 고마워. 애초부터 말도 안 되는 계약이기도 하고. 안 되면 돈 돌려주고 못 하겠다고 사실대로 말해야지."

─난 무조건 언니 편이에요. 알죠? 도움 필요하면 언제든 말

해요.

"알았어. 아무튼, 고마워. 혜미야."

건널목 신호등 초록 불이 켜졌다. 바쁘게 움직이는 사람들 사이에서 잠시 머뭇거리던 인선의 어깨가 툭 하고 누군가와 부딪혔다.

"어! 죄송합니다."

사과의 말과 함께 상대를 향해 작게 고개를 숙였다.

"혜미야. 나 회사 사람들이 기다린다. 조만간 시간 내서 한번 보자."

－응. 그래 언니! 오늘 좋은 시간 보내!

"그래. 끊을게."

전화를 끊고 뒤늦게 걸음을 옮겼다.

삐빅 삐빅. 신호등 경고음과 깜빡이는 초록 불에 인선의 걸음이 점점 빨라졌다. 인도에 올라섬과 동시에 신호등이 붉게 변했다. 급한 걸음에 잠시 차오른 숨을 내쉬고 몸을 돌리려는 순간.

"어?"

강하게 팔목을 감아 오는 힘에 인선이 빠르게 고개를 돌렸다. 주변을 오가는 많은 사람을 스치고 지나간 시선 끝에 차선호가 서 있었다.

"대표님!"

"어디 갑니까?"

"대표님은 왜 여기."

분명히 집으로 들어가는 것을 확인했는데. 이곳에 서 있는 이유가 무언지 차마 인식하기 전에 그의 목소리가 들려왔다.

"밥 안 먹었죠? 밥 먹으러 가죠."

"네?"

꼭 잡았던 손목을 놓아준 그가 인선을 등지고 성큼 앞으로 걸어갔다.

"어…… 저 대표님. 잠깐만요."

몇 걸음 앞에서 멈춰 선 그가 당황한 인선을 보며 빙긋 웃었다.

"뭐해요? 회사 사람 기다리잖아요."

"네?"

"여기 지금 유인선 씨 회사 사람, 나밖에 없지 않나요? 빨리 가요. 나 배고파요."

뭐야. 다 들었어? 멀뚱멀뚱 눈만 깜빡이는 그녀의 앞으로 선호가 다가왔다.

"아니면 진짜 회사 사람 만나기로 했습니까?"

"아니. 그건 아닌데요."

대체 전화 내용을 어디서부터 들은 거야? 혹시나 말실수한 것이 없나 빠르게 혜미와의 통화 내용을 머릿속에 재생시켜 보았다.

"왜요. 인물이 훤한 대표랑 밥 먹기 싫어요?"

뻔뻔한 미소가 여유롭게 번져 있는 얼굴. 다 들었네. 다 들었어.

"어디서부터 들으셨어요?"

"비주얼이 나만큼 훌륭하신 분이 나를 만나겠다고 했던 그즈음부터?"

"그런데 진짜 여기에는 무슨 일로 오신 거예요? 아까 집에 들어가셨잖아요."

포기한 듯 물어오는 인선을 뒤로하고 선호가 몸을 돌렸다.

"일단 밥부터 먹읍시다. 가죠."

마침 혼자 밥을 먹기도 애매하다 싶었는데 오히려 잘됐나 싶은 생각이 들었다. 이유야 어찌 됐든 생일날 처량하게 혼자 밥 먹는 건 덕분에 면하게 되었다.

"고맙네."

피식 웃으며 작게 읊조린 인선이 그를 따라 걸음을 옮겼다.

대충 아무 곳에나 들어왔다는 그의 말과 다르게 제법 고급스러운 이탈리안 레스토랑이었다. 밝지도 어둡지도 않은 딱 좋은 조명과 잔잔하게 흐르는 음악. 말없이 이곳저곳을 살피는 인선을 바라보던 선호가 천천히 입술을 움직였다.

"그런데 어디 가던 길이었습니까?"

"집이요."

"그래요? 회사 사람 만난다면서요."

기껏해야 회사에서 아는 사람이 자기와 박 비서, 김 비서뿐인데. 알면서도 태연한 표정으로 물어오는 모습에 다물어진 인선의 입술이 미세하게 꿈틀거렸다.

"그냥 친구가 만나자고 했는데 시간도 늦었고 피곤해서 회사 사람 만난다고 핑계 댄 거예요."

"그래요?"

"네."

"그랬군요."

그가 넉살 좋게 웃으며 미소를 지어 보였다. 굳이 생일이라고 말할 필요가 없었다. 자신의 생일인 걸 알더라도 부담스러워할 그 어떤 사이도 아니지만.

"그런데 대표님은 왜 다시 나오셨어요?"

"밥 먹으러요."

"혼자요?"

"네. 왜요. 나는 혼자 밥 먹으러 나오면 안 됩니까?"

"아니요. 뭐 그러실 수도 있죠."

그럴 수도 있다면서 이해가 되지 않는 듯한 표정을 지어 보이는 인선의 모습에 선호가 살며시 고개를 기울였다.

"왜요. 내가 유인선 씨 따라오기라도 한 거 같아요?"

"저 따라오신 거예요?"

"그렇다고 하면 뭐가 달라집니까?"

뭐라니. 이 남자.

"아니요. 그냥 궁금했어요. 집에 들어가셨는데 다시 나오신 이유가."

"다른 건 궁금한 거 없어요?"

질문의 의도를 파악하지 못한 인선이 아리송한 표정을 지었다.

"아까 듣자 하니 내 문제로 고민이 있는 거 같던데."

여유롭게 팔짱을 끼며 물어오는 모습이 역시나 즐기는 듯 보인다.

"남의 얘기 엿듣는 거 악취미인데."

그가 그저 말없이 빙긋 웃었다. 가만히 그를 바라보던 인선이 잠시 머뭇거리다 천천히 입을 열었다.

"그런데 정말 만나 볼 생각은 있으신 거예요?"

진호의 말대로 자신의 어머니 때문이라면 굳이 이 계약에 그가 응하지 않을 수도 있다는 생각이 들었다. 그리고 좋아하는 사람이 있다면 더더욱 그렇지 않을까.

"뭐가요?"

"진지하게 묻는 거예요. 정말 선을 보실 생각이 있는 건지. 누구를 만나실 의향이 있는 건지 묻는 거예요."

괜히 헛고생시키지 말라는 강한 눈빛을 담았다.

"그렇게 하려고 유인선 씨가 지금 내 앞에 앉아 있는 거 아닌가요?"

"어차피 제가 회사에서 일하게 된 것도 사모님의 뜻이었어요. 제 경험에 의하면 당사자가 원하지 않는 자리는 어차피 소개해서 만난다 해도 잘 이어지지 않을 확률이 높아요."

"그러니까 헛수고하지 않게 생각이 없으면 빨리 말해라 이건가요?"

아주 빠른 이해와 정확한 정리.

"네. 잘 아시네요."

"생각 있어요."

"……."

"처음부터 말했잖아요. 생각 있다고. 이제 됐죠? 그러니 편하게 밥 먹읍시다."

"……."

주문한 음식이 나오고, 그가 여유로운 미소를 지으며 먹으라는 듯 손짓했다.

"잘 먹겠습니다."

음식은 제법 근사했다. 생일을 맞이해 특별한 곳을 찾은 것 같은 느낌이 들 정도로 단출하지 않은 음식과 분위기. 그가 의도하지 않았음을 알면서도 덕분에 비에 젖은 듯 축축하게 가라앉았던 기분이 좋은 햇살을 받은 것처럼 조금씩 밝아졌다.

덤덤한 표정으로 묵묵하게 음식을 먹고 있는 선호를 흘깃 바라보았다. 눈이 마주치자 먹어요, 작게 속삭이는 그의 모습에 미약하게 입술을 밀어 올렸다.

지이이잉.

[사랑하는 남자 친구가 출장을 가서 다른 여자와 바람이 난다면? 클릭! 수신 거부(080-123-1234)]

핸드폰 화면에 뜬 문자를 확인한 인선의 눈매가 순식간에 찌푸려졌다.

"왜 그럽니까?"

"아니에요."

대수롭지 않게 문자를 닫은 인선이 찝찝함을 담은 눈빛을 머금고 다시 음식을 먹기 시작했다.

"무슨 문자인데 그래요?"

쉽게 변하지 않는 인선에 표정에 선호가 물었다.

"아. 그게. 요즘 스팸 문자가 너무 자주 와서요."

"스팸 문자요? 수신 거부해요."

간단하게 그가 방법을 제시했다.

"네. 거부했는데 자꾸 다른 번호로 계속 와서요."

"요즘 개인 정보 노출이야 뭐 흔한 일이잖아요. 쓸데없는 문자는 신경 쓰지 말아요."

"네. 그렇죠. 그냥 신경 쓰지 말아야죠. 뭐."

여전히 찝찝함을 버릴 수 없었지만, 쓸데없는 것에 신경 쓰지 말라는 그의 말이 정답이기에 대수롭지 않게 답을 하며 인선이 테이블 위에 놓인 핸드폰을 가방에 넣었다. 다시 음식을 먹기 시작하던 인선이 무언가 떠오른 듯 눈꺼풀을 가득 밀어 올렸다.

"대표님. 그런데 아까 하실 말씀이라는 게 뭐예요?"

둘이 나눌 이야기도 그다지 많지 않고, 궁금하기도 했기에 조심스럽게 물었다.

"아……."

손에 잡고 있던 포크를 내려놓은 선호가 앞에 놓인 물을 한 모금 마시고 내려놓았다.

"별건 아니고. 유인선 씨. 혹시 고양이 키워 본 적 있어요?"

"고양이요?"

"네."

"아……."

그와 처음 만난 날이 문득 떠올랐다.

"고양이 키우세요?"

"키워 보려고요."

"그럼 혹시 지난번에 그 새끼 고양이?"

"네."

이 남자가 고양이를 키운다. 이상할 게 없음에도 이상하게 느껴져 저도 모르게 말문이 막혔다.

"표정은 왜 그럽니까?"

"네?"

"뭐 나는 고양이 키우면 안 됩니까?"

마치 네가 뭘 키워? 머릿속 생각을 가득 담은 인선의 표정에 선호가 기가 찬 듯 혀를 찼다.

"아니요! 키우셔도 되죠. 그럼요."

"고양이 키워 봤어요?"

그의 질문에 인선이 잠시 머뭇거렸다.

"키워 본 건 아니고……."

자신이 아닌 우진이 고양이를 키웠었다. 그가 출장을 가거나 집을 오래 비울 때면 늘 고양이를 돌보는 것은 인선의 몫이었기에 그가 없는 그의 집에서 자주 시간을 보냈었다. 몇 달 전 갑자기 다른 사람에게 분양했다는 말을 전해 들었다. 그리고 마치 그동안 그의 집에 가는 것이 고양이 때문이었던 것처럼 느껴질 정도로 인선이 그의 집을 방문하는 횟수도 자연스럽게 줄어들었다.

'그러고 보니 제대로 인사도 못 하고 보냈네. 정도 많이 들었었는데.'

"키워 본 건 아니면, 뭐죠?"

"아. 죄송해요. 친한 친구가 키웠었어요. 지금 고양이 집에 있어요?"

"네. 있기는 한데……."

난감한 그의 표정에 저도 모르게 웃음이 나왔다. 듣지 않아도 알 것 같은 기분.

"원래 그렇게 가구를 막 긁습니까?"

"스크래처 안 사셨죠?"

"그게 뭐죠?"

그의 심정이 고스란히 들여다보이는 그의 표정에 밀려오는 웃음을 꾹 눌러 내렸다.

"화장실은 샀어요?"

"네. 박 비서 시켜서 사 놨는데. 원래 그렇게 모래를 밖으로 다

뿌려 놓습니까?"

"벌써 그렇게 활발해요? 많이 다친 건 아니었나 봐요."

그날 들었던 미약한 울음소리에 고양이 상태가 걱정이었던 인선이 눈을 반짝이며 물었다.

"네. 많이 다치지는 않았고, 아마 배가 고파서 그랬나 봅니다. 그리고 아직 나를 경계하는 거 같아요."

"무섭기도 했을 거예요. 혼자서 낯선 곳에 남겨진 것에 대한 두려움. 그날 보니까 겁에 잔뜩 질린 모습이었어요. 아직 아기인데 혼자서 아무도 없는 곳에 남겨졌는데. 무서웠겠죠."

"그랬겠죠. 낯설고 두렵고……."

"곧 적응할 거예요. 이렇게 좋은 주인 만났으니. 많이 사랑해 주시면 돼요."

"그럴까요?"

"네. 그럼요. 상처받은 만큼 사랑을 주면 곧 괜찮아질 거예요. 사람도 그렇잖아요. 없어지지 않을 것 같은 상처가 시간이 지나면 무뎌지고 누군가에 의해 치유되고. 그러니 괜찮아질 거예요."

걱정하지 마세요. 다독이듯 스미는 인선의 음성에 꾹 다물어진 선호의 입술이 미약하게 휘어졌다.

"그러면……. 좋겠네요."

"……."

"앞으로 많이 사랑해 줄게요."

건네듯 속삭이는 음성이 마치 자신을 향하는 듯한 착각이 들 정도로 더없이 차분했다. 작은 미동도 없이 자신을 향해 지그시 떨어지는 선호의 눈빛에 인선이 말없이 눈을 맞추었다. 마주한 눈빛에 어색함이 일렁일 것 같은 생각에 인선이 살며시 시선을 피하며 다시 말을 이었다.

"아무튼, 아직 아기라서 높은 화장실은 못 쓸 거예요. 일단 감수하세요. 그리고 고양이들은 발톱을 손질하는 버릇이 있어서 스크래처는 준비하시는 게 좋을 거예요. 벌써 가구를 긁는다는 걸 보니 걔는 꼭 필요하겠어요. 얼른 사셔야겠는데요?"

"안 그래도 비싼 가구만 골라서 긁고 있습니다."

그의 고민이 즐거운 듯 인선이 얼굴 가득 웃음을 머금었다. 또 뭐가 있을까? 작게 읊조리는 인선의 얼굴을 가만히 바라보았다. 자신과 이야기를 나눌 때 시종일관 내려놓지 않던 굳은 표정이 어느새 그녀의 얼굴에서 사라진 상태였다. 오랫동안 고양이를 키울 때 필요한 것들과 주의 사항 등 염려와 즐거움을 담은 그녀의 이야기를 말없이 귀담아들었다.

"아! 집에 고양이 집 사 둔 거 있어요. 그거 제가 선물로 드릴게요."

"집이요?"

"네. 없어도 되긴 하지만. 있으면 좋아요."

"그걸 왜 사 뒀어요? 고양이 안 키운다면서요."

"아……. 친구 선물 주려고 샀어요."

"그럼 그 친구 줘요."

이미 주인을 잃은 선물이었다.

"아니에요. 이제 그 친구는 필요 없어요. 제가 시간 될 때…… 회사에 가져오기는 조금 큰데. 아무튼, 나중에 드릴게요."

"네. 알겠어요."

"그런데 고양이 이름이 뭐예요? 지으셨어요?"

궁금함을 담은 인선의 맑은 눈동자가 반짝였다.

"네. 지었어요."

나지막한 목소리로 답하는 선호를 바라보던 인선의 입술이 예쁘게 밀려 올라갔다.

"이름이 뭐예요?"

"원이요."

"네?"

"원. 원이라고 지었어요."

휘어진 입술 끝은 여전히 고정되어 있었지만, 그를 담은 눈동자가 잔잔하게 동요했다. 그런 그녀의 작은 변화를 인식한 그도 잠시 아무 말을 꺼내지 않았다.

"예쁜…… 이름이네요. 원이."

"그런가요?"

"네. 무슨 뜻이에요?"

빙긋 웃어 보인 그녀가 가볍게 물었다.

"그냥. 딱히 떠오르는 게 없어서. 생각나는 대로 지었어요. 처음 키우는 동물이기도 하고."

"아. 영어로 원? 하나? 처음이라는 뜻이에요?"

"네."

"꽤 단순하긴 하지만 의미도 담기고 예쁜 이름이네요."

"그렇게 생각하면 다행이고요. 다 먹었으면 일어날까요?"

인선이 말없이 고개를 끄덕이자 선호가 자리에서 빠르게 일어났다.

레스토랑을 나와 여전히 사람들로 북적거리는 도로에 마주 섰다.

"오늘 감사했어요. 매번 얻어먹기만 하는 거 같아서 죄송하네요."

"직원들 열심히 일하라고 밥 사 주는 게 대표가 하기 제일 쉬운 일이죠."

얼마나 됐다고 벌써 직원 대우를 해 주나 싶어 작게 웃음이 났다. 웃음이 번져 간 듯 그가 미세하게 미소 지었다.

"감사합니다. 덕분에 잘 먹었어요."

덕분에 어쩌면 덜 쓸쓸했던 거 같기도 하고요. 입 밖으로 꺼내지 않은 의미를 담은 감사의 말을 전했다.

"들어가요. 내일 봅시다."

"네. 들어가세요."

짧은 인사를 건네고 서로의 길로 걸음을 옮겼다. 나란히 걸어가는 많은 사람 사이로 몸을 묻었던 선호가 걸음을 멈추고 뒤를 돌아보았다. 가녀린 어깨 위로 하나로 묶여 길게 늘어진 머리카락이 그녀가 걸을 때마다 가볍게 찰랑거렸다.

"축하한다고 말을 못 해 줬네."

아쉬움이 담긴 한숨이 따스하게 불어오는 여름밤 바람에 어렴풋이 뒤섞였다.

* * *

집으로 돌아와 샤워를 마치고 나온 인선이 머리에 두른 수건을 풀지 않은 채로 작은방을 향했다.

"어디에다가 뒀더라."

오랫동안 손대지 않은 물건이 가득 쌓인 방을 한참 동안 뒤적거렸다.

"찾았다!"

가득 쌓인 물건 사이로 포장을 채 뜯지도 않은 채 놓여 있는 고양이 집을 발견한 인선이 미소를 지었다. 툭툭 묻어 있는 먼지를 손으로 털어 냈다.

"이제야 주인을 찾아가는구나."

어떤 게 좋을까 고심해서 골랐던 기억이 떠올라 입가에 씁쓸함이 잠시 머물렀다 사라졌다.

"나쁜 자식. 다른 집에 보낼 거면 미리 알려 주든가 하지. 정도 많이 들었는데 아무튼 마음에 안 들어."

품 안에 고양이 집을 안고 거실로 나가기 위해 몸을 돌렸다. 발끝에 툭 차이는 무언가에 인선의 시선이 아래로 떨어졌다. 빛이 바랜 분홍색 상자. 동작을 멈추었던 인선이 책상 위로 고양이 집을 올려놓고 상자를 손에 집었다.

"이게 여기 있었네."

바닥에 털썩 주저앉아 상자를 조심스럽게 열었다. 아기자기한 기념품들과 예쁜 풍경이 담긴 사진들이 빼곡하게 담겨 있었다. 정확히 기억은 나지 않지만, 언제부터인가 자신에게 누군가가 보내 온 물건들이었다. 매년 자신의 생일 즈음에 보내는 사람이 적혀 있지 않은 채 도착한 선물들. 처음에는 그저 이상하다는 생각 뿐이었지만, 시간이 지나면서 생일이 다가오면 괜한 기다림에 조금은 설레었다. 그리고 어느 해부터인가 선물이 더는 오지 않았다. 실망할 이유도 없었지만 괜한 서운함에 하루에도 혹시나 하는 마음으로 몇 번이고 우체통을 확인했던 기억이 선명하게 떠올랐다. 피식 웃음이 났다.

"보내려면 계속 보내지. 뭐야. 사람 놀리는 것도 아니고."

몇 장의 사진을 꺼내어 추억을 담듯 한참을 바라보다가 상자를 닫았다.

고양이 집을 들고 거실로 나와 남아 있는 먼지들을 깨끗이 닦아내고 거실 한편에 내려놓고 방으로 향했다.

지이이잉.

[나도 모르게 사랑하는 내 남친이 나를 두고 다른 여자와 여행을 갔다면? 클릭! 수신 거부 080-123-1234]

또 스팸 문자였다. 이번에도 다른 번호로 도착한 문자. 선호의 앞에서는 대수롭지 않은 척했지만, 유난히 자주 오는 스팸 문자가 꽤 신경 쓰이는 요즘이었다.

성인용 광고 문자라고 대수롭지 않게 넘기기도 여러 번이었지만, 문자 대부분 내용이 남자 친구의 외도와 관련되어 있었다. 여자의 촉을 믿는 편은 아니었다. 괜한 오해로 무언가가 뒤틀리는 것을 지극히도 싫어하는 이유였다. 그래도 자꾸만 번지는 이상한 느낌. 결국, 다른 날과 다르지 않게 자신이 너무 예민하다는 생각으로 마무리를 짓고 핸드폰 문자를 지웠다.

* * *

"안녕하세요. 김 비서님. 일찍 나오셨네요."

꽤 이른 시간임에도 사무실에 먼저 출근한 김 비서를 향해 인선이 밝게 인사를 건넸다.

"네. 저 내일까지만 근무하기로 했어요."

"내일이요?"

"아. 못 들으셨구나. 원래 남은 휴가들 안 쓰고 휴직 들어가려고 했는데, 대표님이 뭐 하러 그러냐고 다 쓰고 들어가라고 하셔서요."

"아. 그러시구나."

"덕분이에요."

자신을 향해 빙긋 웃는 김 비서의 모습에 의아한 표정을 지었다.

"제가 뭐 한 게 있나요."

오라고 해서 온 것뿐인데. 그것도 다른 이유로.

"사실 걱정할까 봐 이야기 안 했는데, 대표님 의외로 꼼꼼하고 일에 대해서는 칼 같은 분이시거든요. 혹여나 마음에 들지 않는 직원이 오면 어쩌나 나 걱정 많았는데. 다행히 유 비서가 마음에 드나 봐요! 그러니 빨리 들어가라고 하지. 이게 다 유 비서 덕분이에요."

마음에 들 뭐가 있기라도 했던가. 남의 사무실에서 잠이나 자고 밥이나 몇 번 먹은 사람인데.

"아. 말해 놓고 보니 그러네. 대표님 좋으신 분이세요."

"네."

오해하지 말아요. 빙긋 웃는 김 비서의 모습에 인선도 빙긋 웃었다.

"아! 맞다. 유 비서 이거 작성해야 해요. 내가 첫날 이야기한다는 걸 잊었네요."

"뭐요?"

책상 앞으로 다가간 인선에게 김 비서가 종이 한 장을 내밀었다.

"인사 기록 카드요. 근데 여직 이런 것도 안 받고 인사부는 뭐 했나 몰라. 꽤 급하긴 급했나 보네. 나 때문인가?"

"아. 주세요."

"여기 앉아서 써요. 빨리 작성해서 인사부에 달라고 연락 왔어요."

"네."

책상에 놓인 자신의 짐을 정리하는 김 비서의 옆에 나란히 앉아 인사 기록 카드를 작성하기 시작했다. 간단한 사항들을 적어 내려가기 시작한 인선을 흘깃 바라본 김 비서가 눈을 동그랗게 뜨며 물어 왔다.

"어제 생일이었어요?"

인선이 기재해 놓은 생년월일을 확인한 김 비서의 물음이었다.

"미안해요. 보려는 건 아니었고 그냥 나이가 몇인가 궁금해서 본건데."

"괜찮아요. 그러고 보니 제가 나이도 말씀 안 드렸네요. 스물일곱 살이에요. 꽤 많죠?"

"에이. 뭐가 많아요. 지금 나 놀려요? 내가 벌써 서른세 살인데."

"와. 그렇게 안 보이시는데. 대표님이랑 동갑이시네요."

"네. 친구예요, 차 대표랑. 내가 근데 동생 같죠?"

장난기 가득한 표정으로 김 비서가 웃었다.

"그런데 어제 생일이었어요? 왜 말 안 했어요."

"뭐 대단한 날이라고 말해요. 괜히 부담스럽기만 하지."

"어제 맛있는 거 먹었어요?"

"네."

어쩌다 보니 먹기는 했네요.

"누구랑. 애인이랑?"

"아니요. 그냥. 친구랑 먹었어요."

"애인 없어요? 이렇게 미인인데 난 당연히 있을 거로 생각했지."

의외라는 듯한 김 비서의 눈빛에 잠시 머뭇거리던 인선이 천천히 말을 이었다.

"만나는 사람 있는데. 조금 바빠서요. 지금 출장 가 있어요."

"역시. 이런 미인을 혼자 둘 리가 없지."

"아니에요. 무슨."

"아무튼, 서운했겠다. 왜 하필 생일에 출장을."

"괜찮아요. 서로 바빠서 그런 건데. 저도 정신이 없었고."

"그래도 그게 아니지. 출장 다녀오면 근사하게 쏘라고 하세요. 남자들은 말 안 하면 몰라서 미리미리 부담 팍팍 줘야 해요."

"네. 그럴게요."

자기 일인 듯 아쉬움을 가득 담은 김 비서를 보며 그저 작게 미소 지었다.

"그런데 얼마나 만났어요?"

"누구요. 남자 친구요?"

김 비서가 궁금한 표정으로 고개를 빠르게 끄덕였다.

"안 지는 오래됐고. 사귀기 시작한 건 2년 조금 넘었어요."

"오래 만났네요."

"오래된 건가요?"

"아닌가. 하긴 요즘은 결혼 적령기가 워낙 늦어진 터라. 아직 결혼 이야기가 나올 그럴 나이는 아니네요. 그냥 천천히 해요. 여자는 결혼하면 자기 생활이 없어져요."

"네. 그러려고요."

"에이. 아쉬워하겠네."

김 비서의 말에 인선이 고개를 살며시 기울였다.

"아. 안 그래도 다른 부서의 남자 직원들이 인선 씨에 대해서 은근히 물어 오던데. 보는 눈은 있어서. 평소에 말도 안 걸던 아줌마한테 왜 말거나 했다니까요?"

인선이 큭큭 소리를 내며 웃었다.

"실망하겠네."

"에이. 무슨요. 그냥 새로운 사람이 오니까 궁금해서 그러는 거지."

가볍게 이어지던 대화가 들리는 발걸음 소리에 멈추었다.

"대표님. 안녕하세요."

"안녕하세요."

자리에서 일어나 사무실로 들어오는 선호를 향해 인사를 건넸다.

"네. 안녕하세요."

스치듯 얼굴 위로 선호의 시선이 닿았다가 사라졌다. 괜한 어색함에 입술 끝을 밀어 올리며 인선이 자리에 앉았다. 난잡하게 어질러진 김 비서의 책상으로 시선을 옮긴 선호가 걸음을 옮겨 두 사람의 앞으로 다가왔다.

"김 비서. 내일까지죠?"

"네."

"오늘 비서실이랑 간단하게 회식 자리 마련할까 하는데. 괜찮습니까?"

"네. 그러실 거 같아서 미리 일정 비워 놨습니다."

작게 고개를 끄덕인 선호의 시선이 인선에게 닿았다.

"유인선 씨는요?"

회식의 참석 여부를 묻는 것이었다.

"네. 저도 괜찮습니다."

"비서실에 인사도 해야 하니 마침 잘됐네요. 장소랑 시간은 박 비서가 알려 줄 겁니다."

"네. 들어가세요."

전해야 할 말을 다 끝낸 선호가 다시 사무실을 향했다.

"아! 맞다. 대표님!"

김 비서의 목소리에 선호가 고개를 돌렸다.

"어제 유 비서 생일이었대요. 저도 이제 알았어요. 케이크라도 사 줘야 했는데."

가볍게 던진 김 비서의 말에 작은 당혹감이 담긴 인선의 눈동자가 선호를 향했다. 무덤덤하게 자신을 바라보던 선호가 천천히 입술을 움직였다.

"그랬습니까?"

"……."

"생일 축하합니다."

"네. 감사합니다."

짧은 말을 전한 선호가 사무실로 들어갔다.

"뭐 하러 말씀하셨어요."

곤란할 것까지는 없지만, 생일날 사무실에서 잠이나 자고 약속조차 없었던 자신의 모습이 꽤 초라하게 비칠 게 뻔했다. 뭐 상관이야 없다마는 그냥 몰랐으면 하는 사실이었다.

"자기 부하 직원 생일은 알고 있어야죠. 아마 꼼꼼하신 분이라 내년에는 챙겨 주실 거예요."

내년이라. 그때까지 내가 이곳에 있으려나. 짐짓 떠오른 생각을 담으며 작성하다 멈춘 인사 기록 카드를 써 내려갔다.

* * *

퇴근 시간이 되어 소고기를 사 준다는 사실에 어깨춤을 추며 걸어가는 김 비서를 따라 회사를 나섰다.

"대표님은 늦으신다고 연락 왔습니다. 먹고 싶은 거 마음대로 시키라고 하시니 마음껏 드세요!"

여기저기서 환호성이 터져 나왔다. 오랜만에 이런 분위기에 녹아 보는 것이 신선하게 느껴졌다. 김 비서가 가는 것에 대한 아쉬움을 토로하면서도 새로 온 인선에 관한 관심이 회식 자리 내내 식지 않았다. 아직 채 적응되지 않은 어색한 분위기 속에서 건네는 술잔을 한 잔씩 홀짝홀짝 받아 마셨다.

"대표님이 늦으시네."

"오늘 미팅 잘되셨나 모르겠네. 지난번에 고민 많으시던데."

직원들 사이에 오가는 말을 가만히 귀담아들었다.

"지난번 인수 건 끝나고 잠깐 쉬시나 했더니, 여전히 바쁘셔서.

그래도 대단해. 나 같으면 쓰러졌을 텐데.”

“오늘 건도 애매해. 혼자 끙끙 앓는 스타일이시니 또 고민 많아지시겠다.”

걱정스러운 목소리를 내뱉으며 직원들이 술잔을 기울였다. 그에 대해 아는 것이라고는 고작 눈으로 보이는 것들이 다였다. 표면적으로 내보이지 않는 고민이 많겠구나, 하는 짧은 생각을 했다.

“인선 씨. 많이 마셨어? 볼이 빨개.”

“그래요? 평소보다 조금 많이 마신 거 같아요.”

볼을 감싼 손바닥 안으로 열기가 느껴졌다.

“적당히 마셔. 누가 이렇게 술을 줘. 요즘 기업 술 문화가 강요가 아닌 거 모르나? 다들 유 비서한테 술 그만 줘!”

장난스럽게 던지는 김 비서의 말에 인선이 배시시 웃었다.

‘아. 나 취했나.’

평소에 술을 자주 마시는 편도 아니었고, 술이 센 편도 아니었기에 혹여나 실수할까 봐 걱정이 되었다.

“김 비서 님. 저 잠깐 바람 좀 쐬고 올게요.”

“같이 가 줄까요?”

“아니에요. 금방 다녀올게요.”

회식 자리를 벗어난 인선이 가게 밖으로 나왔다. 붉게 물든 뺨 위로 스치는 여름 바람이 꽤 시원하게 느껴졌다. 인선이 골목을 이리저리 살폈다.

“편의점이 어디 있지?”

갈증이 나기도 했고 조금씩 올라오는 취기에 정신도 차려야겠다는 생각에 편의점을 찾아 걸음을 옮겼다. 톡톡. 이마에서 느껴지는 작은 두드림. 천천히 고개를 들자 밝은 도시 빛과 뒤섞인 푸른 밤하늘에서 맑은 빗방울들이 하나씩 떨어지기 시작했다. 도로를 스치는 인선의 발걸음 소리가 점점 빨라졌다.

"비가 온다고 그랬었나?"

예상치 못한 비였다.

"비 오는데 운전은 어쩌려고 그러지?"

빠르게 옮기던 걸음이 우뚝 멈추었다. 문득 떠오른 그에 대한 걱정이 인선을 당황스럽게 만들었다. 의도한 것도 그리고 예상하지도 못했던 생각.

"뭐야."

갑자기 왜 그 사람 걱정을. 지금까지 그에 관한 이야기를 듣고 자리를 벗어나서 그렇다는 결론을 지으며 잠시 멈추었던 걸음을 옮겼다.

음료수를 골라 편의점 계산대로 향하던 인선이 느껴지는 시선에 살며시 고개를 들었다.

"아……."

"왜 여기 있어요?"

계산대 앞에 선호가 서 있었다.

"주세요. 같이 계산하게."

손을 내미는 그의 모습에 천천히 다가가 음료수를 건넸다. 계산대에 놓인 담배와 라이터. 계산을 마치고 인선에게 다시 음료수를 건넨 그가 가게를 나와 편의점 앞에 놓인 의자에 앉았다.

"잠깐 앉았다 가죠."

잠시 지나가는 비였는지 바닥을 살짝 적셔 놓은 비는 어느새 멈쳐 있었다.

"왜 밖에 나와 있어요?"

의자에 앉지 않고 서 있는 인선을 올려다보며 그가 물었다.

"그냥. 술이 좀 올라와서 깨려고요."

"많이 마셨어요?"

"그냥 적당히요."

선호의 시선이 인선의 눈 아래로 천천히 내려갔다. 새하얀 피부 위로 발그스름해진 두 볼을 지그시 바라보는 그의 모습에 재빨리 시선을 옮기며 음료수를 한 모금 마셨다.

"술 못하나 봐요."

"그냥 적당히 해요. 그런데 오늘은 조금 많이 마신 거 같아요."

"괜찮아요?"

"네. 많이 안 취했어요. 약간 알딸딸하고 기분 좋을 정도?"

배시시 인선의 얼굴에 웃음이 번졌다.

"취했네."

그가 피식 웃으며 시선을 돌렸다.

아니라니까요. 작게 중얼거린 인선이 그의 손을 바라보았다.

"원래 담배 피우세요?"

"가끔? 가끔 피우고 싶은 날이 있더라고요."

직원들이 나누던 이야기가 떠올랐다. 잘은 모르지만, 오늘 갔던 일이 잘 안 됐나 싶어 찬찬히 그의 표정을 살폈다. 평소보다 크게 다르지는 않았지만 피곤함이 묻어 있는 얼굴.

"오늘 일이 잘 안 되셨어요?"

그의 옆에 놓인 의자에 앉으며 물어오는 인선의 물음에 선호가 피식 웃었다.

"왜요? 잘 안 됐으면 위로라도 해 주려고요?"

조금 더 짙어진 미소를 머금은 그가 손에 들고 있던 담배를 재 킷 안주머니에 넣으며 인선을 가만히 바라보았다.

"피우셔도 돼요."

"괜찮아요. 생각해 보니 이런 거로 위로가 되지 않을 거 같네 요."

"제가 잘은 모르지만, 쉬엄쉬엄하세요. 직원들 이야기 들어 보 니 너무 혼자서 많은 걸 책임지시려고 하는 거 같아요."

술기운이 있어서일까. 주제넘게 괜한 소리를 하는 게 아닐까 하 는 생각이 들었다.

"나 믿고 따라오는 직원들이 그렇게 많은데. 내가 잘해야죠."

걱정과 달리 그저 대수롭지 않게 넘기는 선호의 말에 인선이 피 식 웃었다.

"왜 웃어요?"

"그냥. 대표가 맞는구나 싶어서요. 아까 보니 직원들이 대표님 걱정하는 마음이 크던데. 쓰러지지 않게 조심하세요."

"왜요? 걱정돼요?"

"직원들이 걱정한다고요. 그러니……."

"유인선 씨는요?"

나지막한 울림이 습한 공기 속에 은은하게 퍼졌다. 무어라 답해 야 할지 잠시 고민하는 사이 자리에서 일어나는 선호의 모습에 인 선도 천천히 자리에서 일어났다.

"그거야 저도 당연히……."

직원이니까요, 라고 답하려던 인선이 성큼 한 걸음 앞으로 다가
온 그의 행동에 말을 멈추었다.

"그렇게 걱정되면……."

"……."

"유인선 씨가 나 위로 좀 해 줄래요?"

톡톡. 고여 있던 빗방울들이 바닥을 가볍게 두드리는 소리가 귓
가에 스몄다. 조금만 손을 뻗으면 닿을 거리에 고요한 표정을 지
은 그가 자신을 바라보고 있었다.

"실례할게요."

마주한 시선 속에 이어진 침묵을 깨고 낮게 밀려 나온 그의 목
소리. 그것을 채 귀에 담기도 전에 어깨 끝에서 느껴지는 낯선 감
각에 인선이 숨을 크게 삼켰다. 천천히 뻗어 온 그의 손끝이 어깨
를 살며시 건드리는가 싶더니 가녀린 인선의 어깨를 감아 왔다.
낯선 온기가 온몸으로 퍼졌다. 그녀를 꼭 끌어안은 넓은 가슴이
벅차오르듯 들썩거렸다. 조금만 닿아도 깨질 것 같은 섬세한 물
건을 어루만지듯 조심스럽게 그녀를 감쌌던 팔에 저도 모르게 힘
이 들어갔다. 맞닿은 가슴 위로 그녀의 심장 소리가 느껴지지 않
을 만큼 쿵쿵 강하게 심장이 뛰었다. 옅게 풍기는 알코올 향기가
스칠 때마다 번지는 그녀의 좋은 향기와 함께 깊게 스며들었다.

"저……. 대…… 대표님……."

당혹감이 밀려와 인선의 붉은 얼굴 위로 다른 의미의 홍조가 번
졌다. 작은 움직임에도 미동조차 하지 않는 그의 행동에 아래로
툭 떨어진 손을 꼭 감아쥐었다. 숨을 어떻게 쉬는지 잊어버린 것
처럼 숨조차 삼키지 못하고 그의 어깨에 얼굴을 기댄 채 한참을

그렇게 그에게 안겨 있었다.

"이제 됐어요."

짧은 한마디와 함께 맞닿은 그의 몸이 멀어졌다. 순식간에 벌어진 일에 차마 아무 말 하지 못하고 얼떨떨한 얼굴로 자신을 바라보는 인선의 표정에 선호가 작게 숨을 내쉬었다.

"들어가죠. 직원들 기다리는데."

아무런 설명조차 남기지 않은 그가 몸을 돌려 회식 장소를 향했다. 그가 시야에서 사라지고 멍하니 허공을 응시하던 인선의 눈매가 살며시 찌푸려졌다.

"뭐야……. 대체……."

단숨에 취기가 사라진 듯 정신이 번쩍 들었다. 예상도 하지 못했던 상황에 당혹스럽기도 했지만, 말없이 가 버린 그의 행동이 더욱 인선을 당황스럽게 만들었다.

"유 비서 여기서 뭐 해? 한참 찾았잖아."

자신을 찾으러 나온 김 비서의 목소리에 흐트러져 있던 초점이 다시 제자리로 돌아왔다.

"들어가자. 술은 좀 깼어?"

"네. 괜찮아졌어요."

아마도 완벽히 깬 것 같다.

"대표님 오셨어. 내 친구. 알지?"

장난스러운 김 비서의 말에 인선이 작게 웃음을 터트렸다.

'네 친구 덕에 술 확 깼다.'

차마 내뱉지 못하는 말을 삼키며 다시 회식 자리를 향했다.

"대표님. 한 잔 받으세요. 오늘 고생하셨습니다."

"결과는 그래도 뭐 다음 기회가 있잖아요. 그런데 생각보다 표정이 나쁘지 않으셔서 저는 또 잘된 줄 알았잖습니까. 하하하하."

여기저기서 대표를 걱정하는 말이 이어졌다. 천천히 술잔을 기울이던 선호의 시선이 김 비서와 함께 돌아온 인선의 위로 닿았다. 자신에게 시선조차 주지 않고 자리로 돌아가 앉는 그녀를 가만히 응시하며 남은 술을 입안으로 털어 넣었다.

* * *

집에 도착한 선호가 털썩 소파에 몸을 던졌다. 무겁게 떨어지는 눈꺼풀을 꾹 눌러 감고 내쉬는 커다란 숨에 가슴이 들썩였다. 이마 위로 얹었던 팔을 내려 가슴 위로 손바닥을 펼쳐 얹었다. 쿵쿵쿵. 정상적으로 느껴지는 심장 박동. 그녀를 품에 안고 정신없이 뛰었던 심장의 속도가 기억나 저도 모르게 웃음이 나왔다.

"내가 진짜 미쳤지."

왜 갑자기 그랬을까? 무엇이라도 핑계 삼아 조금이라도 그녀에게 닿아 보고 싶었던 마음이 저도 모르게 터져 버렸다. 맞닿은 포근하고 작은 몸의 느낌이 여전히 온몸을 선명하게 지배하고 있다. 다시금 빠르게 반응하는 심장이 고스란히 느껴졌다.

야옹. 야옹. 들리는 울음소리에 선호가 눈을 떠 고개를 돌렸다. 가슴을 뭉근히 문지르던 손을 천천히 뻗었다.

"원아. 이리 와……."

미약한 울음소리만 뱉을 뿐 아직 낯선 듯 책장 옆에 가만히 몸을 웅크린 채 바라만 보고 있다. 천천히 몸을 돌려 자신을 향한 동그란 눈동자와 눈을 맞추었다.

"원아······."

답하듯 들리는 야옹 소리에 선호가 희미하게 웃었다.

"내가 사랑을 주면······ 너도 다가와 줄래?"

마치 반응하듯 바닥에 바짝 붙어 있던 몸을 천천히 일으킨 원이 소리도 나지 않는 발걸음으로 조금씩 다가왔다. 살며시 눈꺼풀을 밀어 올리며 작은 움직임을 가만히 바라보았다. 자신과의 거리가 반쯤 남은 곳에 다시 원이 바닥에 웅크려 앉아 작게 울었다. 피식 웃음이 나왔다.

"그래. 천천히······ 그렇게 천천히 와."

아마도 널 볼 때마다 심장이 빠르게 뛰겠지만. 그래서 하루에도 몇 번씩 가슴이 아플지도 모르겠지만.

"내가 기다릴게."

답하듯 작은 울음소리가 들려왔다.

* * *

인선은 잠을 자려고 누웠지만 도통 잠이 오지 않았다. 애써 눈을 감았지만, 뒤늦게 밀려오는 술기운에 가슴이 울렁거리는 것 같아 침대에서 몸을 일으키고 눕기를 여러 번 반복했다. 울렁증처럼 가슴이 울렁거리고 기분마저 오락가락한 느낌이다. 조금 증상이 가라앉아 다시 이불을 파고들었다. 이불 속에서 느껴지는 온기에 또다시 자신을 끌어안았던 그의 모습이 머릿속에 저절로 그려졌다.

'유인선 씨가 나 위로 좀 해 줄래요?'

"무슨 위로를 아무 사이 아닌 여자를 끌어안으면서 받아."

하아. 길게 한숨이 흘러나왔다. 차라리 술이라도 마셨으면 미친놈이라고 욕이라도 하지. 분명히 그는 술 한 방울 마시지 않은 상태였다.

"아닌가? 마시고 왔나?"

분명히 냄새가 나지 않았는데.

"아니지. 내 술 냄새에 못 맡은 건가?"

이리저리 생각을 뒤집어 보고 다시금 정리해 봐도 딱 맞아 떨어지는 해석은 떠오르지 않았다.

"이 남자가 사람이 그리운가……."

얼토당토않은 생각을 내뱉고 피식 웃음이 났다. 몸을 돌려 천장을 똑바로 바라보고 누웠다. 한 손을 가슴 위에 천천히 얹었다. 선명하게 느껴졌던 그의 심장 소리. 마치 무언가를 전하려는 듯 간절하게 느껴졌던 그의 행동. 단순하게 생각하려고 노력해도 자꾸만 의미가 담겼다.

"나야말로 사람이 그리운가……."

누군가의 품이 따스하게 느껴진 것이 참 오랜만인 것 같다.

"나 지금 무슨 생각 하는 거야."

이게 다 술 때문이라며 천천히 눈을 감았다.

지이이잉. 지이이잉.

감았던 눈을 떠 어둠 속에 반짝거리는 핸드폰을 바라보았다.

[이우진]

천천히 손을 뻗었다.

"여보세요."

―나야. 어디야?

"집."

―자고 있었어?

"아니. 아직. 오빠는 어디야?"

―나 이제 공항 가는 길이야. 내일 늦게 도착할 거 같아. 도착하면 곧장 본가로 갈 거야.

그러니 내일은 만나지 못한다는 소리다.

"그래. 조심히 와."

―모레 만나자. 할 이야기도 있고.

"무슨 이야기?"

―그날 만나서 얘기해. 별일 없지?

"응. 오늘 회식을 해서 좀 피곤하다."

―회식? 누구, 그 여자 직원이랑?

여러 번 혜미의 이름을 알려 주었지만, 기억조차 하지 못한다.

"와서 이야기해."

―그래. 피곤할 텐데 자.

"응. 조심히 와."

전화를 끊고 다시 천천히 눈을 감았다. 감정이 비어 있는 대화가 오간 지 꽤 오래된 것 같은 느낌인데, 그도 자신도 아무도 그 경계선을 건드리지 않고 그저 묵묵히 바라만 보고 있다.

"할 얘기라……."

아마도 자신이 생각하는 그런 이야기가 아닐까.

언제부터 이렇게 되었을까……. 자연스럽게 이어진 만남이었지만 처음부터 이랬던 것은 아니었다. 2년 하고 6개월 전. 엄마가 돌아가시고 가장 힘들었던 시기. 묵묵히 자신의 옆을 지켜 주었던 것도 우진이었다. 아무도 없이 혼자 남은 것 같은 세상에 손을 잡아 주고 눈물을 닦아 주었던 사람. 사랑이라고 표현하기보다 고마움이 깊이 새겨져 소중하게 느껴졌던 관계.

그가 사회생활을 시작하고 일이 바빠져 소원한 감정이 생겼을 때도 그가 해 주었던 것처럼 가만히 바라봐 주고 기다려 줄 수 있는 존재가 되어야겠다고 생각했고, 그것이 나름 작은 행복이라고 생각했다. 그가 해 주었던 것처럼, 함께 있어 주는 것이 사랑이라고 생각했는데.

뜨겁지는 않았어도, 남아 있는 온기를 유지할 수 있다고 생각한 자신이 틀렸다는 것을 깨달았다. 서로를 바라보는 눈빛에 의무감만이 남아 있는 것 같은 느낌. 가슴 한곳이 콕콕 바늘을 찌른 듯 아려왔지만, 죽을 만큼 찢어지게 아프지 않았다. 오랜 시간 동안 가져 왔던 이별의 예감. 서로 꺼내지만 않았을 뿐이다.

"유인선. 너도 똑같다."

그만의 문제가 아니었다.

* * *

김 비서가 휴가를 들어간 첫날. 다행히도 선호의 사무실로 들어갔던 인선의 책상은 다시 제자리를 찾았다. 둘 사이에 연출되었던 이상한 상황 이후로 그를 마주하는 것이 영 불편하던 참이었는데, 기쁜 소식이 아닐 수 없었다. 그렇다고 그를 피하지는 못

하는 상황.

　－유인선 씨 잠깐 들어오세요.

　그녀의 일은 단순했다. 박 비서가 선호의 일정 및 중요한 업무를 모두 챙겼고, 인선은 회사 내에 전달해야 할 사항이나 역으로 그에게 전달해야 할 간단한 사항만을 전했다.

　"이거 경영 기획부에서 내려온 결재 문서입니다. 이미 전산으로 반려했으니 그냥 파기하세요. 그리고 이건 인사부에서……."

　아무 일도 없었던 것처럼 사무적인 말투와 표정이었다. 그의 전달 사항이 모두 끝나고, 나가 보라는 말에도 인선이 가만히 그의 앞에 서 있었다. 모니터를 향했던 선호의 시선이 인선에게 닿았다.

　"뭐 할 말 있습니까?"

　"네."

　인선의 대답에 책상에 기대었던 선호의 몸이 의자로 기울었다.

　"선 언제 보시겠습니까?"

　예상치 못한 인선의 질문에 선호의 눈매가 미세하게 찌푸려졌다.

　"벌써 선을 봐야 합니까?"

　"네. 그러는 게 좋을 것 같습니다."

　"왜죠? 나에 대해 아직 아무것도 파악한 게 없는 것 같은데."

　작게 숨을 삼키고 내쉰 인선이 또렷한 목소리를 뱉었다.

　"지난번에 말씀드렸듯이 대표님을 파악하고 말고의 문제가 아닙니다. 누가 시켜서 연애와 결혼을 할 나이도 아니고 만나다 보면 마음에 드는 분이 계실 거예요."

"네. 나도 그건 잘 알아요."

"사실 박 비서님이 계시는데, 제가 여기서 오래 머무를 이유는 없다고 생각합니다. 필요 없는 자리를 만들어 가면서까지 회사에 피해 끼치고 싶지 않아요."

"피해라……."

그녀의 말을 곱씹듯 중얼거린 선호가 시선을 아래로 내렸다. 기다란 손가락이 톡톡 책상을 의미 없이 두드렸다.

"일단 생각 좀 더 해 보겠습니다."

"……."

"유인선 씨 의견은 제대로 알아들었으니 걱정하지 마세요. 다만 지금 회사 일로 정신없는데 복잡한 일 만들고 싶지 않습니다."

충분히 이해할 만한 이유였다. 오늘만 해도 회의가 여러 개 잡혀 있는 것을 인선은 알고 있었다.

"네. 알겠습니다."

"나가 보세요."

"네."

사무실을 나와 자리에 앉은 인선이 작은 입술을 꾹 눌러 물었다. 이렇게 편한 자리가 또 어디 있을까 하는 생각과 이 말도 안 되는 계약 관계를 정리해야겠다는 생각이 머릿속에서 맞부딪혔다. 그가 좋은 사람을 만나서 결혼해 주는 것이 이 계약의 가장 바람직한 해피엔딩이 아닐까. 안 되면 뭐 연애라도 하든가. 일단 혜미에게 부탁해야겠다는 생각에 핸드폰을 들었다.

지이이잉.

[새로운 회사가 어디라고? 퇴근 시간 맞춰서 갈게.]

우진의 문자였다.

[강남구 XXX XXX, 회사 앞 카페에 들어가 있어. 퇴근하고 바로 갈게.]

[응. 이따가 보자.]

핸드폰을 들여다보던 인선이 문이 열리는 소리에 고개를 들었다.

"회의 갑니다."

"네. 바로 퇴근하시는 건가요?"

"일단 들어오기는 해야 하는데. 아마 퇴근 시간 이후일 거예요. 먼저 퇴근하세요."

"네. 알겠습니다."

그가 스치고 지나간 공간에 어렴풋이 그의 향기가 남았다. 그날 또렷이 코끝을 파고 들었던 향기와 같은 향. 공기에 남은 잔향이 사라질 때까지 인선이 한동안 그가 지나간 자리를 바라보았다.

* * *

[도착했어. 끝나면 전화해.]

우진의 문자를 받고 책상 위에 놓인 서류를 정리하기 시작했다. 정리를 모두 마치고 시간을 확인했다. 6시가 조금 넘은 시간.

"안 들어오려나 보네."

퇴근하라고 했으니 퇴근해도 되겠지. 잠시 전화라도 해야 하나 고민하던 인선이 가볍게 몸을 일으켰다.

1층 엘리베이터에서 내려 문을 향하던 인선의 눈이 살며시 커졌다. 문 앞에 서 있는 우진의 모습이 보였다. 자신을 발견한 듯 한쪽 손을 들어 보이는 그에게 빠른 걸음으로 다가갔다.

"왔어?"

시계를 바라보며 여유로운 표정을 짓는다. 다소 경직된 인선의 표정에 그가 살며시 고개를 기울였다.

"카페에 들어가 있으라니까. 왜 여기 있어."

"뭐 어때? 그냥 어떤 회사인가 보려고 와 봤어. 언제부터 여기서 일한 거야?"

"일단 나가서 얘기하자."

인선이 급하게 손목을 잡아끌었다. 그 모습에 우진의 미간이 찌푸려졌다.

"뭐가 그렇게 급해. 천천히 가."

그의 말에도 인선은 빠르게 걸음을 옮겼다.

카페에 마주 앉은 우진이 가늘어진 눈매로 인선을 바라보았다.

"이제는 괜찮아?"

"뭐가."

"도망치듯 나온 이유가 뭔데?"

아……. 작게 한숨을 내쉰 인선이 앞에 놓인 커피를 한 모금 마셨다.

"그냥. 오래 다닐 회사도 아니고. 뭐 이것저것 사람들 눈에 띄는 것도 별로고."

"무슨 소리야? 그리고 갑자기 회사는 뭐야?"

어디서부터 이야기를 해야 할까. 잠시 생각을 정리한 인선이 지그시 우진을 바라보며 천천히 이야기를 시작했다.

"그래서. 그걸 하겠다고 했다고?"

당연히 그가 이런 반응일 거라고 예상했다. 아니면 무반응이거나.

"그냥 빨리 정리해. 집 정리한다며. 돈 받을 필요 없잖아."

"알아. 그냥 누가 소개했다고 해서 무조건 싫다고 말하기도 그랬고……."

"그 소개한 사람이 누군데?"

"몰라, 그냥 비밀로 해 달라고 했대. 누군지 몰라도 아는 사람 부탁이니 단번에 거절하기도 그랬어. 아무튼."

"그건 핑계고. 빨리 정리해."

"핑계라고 생각해도 어쩔 수 없지만, 일단 부탁은 받은 거니 소개는 해 줘야지."

"누구를? 지금 소개해 줄 사람도 없잖아. 의뢰 고객은 있어?"

사정을 이미 알고 있는 그가 현실을 이야기했다.

"혜미가 집에 부탁해 본다고 했어."

"그렇게까지 해야 해? 괜히 질질 끌지 말고 정리해."

"그래도 일인걸."

"일도 정리해."

"뭐?"

갑작스러운 우진의 말에 커피를 향하던 인선의 손이 공중에 멈추었다. 사업이 힘들어지고 사정을 알고 있음에도 한 번도 일에 관해 이야기한 적이 없던 그였다. 그래서 오히려 서운했던 적이 많았다.

"무슨 소리야. 갑자기."

"일 정리하라고. 너 힘들잖아. 언제까지 그렇게 잡고 있을 거야."

"알아. 그러려고 하고 있어. 그래서 지금 잠시 여기서 일하고 있는 거잖아."

"말도 안 되는 계약. 그것도 빨리 정리하고."

오늘따라 유난히 극단적인 발언을 건네는 우진을 가만히 바라보았다. 평소에 무관심하다고 느꼈던 것과는 전혀 다른 모습. 오히려 과하다고 느껴지는 그의 말과 행동에 이질감이 느껴졌다. 그렇다고 걱정을 한다거나 따스한 말을 건네지는 않았다.

"오빠."

"왜?"

"무슨 일 있었어?"

"아니. 없었어."

"그런데 오늘 왜 이렇게 극단적이야."

"……."

"할 이야기 있다며. 그거 먼저 해."

말없이 고요한 시선이 인선의 위로 떨어졌다. 가느다란 한숨을 내뱉은 우진이 한층 다듬어진 목소리로 말을 시작했다.

"미안. 출장 때문에 피곤해서 조금 예민했나 봐."

"아니야. 괜찮으니 말해."

"어제 집에 갔다 왔어."

"……."

"결혼 언제 할 거냐고 물으시더라."

예상치 못한, 아니 예상과 완벽히 엇나간 그의 발언에 귓가가 멍해졌다. 순식간에 당혹감으로 물든 눈동자가 갈피를 잡지 못한 채 자잘하게 흔들렸다.

"조만간 집에 같이 가자."

이미 집에서는 모든 이야기를 끝낸 듯했다. 선택권조차 주어지지 않은 느낌.

"오빠."

"응. 말해."

"그런 이야기 한 적 없었잖아. 이렇게 갑자기?"

"집에서는 여러 번 이야기 나왔었어. 너한테 말 안 했을 뿐이지."

"내가 당사자인데 왜 나한테 말을 안 했어?"

"너 바빴잖아. 회사 사정도 안 좋았고. 괜히 복잡하게 만들어 봐야 뭐가 좋아. 너 괜히 신경 쓰이게 하고 싶지 않았어."

너를 걱정해서라고 한다. 사실 가장 중요한 말이 나오지 않았음을 아마 그도 알고 있을 거다. 좀처럼 굳어서 움직이지 않는 인선의 표정에 우진이 다시 말을 이었다.

"그렇게 충격적인 이야기는 아니잖아. 만난 기간이 짧은 것도 아니고."

"충격이라기보다는 의외라서."

"그래. 알아. 그동안 결혼 얘기한 적 없으니까. 그건 너랑 나랑 서로 바빴고."

"지금도 바쁘지."

"인선아."

허탈한 표정을 지은 우진이 자리에서 일어나 인선의 옆에 앉았다. 무릎 위에 놓인 자신의 손 위로 얹어지는 우진의 손을 가만히 바라보았다.

"인선아."

한층 부드러워진 우진의 목소리.

"갑자기 이런 얘기 꺼내서 너 당황스러운 거. 내가 그동안 바쁘다고 너 서운하게 했던 것도 다 알아."

"……."

"사실 나도 너한테 부담 주는 거 싫어서 일부러 이야기 안 꺼냈는데."

"……."

"아버님. 재수술하셔야 된대."

떨어졌던 인선의 시선이 그에게 고정되었다.

"수술도 해 봐야겠지만……."

"더 나빠지셨어?"

"응. 다른 데로 전이됐나 봐. 병원에서도 그렇게 긍정적이지는 않아. 요즘도 거동 불편하신데 수술 후는 어떨지 모르겠고."

"……."

"그러니 어차피 결혼할 거면 조금 서두르는 게 어떻겠냐는 이야기가 나왔어."

1년 전 우진의 아버지는 폐암 선고를 받았다. 수술 경과가 나쁘지 않았지만, 평범한 가정의 가장이 쓰러졌음이 우진의 가족에게도 작지 않은 충격이었다. 오랜 시간 엄마의 투병으로 그 마음을 잘 아는 인선이었기에, 여러 번 병문안을 갔다. 우진의 가족들은 늘 자신의 방문을 진심으로 고마워했고, 따스하게 맞아 주었다.

"왜 말 안 했어."

"말했잖아. 그동안 괜히 너 신경 쓰이게 할 거 같았다고."

"……."

"아버지가 너 많이 보고 싶어 하셔. 조만간 같이 집에 가자. 응?"

우진의 팔이 어깨를 감싸 인선을 꼭 끌어당겼다.

"괜찮지?"

달래듯 물어오는 우진이 인선의 볼 위로 입술을 부드럽게 문지르며 작게 속삭였다.

"오늘 우리 집에 가서 자자."

* * *

회의를 마치고 회사로 돌아가던 차 안.

'퇴근은 했으려나.'

7시 15분. 핸드폰으로 시간을 확인한 선호는 괜한 초조한 마음이 들었다. 굳이 사무실을 들러야 할 이유는 없지만, 그날처럼 혹시 그녀를 만나는 일이 생길 수도 있지 않을까. 아주 작은 기대에 망설임 없이 사무실로 목적지를 정했다.

정지 신호에 차가 잠시 멈추었다. 뚜렷한 목적지 없이 창밖을 향하던 선호의 시선이 한곳에 멈추었다. 유인선 그녀였다. 하지만 그녀는 혼자가 아니었다. 그녀의 옆에 나란히 서서 그녀를 품으로 꼭 끌어안은 남자에게 선호의 시선이 한참을 머물렀다. 창문으로 스미는 밝은 불빛을 머금은 선호의 눈빛이 더없이 짙어졌다. 천천히 시트에 머리를 기대고 짙어진 눈동자를 눈꺼풀 아래 감추었다.

"기사님. 집으로 가 주세요."

Chapter 02

'어…….'

인선의 시선이 도로를 향했다.

"왜?"

"아니야."

물어오는 우진에게 아니라고 답하면서도 인선의 시선은 여전히 도로 위를 벗어나지 못했다.

'대표님 차 같았는데.'

"왜 그러는데?"

"아니야. 잘못 봤나 봐."

그제야 인선의 고개가 우진을 향해 돌아갔다.

"택시가 왜 없냐. 콜 부를까?"

"버스 타고 가자니까."

"너 피곤하다며."

제법 따스하게 답해 오는 그가 어색하게 느껴졌지만 애써 입술을 밀어 올렸다.

지이이잉.

손에 들고 있던 핸드폰을 바라보았다.

[출장을 다녀온 애인에게서 낯선 여자의 향기가 느껴진다. 궁금하면 클릭!(080-123-234)]

아래로 떨어진 인선의 고개가 한참을 움직이지 않자 우진이 살며시 고개를 숙였다.

"왜 그래?"

"문자."

"무슨 문자인데?"

천천히 고개를 든 인선이 우진의 앞에 핸드폰을 들어 보였다. 문자를 다 읽은 우진이 대수롭지 않은 눈빛으로 인선을 바라보았다.

"스팸 문자네. 지워."

"응. 그런데 요즘 유독 자주 오네."

"나도 자주 와. 수신 거부해."

모든 사람의 똑같은 반응. 하지만 자꾸만 남는 찜찜함. 그것도 상황이 이상하리만큼 교묘하게 맞아 들어가는 문자들.

"오빠."

택시를 부르려고 핸드폰을 만지던 우진이 고개를 돌렸다.

"나 오늘은 그냥 집에 갈게."

* * *

"오빠 들어가."

"응. 들어가. 내일 전화할게."

인선을 집 앞에 내려 준 우진이 그대로 택시를 타고 자신의 집으로 향했다. 집으로 가겠다는 인선의 말에 우진은 그러라고 바로 답했다. 손에 꼭 쥐고 있는 핸드폰을 가만히 바라보았다. 누군가 꼭 자신을 지켜보고 문자를 보내는 듯한 느낌이 들어 가끔은 소름이 끼쳤다.

"인선아."

늦은 밤. 한산한 골목길에 울리는 자신의 이름에 인선의 어깨가 크게 들썩였다. 멀리서 성큼성큼 다가오는 커다란 인영을 바라보며 살며시 눈매를 찌푸렸다.

"왜 그렇게 놀라? 퇴근하는 거야?"

가깝게 다가온 존재의 얼굴을 확인한 인선이 그제야 밝게 웃었다.

"재준 오빠! 오랜만이에요!"

"와. 더 예뻐졌구나."

"아무튼, 여전해. 입술에 침 안 발랐거든요?"

"딱 걸렸네. 네가 경찰 해라."

"언제 온 거예요?"

"어제."

오랜만의 만남에 인선이 반가움을 얼굴 가득 담았다.

"잠깐 앉자. 오랜만에 수다나 떨까?"

"네. 오랜만에 그래 볼까요?"

과거의 그들처럼 턱이 높은 화단에 털썩 주저앉았다. 어려서부터 재준은 인선의 고민 상담 상대였다. 현실이 힘들었다고 사춘기가 없었던 것도 아니고, 고민이 없었던 것도 아니었다. 그럴 때마다 늘 묵묵히 인선의 이야기를 들어 주었던 재준은 그녀에게 친오빠와도 같은 존재였다. 지난번 은주가 재준이 온다는 이야기를 했던 것이 이제야 떠올랐다.

"맞다. 아주머니가 얘기했었는데. 내가 깜빡했다. 완전히 온 거죠? 어디로 발령받은 거예요?"

"강남서."

"와. 가깝다. 또 형사과야? 아주머니가 걱정이 많으시던데."

"아니야. 이번에는 사이버 수사과."

"아…….."

환했던 인선의 표정이 살며시 가라앉았다.

"너는 잘 지냈어? 사업은 어때. 엄마가 아주 난리다. 너한테 누구 소개 좀 받으라고."

"안 그래도 말씀하셨어요. 그런데 나 사업 정리할까 생각 중이에요."

"고민 많이 했겠네. 사업이 원래 힘들지. 네가 알아서 잘하겠지만 신중하게 생각해 보고 선택해."

"네. 그래야죠."

가만히 인선을 바라보던 재준이 피식 웃었다.

"왜 웃어요?"

"꼬맹이가 많이 컸네."

"자기도 꼬맹이였으면서."

"그래도 너보다는 항상 큰 꼬맹이였지. 꼬맹이가 커서 사업도 하고 연애도 하고. 아. 남자 친구는 잘 지내? 이름이 뭐였더라."

"우진 오빠요? 네. 잘 지내요."

밋밋한 표정으로 이야기하는 인선을 재준이 지그시 바라보았다.

"그런데 표정이 왜 그래? 잘 지내는 거 맞아?"

"네."

"어라? 뭐가 이상한데."

"누가 경찰 아니랄까 봐. 촉은 엄청 좋아."

인선의 말에 재준이 피식 웃었다.

"오늘 결혼 이야기하더라고요."

놀란 듯 잠시 크게 떠졌던 재준의 눈이 살며시 일그러졌다.

"청혼을 받으신 분께서 표정이 왜 이럴까?"

"청혼이랄 것까지는 없고. 그냥 집에서 결혼 이야기가 나왔나 봐요."

"그런데. 뭐가 문제야?"

"그러게요."

싱겁다는 듯 재준이 피식 웃었다.

"좋은 사람이라며."

"네. 맞아요. 좋은 사람."

"너희 어머님 돌아가셨을 때, 그분이 네 옆에 있어서 참 다행이라고 생각했는데. 그때 나도 참 괜찮은 사람이구나 했거든."

인선의 입술 끝이 씁쓸하게 밀려 올라갔다. 다른 사람이 보아도 우진은 좋은 사람이었다.

"그런데 잘 모르겠어요."

"뭘?"

"그냥 내가 이 사람과 결혼할 만큼 이 사람을 사랑하기는 하는 걸까. 이 사람과 평생 행복할 수 있을까. 그 행복의 기준이 뭘까. 뭐 이런 생각들?"

"기준이야 다 다르지. 앞으로 평생을 함께할 사람인데. 열렬하고 뜨거운 사랑이 필수인 사람도 있는 거고, 뜨겁지는 않아도 믿음을 가지고 편안하게 앞으로 함께할 사람과 결혼하고 싶어 하는 사람도 있을 테니까."

아마도 우진과 결혼한다면 후자에 가깝지 않을까 하는 생각이 들었다.

"천천히 생각해 봐. 당장 결혼하자는 것도 아니고."

"네."

"일단 네 마음이 제일 중요해. 일반적인 판단에 맡기지 말고 네 여기가 이끄는 곳으로 따라가 봐."

재준이 자신의 가슴을 팡팡 두드리며 빙긋 웃었다.

"말은 쉽지."

투덜거리는 인선을 기특하다는 듯 재준이 바라보았다. 작은 손으로 눈가에 얼룩진 눈물을 닦아 내던 어린 인선의 모습이 아직도 선명하다. 저러다 혹여나 무너져 내리지 않을까. 지켜보며 걱정했었는데. 그러지 않아도 될 정도로 그녀는 씩씩하게 세상을 살아왔다. 스쳤던 기억이 떠올라 아늑한 미소가 지어졌다.

"너는 네 삶이 힘들었다고 생각할지 모르지만, 너는 누구보다 잘 살았어.

"……."

"내가 너였다면 한없이 슬퍼하고 원망만 하고 살지 않았을까 여러 번 생각했거든. 그거 알아?"

"뭐요?"

"이겨 내려고 밝게 웃는 걸 보는 것도 마음 아팠지만, 참 예쁘다고 생각했다."

"피. 원래 예뻤어요."

"그렇게 웃을 수 있는 사람 만났으면 좋겠다."

"……."

"네가 힘들어도 그 사람 보면 웃음이 지어져서 그렇게 예쁘게 웃을 수 있는 사람."

"……."

"꼭 그런 사람 만나. 알겠지?"

아늑하고 따스한 바람이 불었다.

스치는 포근한 바람만큼 고마운 마음에 가슴이 뭉클거렸다.

"고마워요."

"뭘 그런 거로."

재준이 벌떡 일어나 엉덩이를 툭툭 털었다.

"야. 빨리 일어나. 차가운 데 오래 앉아 있으면 화장실 갈 때 힘들다."

"뭐야. 아저씨같이 그런 농담이나 하고."

재준이 자리에서 일어난 인선의 이마를 톡 하고 때렸다.

"아직 아저씨는 아니거든? 이상한 소리 하지 말고 들어가. 혹시 또 상담 필요하면 얘기하고."

"아! 오빠……."

몇 걸음 멀어진 재준이 다시 몸을 돌렸다. 다가온 인선이 잠시
머뭇거리다 말을 이었다.

"혹시, 이거 좀 봐 줄래요?"

"뭘?"

조심스럽게 그녀가 핸드폰을 내밀었다. 그녀가 보여 준 문자들
을 한참을 바라보던 재준의 표정이 살며시 일그러졌다.

"언제부터 온 거야?"

"아마 서너 달쯤 된 거 같아요. 이것보다 더 많은데 제가 조금
지운 것도 있고요."

"흠……. 그냥 광고 스팸 문자라고 하기에는 내용이 비슷하네."

인선이 말없이 고개를 끄덕였다.

"제가 너무 예민한가 싶기도 하다가도 딱 맞아 떨어지는 상황들
의 내용이 올 때가 많아서요."

"예를 들면?"

"우진 오빠 회식이라든가, 출장 갔을 때……. 그런 내용이 비슷
하게 왔어요."

"남자 친구도 알아?"

"어제 살짝 보여 줬는데. 그냥 스팸이라고 대수롭지 않게 지우
라고 하더라고요."

심각한 표정으로 인선의 이야기를 듣던 재준이 빙긋 입술을 밀
어 올렸다.

"너무 신경 쓰지는 말고. 내가 내일 일단 출근해서 알아볼게."

걱정하지 말라는 듯 재준이 툭툭 인선의 어깨를 두드렸다.

"뭐 그냥 스팸일 수도 있고, 우연일 수도 있어. 요즘 세상에 별일이 다 있잖아."

"네."

"일단 내가 알아볼 테니 신경 쓰지 마. 들어가. 늦었다."

"네. 오빠."

* * *

소파에 웅크리고 앉은 인선이 무릎 사이에 얼굴을 묻었다. 집으로 들어와 아무것도 하지 않은 채 오랜 시간이 지났다.

"아. 머리 아파."

뜻하지 않았던 결혼 이야기부터 문자까지.

'어차피 결혼할 거면 조금 서두르는 게 어떻겠냐는 이야기가 나왔어.'

어차피 할 결혼이라. 어차피 할 결혼이 맞았던 걸까? 열흘 만의 만남에 보고 싶었다는 말 한마디 없었다. 생일이었음에도 그의 손에 작은 선물 하나 들려 있지 않았다. 너를 사랑해서 결혼하고 싶다는 말도 아니었고, 집에서 하기를 원한다는 말이 고작이었다. 이 결혼이 맞는 걸까?

"뭐가 이렇게 복잡하냐."

복작복작하는 생각 속에 자신이 다른 사람들에게 줄줄이 늘어놓았던 이야기가 떠올라 헛웃음이 나왔다. 어찌나 남의 결혼은 쉽게 이야기했던지……. 직업이 무색할 만큼 자기 결혼에는 영 소질이 없나 보다. 그래 놓고 누가 누구를 결혼시키겠다고 이러고 있는 건지. 더는 생각을 할 수 없을 정도로 머리가 아파져 와 소파에서 겨우 몸을 일으켰다. 부엌으로 가 두통약 한 알을 꿀꺽 삼키고 방으로 향했다.

* * *

출근 시간이 지났음에도 선호가 사무실에 모습을 나타내지 않았다. 회의를 가더라도 늘 사무실에 누구보다 일찍 모습을 보이고 간다는 이야기를 전해 들은 터라 의아함을 가지고 그를 기다렸다. 10시가 지나도 그가 모습을 보이지 않았다. 조금 더 기다리던 인선이 박 비서에게 전화를 걸었다.

"박 비서님. 저 유인선입니다. 대표님 오전에 회의 있으신가요?"

아무것도 적혀 있지 않은 오전 일정표를 넘기며 인선이 물었다.

―아. 제가 연락드린다는 걸 깜빡했네요. 몸이 조금 안 좋으신가 봐요. 오후에 출근하실지는 좀 더 지켜봐야 할 거 같아요.

"몸이요? 어디가 아프신데요?"

―그냥 요즘 무리하셔서 그런 것 같아요. 제가 오늘 대표님 대신에 조금 들러야 할 곳이 있어서 사무실에는 못 갈 것 같습니다. 대표님 연락 오면 전화할게요.

"아. 네. 알겠습니다."

전화를 끊고 잠시 멍하니 앉아 있던 인선이 자리에서 일어나 그의 사무실을 향했다. 아침에 그의 책상 위에 올려 두었던 결재 문서들을 챙겨 다시 자신의 자리로 돌아왔다.

"급하다고 했던 문서가 뭐더라."

혹여나 연락을 해 줘야 할 것들이 있나 빠르게 서류를 넘기던 인선의 손이 점점 느릿하게 움직였다. 어제까지 멀쩡해 보이던 사람인데. 회사를 하루 쉴 만큼 몸이 안 좋은 걸까. 잠시 스치듯 걱정을 담았던 인선이 생각을 지우고 빠르게 문서를 넘겼다.

오후 5시. 퇴근이 한 시간 남은 시간.

"오늘은 출근 안 하려나 보네."

하루 종일 너무나도 고요한 사무실 분위기에 지루함이 극에 달했다.

"거봐. 아무리 봐도 이 자리 너무 필요 없는 자리야."

중얼거리며 퇴근 준비를 하려고 자리에서 일어나는 순간 사무실 전화가 울렸다.

"네. 유인선입니다. 네. 박 비서님."

─유 비서님. 죄송해요. 제가 지금 회사로 들어가고는 있는데 차가 너무 많이 막혀서요.

"네."

─대표님께 가져다 드려야 할 서류가 회사에 있어서요. 유 비서님이 대신 좀 가져다주시겠어요?

"서류요?"

─네. 오늘 저녁에 해외 업체랑 화상 회의를 하셔야 하는데. 제가 메일로 넣어 놓은 줄 알았는데 착각했었나 봐요. 파일이 담긴 USB도 제가 집에 놓고 와서 출력해 놓은 서류 제 책상에 있을 거예요. 빨리 좀 부탁드릴게요.

"네. 서류가 어디 있어요?"

급하게 서류를 챙겨 택시를 탔다.

[이 주소로 가 주시면 돼요. 청담동 XXX XXXX.]

인선이 알고 있는 선호의 본가가 아닌 다른 주소였다.

"집이 아닌가? 아니면 이사를 간 건가?"

짧은 궁금증은 금세 머릿속에서 지워졌다. 택시에서 내려 진호가 알려 준 오피스텔로 걸음을 옮겼다.

1801호. 문 앞에 도착한 인선이 망설임 없이 벨을 눌렀다. 띠리릭. 기다리고 있었던 건지 몇 초도 지나지 않아 문이 빠르게 열렸다.

"왔어? 어……."

아마도 자신의 방문을 몰랐던 건지, 문을 힘차게 열던 그의 동작이 멈추었다. 당황한 선호의 눈빛에 오히려 인선이 더 당황스러울 지경이었다.

"여기는 왜……."

"박 비서님이 부탁하셔서요. 서류 여기 있습니다."

미동 없이 인선의 얼굴 위로 머물렀던 선호의 눈동자가 한참이 지나서야 멀어졌다. 너무 빤히 바라보는 탓에, 민망함이 밀려온 인선이 내밀었던 팔을 좀 더 앞으로 뻗었다.

"서류 여기 있습니다."

"잠깐 들어오세요."

"네? 어어어."

인선이 빠르게 닫히는 문을 팔로 급히 잡았다. 문이 닫히든 말든 문고리를 잡고 있던 손을 놓고 집으로 들어가 버린 선호의 행동에 인선의 미간이 살며시 찌푸려졌다. 서류만 받으면 되지 왜 들어오라 해. 얼굴도 생각보다 멀쩡해 보인다. 아픈 거 맞아? 잠시 고민하던 인선이 천천히 집 안으로 걸음을 옮겼다.

사무실과 다르지 않게 꽤 깔끔한 인테리어. 거실 한편에 놓인 장식장 위로 일렬종대로 열 맞춰 놓여 있는 피규어. 문득 그의 사무실 책상 위 볼펜들이 떠올라 피식 웃음이 났다. 창문 앞에 놓인 커다란 책상 앞에 앉아 있는 그를 바라보았다. 책상 위에 가득 쌓여 있는 서류들을 보니 아마도 하루 종일 여기서 일을 한 모양이다.

"서류 여기 있습니다."

책상 앞에 다가가 서류를 건네자 그가 말없이 손을 뻗었다.

"저는……."

"커피? 허브티? 뭐가 좋아요?"

이만 가겠다는 말이 그대로 막혔다.

"커피 주세요."

"잠깐 거기 앉아 있어요."

그의 손끝이 가리키고 있는 소파로 가서 얌전히 앉았다. 어색함이 감도는 공간. 차라리 그냥 나가는 게 나을 거 같은데. 주방으로 걸음을 옮긴 선호가 어색한 표정으로 소파에 앉아 있는 인선을 가만히 바라보았다. 당장에라도 이 공간을 벗어나고 싶은 그녀의 표정과 안절부절못하는 모습에 옅은 미소가 입술 끝에 걸렸다.

"여기는 뭐 하는 곳이에요?"

대충 보아하니 사무실 같아 보이기도 하고 집인 것 같기도 하고.

"집이요."

"대표님 집이요?"

궁금한 듯 물어 오며 눈을 맞추는 인선의 행동에 마주했던 시선을 살며시 내렸다.

"뭐 사무실이라고 해도 틀리진 않죠. 주로 일할 때 사용하는 곳이에요. 지금 잠깐 사정이 있어서 여기서 지내고 있어요."

"아. 그렇구나."

어색함을 없애기 위해 뭐라도 물어야겠다는 생각에 말을 꺼냈지만 금세 어색한 공기가 밀려왔다. 인선의 앞으로 다가온 선호가 테이블 위에 커피를 놓아 주고 인선과 조금 떨어져 앉았다.

"마셔요."

"네."

커피를 한 모금 마시고 내려놓았다.

"몸은 괜찮으세요?"

"네. 괜찮습니다."

"아프시면 쉬지 뭐 집에서까지 일하세요."

책상 위에 가득 쌓인 서류 위로 인선의 시선이 흘깃 닿았다. 살며시 고개를 기울인 선호의 눈동자가 가만히 인선에게 머물렀다. 작게 들리는 그의 웃음소리. 이유 모를 웃음소리에 인선이 고개를 돌렸다.

"왜요? 걱정됩니까?"

나지막한 목소리를 뱉어 낸 그의 입술이 나른하게 밀려 올라갔다. 아마도 같은 기억을 떠올린 듯한 두 사람의 시선이 공중에 마주했다. 톡톡 귓가를 두드렸던 선명한 빗방울 소리. 맞닿았던 심장 소리가 잊히지 않았던 밤. 어떤 의미인지 모를 열기가 밀려 올라와 인선이 입술을 꾹 눌러 물었다. 시선을 먼저 피한 건 선호였다.

"내일은 사무실로 출근할 거예요."

제법 사무적인 말투를 뱉어 낸 그가 자리에서 일어났다.

"네."

그가 책상으로 돌아가 인선이 가지고 온 서류를 한 장씩 넘기기 시작했다. 이제는 가야 하지 않을까. 바스락거리는 종이 소리를 귀에 담으며 말을 꺼낼 타이밍을 찾던 인선의 눈이 살며시 커졌다.

"어?"

갑자기 소파에서 벌떡 일어나는 인선의 모습을 가만히 바라보았다. 성큼성큼 거실 가운데로 걸음을 옮긴 그녀가 바닥에 쪼그려 앉았다.

"이거 스크래쳐죠?"

"네."

빠르게 고개를 돌려 선호를 바라보는 인선의 눈빛이 반짝거렸다.

"혹시……. 고양이 여기 있어요?"

"네."

"와! 진짜요? 어디요?"

당장 보고 싶다는 인선의 눈빛을 받은 선호의 눈동자가 문이 닫힌 방을 향했다.

"일하는데 자꾸 방해돼서 잠깐 방에 넣어 놨어요."

벌떡 일어나 방을 향하던 인선이 우뚝 걸음을 멈추었다. 아무리 고양이가 궁금하다고 하더라도 외간 남자의 방이 아닌가. 잠시 멈칫거린 시선으로 선호를 바라보았다.

"저 잠깐."

"들어가도 돼요."

"그럼, 실례하겠습니다."

머뭇거림 없이 문을 연 인선의 모습이 방 안으로 쏙 사라졌다. 어찌나 빠른지 피식 웃음이 나왔다.

"어머. 귀여워!"

거실까지 들리는 그녀의 감탄사에 여전히 웃음을 입가에 머금은 채 천천히 방으로 향했다.

"네가 원이구나……. 이리 와 봐."

구석에 웅크리고 앉아 있는 고양이에게서 멀찌감치 떨어진 그녀가 톡톡 바닥을 손바닥으로 두드렸다.

"이리 와 봐."

간절하게 부르는 목소리에도 동그란 눈으로 여기저기 살필 뿐 꿈쩍도 하지 않는 원이.

"이리 와 보라고……."

조금 힘이 실린 목소리에 야옹- 짧은 울음만 돌아왔다. 뒤에서 들리는 선호의 웃음소리에도 인선은 요지부동이었다.

"이리 와. 안아 줄게."

쪼그려 앉아 오리걸음으로 슬금슬금 다가가자 앞발을 혀끝으로 핥아 내던 원이 동작을 멈추고 경계의 눈빛을 담았다.

"원아, 이리 와 봐."

문 앞에서 나지막한 목소리로 선호가 원을 불렀다. 경계하듯 내 뱉던 울음소리가 뚝 멈추고, 공중에 흔들리던 꼬리가 스르륵 내려갔다. 소리도 없는 발걸음으로 자신을 지나쳐 선호를 향해 다가가는 원의 모습을 따라 인선의 시선이 고스란히 움직였다.

"그래. 착하지."

그저 그의 한마디에 바닥에 배를 보이며 드러누운 원이 그의 발 가락 끝을 작은 발로 툭툭 치며 장난을 치기 시작했다.

"와……."

승부욕을 가질 상황이 아님에도 괜히 진 것 같은 억울한 느낌.

"착하다. 우리 원이."

번쩍 두 손으로 고양이를 안아 든 선호가 품속에 넣고 커다란 손바닥으로 짧은 털들을 부드럽게 쓰다듬었다. 쪼그리고 앉았던 인선이 자리에서 일어나 선호에게 다가갔다.

"많이 친해지셨나 봐요."

경계한다던 그의 말이 떠올랐다.

"네. 비싼 가구 긁는다고 혼도 안 내고 잘한다, 잘한다 해 주니 오더라고요."

그의 말에 인선이 작게 웃었다.

"그치, 원아. 오빠가 잘해 줬지?"

"헐……."

황당한 듯 자신을 바라보는 인선의 모습에 선호의 눈매가 살며 시 가늘어졌다.

"왜요?"

"오빠는 너무 양심 없는 거 아니에요?"

"뭐가요?"

"삼촌 정도면 모를까."

"삼촌까지는 아니지 않나요?"

그의 말에 대꾸조차 하지 않고 인선이 살며시 상체를 숙였다. 그 의 품 안에서 얼굴을 비비적거리는 작은 생명체가 그저 예뻐 말없이 한참을 바라보았다. 조심스럽게 내민 인선의 손끝이 고양이 머리에 살짝 닿았다.

"귀여워. 엄청 부드러워요."

활짝 벌어진 입술, 예쁘게 휘어진 눈매. 말려 올라간 짙은 속눈썹 아래 반짝이는 눈동자가 스치듯 닿았다가 사라졌다. 조금만 더 그 눈빛에 닿고 싶은 마음이 툭 하고 가슴을 때렸다. 아무것도 모른 채 점점 몸을 기울여 다가오는 그녀의 행동에 애써 침착함을 유지하던 심장이 조금씩 뛰기 시작했다. 흠흠 목소리를 가다듬은 선호가 천천히 입술을 움직였다.

"어머님이 고양이 털 알레르기가 있어요."

"아. 그래서 여기서 지내시는 거예요?"

사정이 있다는 말이 그 뜻이었구나. 인선이 작게 고개를 끄덕였다.

"안아 볼래요?"

그제야 상체를 일으킨 인선이 고개를 빠르게 끄덕였다. 톡톡 동그랗게 말아진 등을 괜찮다는 듯 약하게 두드린 선호가 인선을 향해 팔을 뻗었다.

"그래. 착하지. 이리 와."

조금만 힘을 주어 잡으면 부러질 것 같은 작고 부드러운 몸이 손 안에서 느껴졌다. 작은 긴장감에 굳어졌던 입술이 환하게 밀려 올라갔다.

"암컷이에요?"

오빠라고 했으니 그렇지 않겠나 싶었다.

"네. 저도 어떻게 구별하는지 몰랐는데 동물 병원에서 알려 주더라고요."

이리저리 고양이를 살피던 인선이 빙긋 웃었다.

"원아. 언니가 안아 주니 좋지?"

큭큭. 웃음소리가 들렸다. 무슨 의미인지 뻔히 알기에 뾰족한 눈매가 선호를 향했다.

"양심 없는 건 나 하나가 아닌 거 같은데요?"

"너희 삼촌 뭐라니?"

조금 전보다 한층 커진 선호의 웃음소리에 인선이 빙긋 웃으며 두 팔을 쭉 뻗어 고양이를 공중으로 번쩍 들어 안았다.

"와! 너무 귀여워."

"어어어. 놀라요."

갑작스러운 인선의 행동에 선호가 기겁하듯 다가왔다.

"괜찮아요. 너무 예쁘지 않아요?"

"어어. 떨어집니다."

"에이. 안 떨어뜨려요."

"아직 어려요. 빨리 내려놓으세요."

별것도 아닌 행동에 호들갑 떠는 그의 모습이 낯설어 눈매를 찌푸렸던 인선이 결국 웃음을 터트렸다.

"다치기라도 하면 어쩌려고 그래요. 이리 주세요."

낚아채듯 고양이를 품으로 데려간 선호가 계속되는 인선의 웃음소리에 민망한 듯 거실로 걸음을 옮겼다. 어느덧 그녀가 눈앞에 있었다. 멀어지면 멀어질수록 가깝게 다가오는 그녀. 비록 자신에게 다가온 것이 아님을 알지만, 그래도 가슴이 뛰었다.

"너무 예쁘다."

작게 속삭이는 작은 입술도. 물어 오듯 반짝이는 맑은 눈동자도. 머금고 담을 수 없다.

"네. 예쁘네요."

그런데도 자꾸만 욕심이 나서. 맑은 웃음에도 가슴이 시리다. 깊게 삼켰던 숨을 천천히 내쉬었다.

"유인선 씨."

"네."

웃음이 담긴 눈동자를 마주하고 애써 입술을 밀어 올렸다.

"선보겠습니다."

"……."

"될 수 있으면 빠르게 진행해 주세요."

고양이를 바라보던 인선이 살며시 고개를 들었다.

"표정이 왜 그래요?"

오묘하게 떨어지는 인선의 눈빛에 그가 낯설 정도로 부드럽게 웃었다.

"유인선 씨가 바라던 거잖아요. 안 그래요?"

틀리지 않은 말이지만 갑자기 변한 그의 노선에 인선이 천천히 입술을 움직였다.

"회사 일……. 바쁘지 않으세요?"

"바쁜 사람들도 다 연애하고 결혼하고 하잖아요. 나라고 못 할 거 없지 않나요?"

"……."

"왜요? 선보지 말까요?"

"아니요! 그게 아니라."

아무리 사람의 마음이 갈대와 같다지만. 갑자기 그러시면 이상하잖아요. 여전히 무언가 찝찝한 표정으로 자신을 바라보는 그녀의 앞에 마주 섰다. 이마 위에 나풀거리듯 내려앉은 머리카락. 살며시 손을 뻗어 넘겨주고 싶은 마음이 밀려와 손가락을 꾹 말아쥐었다. 혹여나 그녀에게 마음이 들킬까 봐. 애써 목소리를 가다듬었다.

"그냥 편하게 생각해요."

나도 사실 자신은 없지만,

"그래야 유인선 씨도 이 불편한 자리에서 벗어날 수 있고……."

노력해 볼게요.

"나도 마음이 편할 거 같아서요."

지금도 나는 아마…….

"그게 좋을 것 같아요."

내가 하는 말이 거짓말이라는 것을 당신이 알아주었으면 하지만, 몰라도 원망하지 않을게요. 그러니 내가 마음 정리할 수 있게. 당신이 도와줘요.

* * *

"저는 이만 돌아갈게요. 너무 방해하는 거 같아서."

인선이 아쉬운 듯 품에 안은 고양이를 손바닥으로 어루만지며 소파에서 일어났다.

"데려다줄게요."

"아니에요. 저 요 앞에서 버스 타고 가면 돼요. 회의 시간 다 됐잖아요."

신발을 신으며 시간을 확인한 선호가 잠시 머뭇거리다가 다시 신발을 신기 시작했다.

"그럼 택시 타고 가요. 앞에서 잡아 줄게요."

"저 혼자 내려가서 탈게요. 저 진짜 괜……."

더는 아무 말 말라는 선호의 단호한 눈빛에 인선이 입을 꾹 다물었다.

"갑시다. 택시 잡아 줄게요."

애도 아니고 밖에 가로등이 이렇게 훤한데. 굳이 이렇게까지 단호하게 말할 필요가 있나 하는 생각이 들었지만,

"빨리 와요."

다시 부르는 그의 목소리에 빠르게 걸음을 옮겼다.

"기사님. 잠실까지 잘 부탁드립니다."

보조석 문을 열고 택시비까지 기사에게 건넨다. 택시에 타지 않고 가만히 그를 바라보는 인선의 앞으로 그가 다가왔다.

"타세요. 조심히 들어가고 집에 가서……."

"……."

"잘 자고 내일 봅시다."

"네. 들어가서 빨리 회의 준비하세요."

여전히 회의가 걱정되는지 시간을 확인한 인선이 후다닥 몸을 택시에 실었다. 그녀를 태운 택시가 유유히 멀어졌다. 택시의 붉은 후미 등이 눈에서 사라질 때까지 그는 시선을 거두지 않았다.

"집에 가서 연락해요."

애써 삼킨 말을 아쉬워 허공에 천천히 뱉었다. 참길 잘했어. 서

운한 마음을 담은 자신을 다독였다.

살며시 고개를 들어 밝은 달빛을 담은 푸른 밤하늘을 바라보았다. 평소보다 별이 콕콕 많이 박힌 짙고 아름다운 밤. 별들이 떨어져 내린 듯 가슴이 콕콕 쑤셔 온다. 눈앞에서 웃고 있던 그녀가 유난히 아름다워서, 마음이 아픈 그런 밤이다.

* * *

'선보겠습니다.'

가볍게 내뱉은 그의 말이 이상하게 머릿속을 맴돌았다. 마치 모든 것을 받아들이겠다는 듯, 지금껏 본 적 없던 그런 표정으로 그가 말했다.

"내가 너무 선보라고 정색하며 말을 했었나?"

불편함이 없었다면 거짓말이었기에, 진심을 담아 던진 말이었다. 그런데 막상 순순히 그러겠다는 말을 듣는 순간, 기분이 묘했다. 특별하게 의미를 담을 것이 아무것도 없음에도, 그저 그의 눈빛이. 그의 목소리가 자꾸만 떠올라 저도 모르게 심각하게 생각에 빠지게 된다.

"이럴 때가 아니지."

선을 보겠다고 했으니, 이제 혜미에게 도움을 청할 차례다.

"혜미야, 혹시, 아버님께, 부탁해, 봤니?"

지이이잉. 지이이잉.

침대에 엎드린 채로 문자를 천천히 써 내려가던 인선이 걸려 온 전화에 손가락을 멈췄다.

"여보세요?"

─어디야? 집이야?

우진이었다.

"응. 오빠는. 야근한다며 끝났어?"

─응. 이제 집에 가려고 나왔어.

"늦었네."

11시가 조금 넘은 시간.

─인선아. 나올래?

"응?"

─아니면 내가 너희 집으로 갈까?

연인 사이에 오가도 이상할 리 없는 대화. 하지만 그것이 너무 낯설어 인선이 잠시 머뭇거렸다.

"오빠. 무슨 일 있어?"

피식. 웃음소리가 들려왔다.

─우리가 무슨 일 있어야 만나는 그런 사이야?

"아니. 그냥. 시간도 늦었고. 갑자기 온다고 해서."

─요즘 내가 너무 너한테 서운하게 한 거 같아서. 갑자기 보고 싶기도 하고.

"……."

그럼 올래? 이상하리만큼 쉽게 말이 나오지 않았다. 잠시 머뭇거리는 빈틈으로 그의 목소리가 들려왔다.

─미안. 내가 너무 늦게 전화했지? 내일 출근도 해야 할 텐데. 빨리 자.

"아니야. 내가 미안. 조금 피곤해서."

―아니야. 내일 전화할게. 자라.

"응. 오빠 조심히 들어가."

전화를 끊은 인선이 멍하니 천장을 바라보았다. 일부러 피한 것이 맞다. 그는 결혼하자고 했을 뿐인데. 확실하게 알아채지 못한 자신의 마음 때문에 그와의 만남을 자신이 피하고 있었다.

"일단 오라고 할 걸 그랬나."

차라리 확실하게 마음을 전하는 것이 나을 것이다. 아직 결혼에 대한 확신이 없다고. 조금만 생각할 시간을 달라고.

"그래. 차라리 솔직히 말하자."

그의 집안 사정을 모르는 것은 아니지만, 안타까워할 상황임은 알지만, 그 때문에 쉽게 결혼을 마음먹는 것은 더욱 아니라는 생각이 들었다. 가슴에 얹어 둔 전화를 들고 그에게 전화를 걸었다.

―고객이 통화 중이어서 음성 사서함으로…….

핸드폰 너머로 들려오는 익숙한 음성에 핸드폰을 다시 내려놓았다. 조금 시간이 지난 후 다시 전화를 걸었다.

―고객님의 전화기가 꺼져 있어. 음성 사서함으로…….

익숙한 음성. 하지만 다른 멘트. 배터리가 없는 걸까. 부재중 문자가 뜨면 전화하겠지. 핸드폰을 머리맡에 놓아 둔 인선이 천천히 눈을 감았다.

* * *

"일찍 오셨네요. 몸은 괜찮으세요?"

사무실을 들어오는 선호를 바라보며 박 비서가 몸을 일으켰다.

"응. 괜찮아."

"안녕하세요."

인사를 건네는 인선의 얼굴 위로 선호의 시선이 흘긋 닿았다가 금세 사라졌다.

"어제 회의는 잘하셨습니까? 늦게까지 이어졌다는 이야기 들었습니다."

"응. 덕분에. 서류 챙기느라 고생했어."

"제가 무슨요. 유 비서님이 고생하셨죠."

자신의 공으로 돌리는 박 비서의 모습에 인선이 손사래를 쳤다.

"저는 가져다 드린 거밖에 없는걸요."

"그게 제일 크죠. 제가 어제 차 안에서 어찌나 애가 타던지. 내려서 뛰어갈까 생각까지 했다니까요."

그런가요? 답하며 인선이 작게 웃었다.

"대표님. 유 비서 점심때 맛있는 것 좀 사 주세요. 어제 야근에 외근한 거 아닙니까?"

농담처럼 던지는 박 비서의 말에 선호는 감흥 없는 표정으로 말했다.

"네. 두 분 다 고생하셨습니다. 박 비서. 잠깐 들어오세요."

선호가 빠른 걸음으로 사무실을 향했고 그 뒤를 따라 박 비서가 걸음을 옮겼다. 어제 늦게까지 이어진 회의로 피곤한가 보다. 딱딱하게 굳어 있는 선호의 표정과 태도에 인선은 그저 그렇게 생각했다.

책상 위에 놓인 가방 속에서 진동이 들려왔다. 우진인가? 빠르게 핸드폰을 꺼냈다.

"어? 재준 오빠네. 여보세요."

ㅡ응. 인선아. 출근했어?

"네. 오빠."

ㅡ잠깐 통화 가능해?

조용한 공간을 잠시 두리번거리던 인선이 조금 떨어진 복도로 걸음을 옮겼다.

"응. 오빠. 이제 괜찮아."

ㅡ네가 지난번에 보여 준 문자. 내가 조사해 봤는데.

예상대로 인선이 보여 준 스팸 문자에 관한 이야기였다.

ㅡ너한테 왔던 문자들 하나도 빠짐없이 대포 폰으로 보내진 문자야.

"대포 폰?"

ㅡ보통 광고 문자나 일반 스팸 문자라고 하기에는 조금 어려워.

"대포 폰으로 보냈다는 게 무슨 뜻이야?"

ㅡ음……."

잠시 고민하는 듯한 재준의 음성이 들려왔다.

ㅡ혹시 인선아 기분 나쁘게 듣지 말고…….

"응. 오빠 괜찮아요. 이야기해요."

꽤 신중한 재준의 말투에 인선이 괜찮다는 듯 말을 이었다. 그러면서도 괜히 밀려오는 긴장감에 가슴이 콩콩 뛰었다.

ㅡ평소에 사이가 좋지 않다거나…… 아니다. 너한테 안 좋은 감정이 있는 사람……. 혹시 아는 사람 있어?

"……."

전혀 생각해 보지 않았던 질문에 인선이 쉽게 답하지 못했다.

　─보통 이렇게 매번 대포 폰을 바꿔 가면서 문자를 보내는 경우는 드물거든. 깊은 원한 관계에 있거나, 아니면 그 사람에 대한 보복 심리 같은 경우가 많아.

　순간 등줄기를 따라 소름이 돋아났다. 누군가를 돕지는 못했어도, 폐를 끼치며 살아오지 않았다. 원한. 보복. 생각지도 못했던 단어에 그저 인선은 당황스러웠다.

　"자…… 잘 모르겠어요. 딱히 떠오르는 사람은 없는데…….."

　─아니면 혹시 우진 씨 주변에도 누구 떠오르는 사람 없어?

　우진은 평소에 누구를 함께 만나거나 하는 성격이 아니었다. 그의 주변 지인들에 대해 가끔 이야기를 들을 뿐, 또 주로 남자들 이야기였다.

　"그것도 잘 모르겠어요. 누굴 같이 만나거나 하지 않아서요."

　─하긴. 만나지 않았을 수도 있으니까.

　"네?"

　─일단 이건 그냥 내 예상이야. 너무 걱정하지 마. 괜히 예상만으로 판단할 수 없는 문제이니까.

　"……."

　그동안 문자를 받으며 기분이 이상했지만, 인선 또한 깊고 심각하게 생각하지 않았었다.

　"그럼 오빠. 어떻게 해야 해요?"

　─일단 문자 또 오면 알려 줘.

　"네…… 그리고요?"

　─일단 인선아. 내가 팀장님이 불러서 가 봐야 해. 너 시간 되면

경찰서 한번 들러라. 내가 요즘 일이 많아서 도통 집에 못 갈 거 같아서 그래. 전화로 이야기하기는 길고. 알겠지?

"네! 오빠 바쁘신데 감사해요. 제가 경찰서로 한번 갈게요."

―그래. 오기 전에 전화하고. 알겠지?

핸드폰 너머로 들려오는 어수선한 소리와 함께 전화가 끊겼다.

아직도 작게 가슴이 뛰었다. 멍하니 손안의 핸드폰을 바라보던 인선이 입술을 꾹 눌러 물었다.

'그냥 내 예상이야. 너무 걱정하지 마.'

그래. 아직 뚜렷한 무언가가 나오지 않았는데 미리 겁먹거나 걱정하지 말자. 이른 시일 내에 재준을 찾아가야겠다는 생각을 하며 숨을 깊게 들이마셨다.

'그런데 진짜 누구일까.'

여전히 밀려오는 궁금증에 깊게 생각에 빠져 한참을 그 자리에 머물렀다. 불현듯 사무실을 너무 오래 비운 느낌에 빠르게 몸을 돌렸다.

"나중에 생각하자."

탁탁 바닥을 빠르게 치던 인선의 발걸음 소리가 얼마 가지 못해 사라졌다. 멈춰 선 가까운 거리에 한 치의 흐트러짐도 없는 눈빛으로 선호가 인선을 바라보고 있었다. 당황한 듯 멈춰 선 인선이 애써 침착함을 유지하며 그에게 천천히 다가갔다.

"외부 미팅 다녀올게요."

대수롭지 않게 말을 건넨 그가 무심한 표정으로 고개를 돌려 엘리베이터를 바라보았다.

"네. 다녀오세요."

"오후에 비서실 직원들 회의 있다는데, 박 비서랑 함께 참석하세요."

"네. 알겠습니다."

엘리베이터가 도착하자 그가 홀연히 사라졌다. 꼭 닫힌 엘리베이터 문을 바라보던 인선이 작은 한숨을 내쉬었다.

"설마 듣지는 않았겠지?"

들었다 하더라도 띄엄띄엄 나오는 단어들로 내용을 유추하기는 어려운 상황. 제법 덤덤했던 표정과 말투를 봐서는 못 들었을 확률이 더 큰 듯했다. 괜한 사생활을 알리고 싶지 않은 마음에 작게 안도했다. 인선이 다시 사무실을 향하며 그의 표정을 떠올렸다.

"많이 피곤한가?"

어제 자신을 바라보며 부드럽게 미소 지었던 표정과는 완벽히 상반되는, 거리감이 느껴지는 표정. 그리고 유난히 피하는 것 같은 시선. 기분 탓이라고 하기에는 꽤 직접적인 느낌이었다.

"지금 내가 남 걱정할 때가 아니지."

정확한 상황 판단을 마친 인선이 머릿속에 담았던 그와 연관된 것들을 모두 지워 버렸다.

* * *

"먼저 퇴근하겠습니다. 두 분 퇴근하세요."

퇴근을 조금 앞둔 시간. 사무실에서 나온 선호가 진호와 인선에게 인사를 건넨 후 빠르게 자리를 떠났다.

"유 비서님. 퇴근하세요."

진호의 말에 인선이 빙긋 웃었다.

"아직 30분 남았는데요?"

"에이. 대표님 가셨잖아요. 이런 날 땡땡이 쳐야죠."

"그래도 될까요?"

"당연하죠. 저도 이것만 정리하면 바로 갈 거예요."

먼저 가라고 했지만, 차마 자리를 떠나지 못한 인선이 진호의 옆에 앉아 가만히 그의 작업을 지켜보았다.

"왜 안 가세요? 피곤하지 않으세요? 아직 적응 못 하셨을 거 같은데."

"괜찮아요. 같이 나가요."

"에휴. 그럼 저도 그만할까요?"

"아니에요. 저 신경 쓰지 말고 하세요."

"내가 하기 싫어서 그래요."

윙크하듯 한쪽 눈을 찡그린 진호가 앞에 놓인 서류를 정리하기 시작했다.

"오늘 대표님도 피곤해 보이시던데."

넌지시 물어오는 인선의 말에 진호가 어깨를 작게 으쓱였다.

"기분이 별로 안 좋으신 거 같아요. 무슨 일이 있으셨나?"

어젯밤, 자신과 함께 있었던 시간까지는 기분이 오히려 좋아 보였는데. 평소처럼 딱딱하지도 않았고, 오히려 자신을 보며 너무 미소 지어서 낯설었던 그다.

"회의가 잘 안 된 거 아니에요?"

"아니요. 계약될 거 같다고 하시던데. 아마 회의 때문은 아닌 거 같아요."

"아. 그렇구나."

맞닿은 입술을 옴짝거리는 인선의 모습에 진호가 부드럽게 미소 지었다.

"너무 눈치 보지 마세요."

"눈치요? 제가 무슨 눈치를 봐요."

"아니면 다행이고요. 요즘 유난히 기분이 좋아 보였던 거라, 지금이 평소와 비슷하다고 생각하시면 됩니다."

"아……."

"그러니 걱정하지 마세요."

"걱정은 무슨요."

내 표정이 그렇게 심각했나. 흘깃 자신을 바라보며 짧게 짧게 미소를 짓는 진호의 모습에 일부러 태연한 표정을 지어 보였다. 내가 지금 누구 걱정할 때인가. 내 코가 석 자인데.

"안 되겠어요. 유 비서님. 먼저 퇴근하세요. 저 이거 정리해서 경영 기획부 넘겨야 하는데 깜빡했네요. 조금 늦어지겠어요."

"네. 그럴게요. 괜히 옆에 있으면 방해될 거 같네요. 죄송하지만 먼저 들어가겠습니다."

"아유. 이런 미인분이 같이 계시면 저도 좋죠. 그래도 기다리게 하는 건 예의가 아니니. 아쉽지만 먼저 퇴근하세요."

"크크. 알겠어요. 수고하세요."

집으로 가기 위해 회사를 나온 인선이 버스 정류장을 향해 천천히 걸음을 옮겼다. 이른 퇴근을 했으니 어디라도 가 볼까 생각하던 인선이 한 달 전쯤 주얼리 숍에 맡겨 놓았던 목걸이가 떠올랐다. 체인이 끊어져 맡겨 놓고는 찾으러 갈 시간이 없어 한참을 가지 못했다. 망설임 없이 목적지를 향했다.

"어서 오세요."

"안녕하세요. 목걸이 맡겨 놓은 거 찾으러 왔어요."

"성함이 어떻게 되시죠?"

"유인선이에요."

"아. 늦게 찾으러 오셨네요. 여러 번 문자 드렸었는데."

"네. 죄송해요. 바빠서 자꾸 잊어버렸어요."

"잠시만요. 찾아올게요."

조금 뒤 점원이 작은 상자를 가지고 다시 돌아왔다.

"여기요, 확인해 보세요."

직원이 친절하게 상자를 열어 인선의 앞에 놓아 주었다. 작은 하트 모양 펜던트 안에 진주가 박혀 있는 목걸이. 1년 전 우진이 생일 선물로 주었던 것이다.

"모양이 참 예뻐요. 생일이 6월이세요?"

목걸이를 살피던 인선이 동그란 눈으로 직원을 바라보았다.

"어떻게 아셨어요?"

"진주. 탄생석이잖아요."

"아⋯⋯."

"모르셨구나. 선물 받으신 거죠?"

"네. 생일에 받은 거예요."

"의미가 담긴 선물이었는데. 눈치 못 채셔서 선물 주신 분이 서운했겠어요."

"네. 전혀 몰랐어요."

전혀 생각지 못했던 이야기를 들은 인선이 부드럽게 미소 지었다. 선물을 주면서도 그저 축하한다고만 했던 우진이다.

"저 목걸이 하고 갈게요."

"네. 그러세요."

주얼리 숍을 나와 버스 정류장에 도착했다. 정류장 앞 벤치에 앉았다. 멍하니 불빛이 가득한 도로를 바라보다가 천천히 손을 움직여 손끝으로 목걸이를 만지작거렸다.

'의미가 담긴 선물이었는데. 눈치 못 채셔서 선물 주신 분이 서운했겠어요.'

서운했으려나……. 워낙 감정 표현이 많지 않은 남자이기에 그렇더라도 아마 내색하지 않았을 것이다.

"이런 건 티 좀 내고 그러면 좀 좋아?"

그랬다면 그와의 관계에 대한 서운함과 걱정이 이렇게 깊어지지 않았을 텐데. 가방에서 핸드폰을 꺼내어 가만히 바라보았다. 어젯밤 이후 그에게 전화가 오지 않았고, 인선도 걸지 않았다. 괜히 가라앉은 기분에 집으로 오겠다는 것도 거절한 것에 대한 미안함이 조금씩 밀려왔다. 어쩌면 혼자 판단하고 그를 밀어내고 있는 건 자신이 아니었을까 하는 생각이 들었다. 그에게 전화를 걸었다.

—여보세요? 오고 있어?

신호음이 끝나고 시끌벅적한 소리와 함께 그의 목소리가 들렸다.

"오빠?"

—아. 인선이구나.

"어. 나야."

누구를 만나기로 한 걸까.

"오빠. 어디야? 밖이야?"

─나 지금 야근하다가 밥 먹으러 나왔어.

"아. 그렇구나. 누구 기다려?"

─응. 직원들. 그런데 왜?

잠시 머뭇거리던 인선이 천천히 말을 이었다.

"아니. 어제 그렇게 전화 끊고 오늘 연락 못 해서 전화했지."

─아. 괜찮아. 신경 쓰지 마.

"오빠 일찍 끝나면 저녁이라도 같이 먹으려고 했는데. 힘들겠지?"

─응. 오늘은 힘들 거 같다. 밥 먹고 다시 사무실 들어가야 해.

"늦게 끝나? 기다릴까? 나 지금 밖인데. 서점도 좀 가야 하고."

─아니. 오늘 늦을 거 같아.

"아……. 그래. 그럼 내일 만나자."

─내일은……. 아무튼 다시 통화하자.

"응. 알았어. 끝나고 전화해."

어수선한 소리와 함께 그의 목소리가 사라졌다. 전화를 걸기 전 잠시 그를 향해 머물렀던 감정이 다시 제자리로 돌아가려고 한다.

"뭐. 출장 다녀와서 바쁘겠지."

어제 오겠다는 걸 거절한 사람은 나니까. 주변을 감싸는 눅눅한 공기처럼 변해 가는 감정을 애써 무시하며 벤치에서 일어섰다. 아무 생각 담지 않고 한참 동안 밤거리를 걸었다. 멍하니 얼마나 오래 걸었는지 다리가 조금 아프다는 생각을 하던 인선의 시선이 한곳에 멈추었다. 골목길 모퉁이 끝에 불이 켜진 동물 병원. 스치듯 동물 병원 앞을 지나가던 인선이 얼마 가지 못해 다시 반대로 걸음을 옮겼다. 잠시 그 앞에서 머뭇거리던 인선이 동물 병원으로 들어갔다.

"어서 오세요."

하얀 가운을 입은 젊은 남자 수의사가 인선을 반겼다. 상큼한 웃음을 머금은 그가 가깝게 다가왔다.

"뭐 도와 드릴까요?"

내가 여기 왜 들어왔지. 홀린 듯 들어온 인선이 잠시 멍한 표정을 짓다가 반짝거리는 눈빛으로 자신을 바라보는 수의사의 모습에 빠르게 말을 이었다.

"네. 저 혹시 고양이 용품 있어요?"

"찾으시는 거 있어요?"

"음. 선물 하려는데 뭐가 좋을까요?"

"고양이가 몇 살이에요?"

"아직 새끼 고양이에요. 두 달은 됐으려나?"

"이쪽으로 와서 보세요."

친절하게 손짓하는 그를 따라 걸음을 옮겼다.

"장난감 같은 것도 괜찮아요. 고양이 볼이나 아니면 이런 낚싯대 장난감 같은 것도요. 혹시 생각하신 금액대가 있으신가요?"

"글쎄요……."

"약간 비싼 것도 괜찮으시면, 스크래쳐나 아니면 캣 타워?"

굳이 사 달라고 하지도 않았는데, 너무 비싼 건 서로 불편할 것 같았다. 잠시 그냥 나갈까 생각하다가 눈을 반짝이며 너무 친절하고 꼼꼼하게 설명을 해 주는 수의사 덕에 차마 말을 끊지도 못하고 그저 고개를 끄덕이며 설명을 귀에 담았다.

"그럼 이거랑 이거 주세요."

동물 병원을 나온 인선이 길게 한숨을 내쉬었다. 자신의 손에 들린 쇼핑백을 가만히 바라보았다.

"이걸 대체 왜 산 거야."

준다고 좋아할지 안 좋아할지도 모르는데. 왜 이런 짓을.

"그래. 저 의사가 너무 친절했어."

구경만 하려고 들어갔는데 저렇게 상큼한 표정으로 열과 성을 다해서 설명하는데 누가 안 사고 나오겠어.

"저 수의사분 장사 수완이 좋으시네."

어쩌다 생긴 건데, 나는 필요 없으니 가져다주면 되겠다. 가볍게 생각을 마친 인선이 빙긋 웃으며 고개를 들었다.

"그러고 보니 여기 근처네."

어느덧 그가 사는 오피스텔 근처라는 것을 인식한 인선이 잠시 고개를 들어 높은 건물들을 바라보았다.

"밤도 늦었는데. 무슨……."

발걸음을 돌리던 인선이 다시 우뚝 멈춰 섰다.

"그럼 이걸 언제 주지?"

갑자기 회사에 가져다주기도 모호한 상황이고, 물론 볼 사람이야 박 비서밖에 없다지만 선물을 주는 것도 이상한 모양새가 아닌가. 한참 동안 자리에 서서 고민하던 인선이 결국 자신의 집으로 가기로 했다.

"고양이 집도 줘야 하니. 그때 같이 주면 되겠다."

그런데 그건 또 언제 주지? 너무 커서 회사 가져가기도 그런데.

일단 나중에 고민하자.

"근데 많이도 걸어왔네."

대충 봐도 버스로 5~6 정거장은 될 거리. 버스를 어디서 타야 하나 확인하기 위해 핸드폰 어플을 켰다. 고개를 숙이고 핸드폰에 시선을 고정한 채로 걸음을 옮겼다. 갑자기 눈앞에 드리운 그림자. 아래로 떨어진 시선 안으로 자신 앞에 멈춰 선 하얀 운동화가 들어왔다.

"여기서 뭐 합니까?"

"네?"

이제는 익숙한 목소리에 반응하듯 고개를 들었다. 편안한 차림을 한 선호가 인선을 가만히 내려다보고 있었다.

"아. 집에 가려고요."

여기서? 궁금증을 담은 그의 시선이 주변 도로를 살폈다. 설마 마주칠지 몰랐던 인선이 멋쩍은 표정으로 어색하게 웃었다.

"네. 잠깐 살 게 있어서요. 지금 집에 가려던 참이에요."

그의 시선이 인선의 손에 들고 있는 쇼핑백에 닿았다. 쇼핑백 안에 있는 물건을 들킬세라 인선이 살며시 쇼핑백을 당겨 잡으며 물었다.

"대표님은 여기서 뭐 하세요?"

인선의 말에 선호가 손에 들고 있던 봉지를 높게 들어 보였다.

"먹을 것 좀 사느라고요. 밥은 먹었습니까?"

이제는 인사처럼 느껴지는 그의 식사 유무에 관한 질문에 빠르게 고개를 끄덕였다. 얻어먹는 것도 양심껏 해야지. 먹어도 너무 많이 얻어먹었다. 빙긋 웃어 보이던 인선이 다시 자신의 손끝에 걸린 쇼핑백 손잡이를 꼭 말아 쥐었다. 이걸 지금 줘야 하나 말아야 하나. 잠시 고민하던 인선이 금세 결정을 내렸다.

"대표님. 이거 받으세요."

둘 사이에 내민 인선의 손으로 선호의 시선이 닿았다.

"이게 뭡니까?"

"고양이 장난감 좀 샀어요."

"……."

"이거 전해 주려고 온 건 아니에요! 우연히 여기를 지나가다가 뭐 좀 알아보려고 동물 병원 들어갔다가 산 거예요. 거기 의사분이 엄청 친절하게 설명도 해 주시고 그래서, 고마운 마음으로요."

묻지도 않은 내용을 줄줄 늘어놓았다. 괜히 스토커처럼 고양이 선물 들고 집 앞을 배회하는 이상한 사람처럼 보일까 봐 빠른 변명이 필요하다는 판단이었다.

"안 받으세요?"

손이 민망할 정도로 가만히 바라만 보고 있던 선호가 인선의 말에 천천히 쇼핑백을 받았다. 쇼핑백을 받은 선호의 시선이 인선의 얼굴로 닿았다. 해석하기 힘든 눈빛을 머금은 선호의 시선에 인선의 얼굴이 조금씩 붉어졌다.

"뭐 특별한 의미가 있는 건 아니고, 좋아할 거 같아서요."

"누가요?"

물어오는 선호의 목소리에 인선의 눈이 순식간에 커졌다.

"누구긴요. 고양이죠. 원이요!"

작은 웃음소리가 들렸다.

"누가 뭐래요?"

"아니. 고양이 장난감인데 고양이가 좋아하지 누가 좋아해요."

"그렇죠. 제가 장난감 가지고 놀 나이는 아니니까요."

"진짜 꼭 사려고 한 건 아니고, 어쩌다 동물 병원 들어갔다가 산 거예요……."

"알았어요. 그만 얘기해도 괜찮아요."

"……."

"저 때문에 산 건 절대 아니겠지만, 잘 쓸게요."

보기 좋게 휘어진 눈매로 자신을 바라보는 선호의 모습에 흘깃 시선을 피하며 말을 이었다.

"장난감도 있으면……. 좋을 거예요."

"네. 잘 쓸게요."

쇼핑백 안을 살며시 들여다본 선호가 다시 인선을 바라보았다. 잠시의 정적이 흘렀다. 무덥게 흐르는 바람이 두 사람 사이를 스치고 지나갔다. 또 시작이다. 생각을 읽을 수 없는 오묘한 그의 시선이 또다시 자신의 위로 머무르는 것이 느껴졌다. 의식하지 않으려 해도, 자꾸만 신경이 쓰인다.

"그런데 유인선 씨……."

"네?"

"괜찮아요?"

"……."

"무슨 일 있는 거 아니죠?"

갑작스러운 물음에 천천히 고개를 들었다. 마치 자신의 마음을 들킨 것처럼, 읽어 오듯 물어오는 시선. 저도 모르게 마음이 일렁거렸다. 애써 동요하는 눈빛을 숨겼다.

"아니요. 왜요?"

"그냥. 유인선 씨 표정이……. 그런 거 같아서요."

"……."

"아무 일 없으면 다행이고요."

"네. 아무 일도 없어요. 조금 피곤해서 그런가?"

손바닥으로 멋쩍은 표정을 머금은 얼굴을 살며시 쓸어내렸다.

"저는 이만 갈게요. 늦었네요. 피곤하기도 하고요."

"데려다…."

"아니요! 혼자 갈게요. 내일 뵙겠습니다."

빠른 속도로 폴더 접히듯 인사를 마친 인선이 몸을 돌렸다. 조심히 가라는 그의 말을 끝까지 듣지도 않은 채 빠른 걸음으로 그와의 거리를 넓혔다. 뒤에서 느껴지는 시선에 뒤도 돌아보지 않고 무조건 걸었다.

어플로 채 정류장도 확인하지도 않고 걷다 보니 애매한 장소에 도착했다. 걸음을 멈추고 한숨 돌린 인선이 작은 한숨을 내쉬었다. 천천히 손바닥으로 볼을 쓸어내렸다.

"얼굴에 티가 나나?"

꽤 아무렇지 않은 표정을 지었는데. 들키면 안 되는 것을 들킨 것처럼 도망치듯 그 자리를 벗어나 버렸다. 그럴 이유가 하나도 없었는데. 자신을 향하던 그의 시선이 떠올랐다.

"아무 일 없지는 않지……."

눌렀던 감정이 울컥 밀려왔다.

"다. 이우진. 너 때문이야……."

그러니 아무것도 모르는 남자의 눈빛에 이렇게 마음이 일렁거리지. 사실은 나 마음이 답답하고, 아무것도 모르겠어요.

'괜찮아요?'

의미 없이 던진 그의 한마디에 어쩌면 마음을 쏟아 내고 위로를 받고 싶었을지 모른다. 깊게 가라앉은 마음처럼 깊은 한숨이 저절로 흘러나왔다. 큰 도로로 나가 택시를 잡았다.

"기사님. 잠실이요."

멍하니 자동차 헤드라이트 불빛이 번지는 도로를 바라보던 인선이 밀려오는 피로에 천천히 눈을 감았다.

지이이잉.

가방 속에 진동이 느껴졌다. 천천히 감았던 눈꺼풀이 밀려 올라갔다. 작은 진동에 저도 모르게 온몸에 힘이 들어갔다. 혹시나 이번에도 자신이 생각하는 그런 문자가 아닐까. 괜한 긴장감이 밀려와 가방을 여는 손끝이 미세하게 떨렸다.

[야근한다던 애인이 다른 여자의 집에서 뜨거운 밤을? 궁금하면 클릭!(090-123-1234)]

철렁 가슴이 내려앉았다. 우연이라고 생각하기에 너무나 일치하는 상황들. 떨리기 시작한 가슴이 진정이 되지 않았다. 떨리는 작은 손끝으로 우진의 번호를 눌렀다.

─고객님이 전화를 받지 않아. 음성 사서함으로……

다시 한번 통화 버튼을 눌렀다.

─고객님이 전화를 받지 않아. 음성 사서함으로……

반복되는 같은 멘트에 떨리던 손끝을 거두고 다시 눈을 감았다.

집으로 돌아와 아무것도 하지 않은 상태로 소파에 앉았다. 불이 꺼진 어두운 거실에서 한참을 그렇게 시간을 보냈다. 역시나 우진에게서는 전화가 오지 않았다. 어느덧 새벽 2시가 넘은 시간. 테이블 한가운데 올려놓은 핸드폰을 가만히 바라보았다. 며칠에 한 번씩 도착하던 문자가 이제는 하루에 한 번 꼴로 오고 있었다. 마치 네가 모르는 것을 알려 주겠다는 듯. 우연이 아니라는 느낌을 지울 수가 없었다. 핸드폰을 들어 마지막으로 도착한 문자를 바라보았다. 누가 대체 이런 짓을. 재준의 말이 떠올랐다.

'혹시 우진 씨 주변에도 누구 떠오르는 사람 없어?'

의심하고 싶지 않은 마음이 컸다. 서운해진 관계가 그저 둘만의 문제라고 생각했다. 여전히 갈피가 잡히지 않았지만 이대로 그냥 모른 척하다가는 오히려 의심과 갈등이 더욱 크게 자리 잡을 것 같았다. 천천히 핸드폰 위에 문자를 써 내려갔다.

[내일 저녁에 만나. 할 말 있어. 무슨 일 있으면 취소해. 회사 끝나고 연락할게.]

* * *

멀리 보이는 카페 유리창으로 자신을 기다리는 우진의 모습이 보였다. 평소와 다르지 않은 표정을 머금은 그를 바라보는 인선의 얼굴에 조금씩 긴장이 내려앉았다. 카페에 들어서자 자신을 향해 가볍게 손을 들어 보이는 그를 향해 천천히 걸어갔다.

"커피?"

"응."

자리에서 일어선 우진이 주문을 하러 걸음을 옮겼다. 조금 후 돌아온 우진이 말없이 커피를 놓아 주며 인선과 마주 앉았다.

"마셔. 무슨 일이야? 갑자기 왜 보자고 그랬어?"

"갑자기 보자고 그러면 안 되는 거야?"

뾰족한 인선의 말에 우진의 미간이 살며시 찌푸려졌다. 인선이 작게 한숨을 내쉬었다. 이렇게 막무가내로 투정 부리듯 넘어갈 일이 아니라는 생각에 천천히 마음을 가라앉혔다.

"미안. 내가 조금 피곤해서."

"무슨 일 있어?"

인선의 말에 표정을 가다듬은 우진이 부드럽게 물어 왔다.

"무슨 일이 있는지 아닌지는 아직 잘 모르겠어."

"무슨 말이야?"

조금의 미동도 없는 눈동자로 우진을 바라보던 인선이 가방에서 종이 한 장을 꺼내어 테이블 위에 올려놓았다. 잠시 종이에 닿았던 우진의 시선이 인선에게 돌아왔다.

"이게 뭐야?"

"오빠가 봐 봐."

그제야 우진이 인선이 꺼내 놓은 종이를 들고 천천히 읽어 내려갔다. 인선이 몇 달 전부터 받았다는 문자 내용이 고스란히 담긴 종이였다.

"문자?"

물어오는 우진의 말에 고개를 끄덕였다.

"몇 달 전부터 며칠에 한 번씩 오다가 요즘은 거의 하루에 한 번씩 오는 문자야."

"그냥 신경 쓰지 말라고 했잖아."

대수롭지 않은 듯 말하며 종이를 테이블 위에 올려놓는 우진의 행동에 잠시 침묵하던 인선이 천천히 입술을 움직였다.

"이 문자 보면 뭐 떠오르는 거 없어?"

인선의 말을 듣고 가만히 멈춰 있던 우진의 눈동자가 다시 종이 위에 닿았다. 종이를 손에 들고 천천히 읽어 내려가던 우진이 말했다.

"내가 이걸 보고 뭐가 떠올라야 하는데?"

오히려 우진이 물어 왔다. 이게 나랑 무슨 상관인데? 물어 오듯 가득 찌푸린 우진의 표정.

"너 지금 이 문자 때문에 그렇게 예민한 거야?"

참나. 헛웃음과 함께 그가 종이를 다시 내려놓았다.

"인선아. 너 요즘 너무 예민해."

"……."

"나는 요즘 네가 대체 무슨 생각 하는지 도무지 모르겠어."

"……."

"물론 사업도 그렇고, 갑자기 그 회사에 들어간 것도 그렇고 충분히 상황이 바뀌어서 그럴 수 있다고 생각은 하지만. 이건 너무 말이 안 되는 거 아니야?"

답답하다는 듯 말을 건네는 우진을 가만히 바라보았다.

"그냥 누구나 받을 수 있는 스팸 문자잖아. 광고 문자일 수도 있고."

"……."

"지나가는 사람 100명을 잡고 물어봐. 나랑 똑같이 얘기할걸?"

"오빠는 모르는 일이라는 거지?"

"내가 알고 말 게 뭐가 있어? 너 진짜……."

홍분을 머금은 그가 말을 멈췄다. 앞에 놓인 커피를 한 모금 마신 우진이 긴 한숨을 내쉬었다.

"미안. 내가 흥분했다."

"……."

"인선아."

"……."

"내가 얘기한 거 잊었어?"

"……."

"나 너한테 결혼하자고 했어. 잊은 거 아니지?"

"응."

"그런데 내가 왜 이런 이상한 문자 때문에 너한테 이런 질문을 받아야 하는지 도저히 이해가 안 된다. 그냥 의심하는 거잖아. 의미도 없는 이런 문자 때문에."

"……."

"집에서 너랑 언제 오느냐고 물으셔. 그러니 이런 쓸데없는 데쏟을 시간 우리 둘 일에 쏟자. 응?"

한참을 침묵하던 인선이 천천히 입을 열었다.

"우리 둘……. 그래. 우리 둘 일이지."

"……."

"그래. 내가 너무 예민했나 봐. 오빠 말대로 상황이 갑자기 바뀌어서 그럴 수도 있지."

"그래. 마음 좀 편히 먹고 힘들면 일도 빨리 정리해."

"생각해 볼게."

테이블 위에 놓인 손을 그가 따스하게 잡아 왔다.

"너 마음 조금 편해지면, 같이 부모님 만나러 가자. 알겠지?"

테이블 위에 겹쳐진 손을 바라보는 인선의 눈동자에 아무 감정이 담기지 않았다. 그를 인식한 우진이 조금 더 힘주어 손을 잡으려는 순간 인선의 손이 그의 손에서 빠져나왔다.

"요즘도 회사 일 바쁘지?"

표정을 바꾸어 빙긋 웃으며 인선이 물어 왔다.

"오빠 말대로 나 일 정리도 해야 하고 당분간 못 만날 수도 있겠다."

"아······. 그래?"

"응. 서운하지 않지? 이것저것 정리하면 시간이 조금 걸릴 거야."

"그래. 나 신경 쓰지 말고 잘 정리해."

"고마워. 회사 다시 들어가 봐야 한댔지? 그만 일어나자."

자리에서 벌떡 일어나는 인선의 위로 살짝 당황한 우진의 시선이 닿았다.

"왜? 밥이라도 먹고 들어가자."

"아니야. 빨리 가서 일해. 나도 피곤해. 집에 가서 쉬고 싶다."

잠시 머뭇거리던 우진이 고개를 끄덕였다. 버스에 올라타 자신을 향해 손을 흔드는 우진을 바라보았다.

"들어가. 전화하고."

그의 말에 작게 고개를 끄덕였다. 버스가 출발하고 뒤돌아 걸어가는 우진의 모습을 넌지시 바라보던 인선이 천천히 눈을 감았다. 자신과는 상관없다는 그의 말이 진실인지 도무지 감이 잡히지 않았다. 평소에 모든 것에 무덤덤하던 그가 유난히 눈에 띄게 예민하게 반응하는 모습에서도 괜한 의심이 들었다. 그의 말대로 자신이 너무 예민한 것인지, 아니면 자신의 느낌이 맞는 것인지. 조금은 마음을 가다듬고 생각할 시간이 필요했다.

* * *

"유인선 씨 잠깐만 보죠?"

밤새 잠을 제대로 자지 못해 멍한 정신으로 모니터를 바라보던 인선이 자신을 부르는 선호의 목소리에 정신이 번쩍 들었다.

"네. 대표님."

반쯤 열린 문에 기대어 이상한 표정으로 자신을 바라보는 선호의 모습이 보였다.

"들어오세요."

"네."

안 그래도 무슨 일 있냐는 말을 들은 터라 조금이라도 티를 내기 싫어 애써 표정을 가다듬고 사무실로 들어갔다.

"잠깐만 이리로 앉으세요."

"네."

소파에 마주 앉은 그가 살피듯 인선을 바라보았다. 괜히 밀려오는 민망함에 인선이 먼저 입을 열었다.

"무슨 시킬 일이라도 있으신가요?"

"일은 아니고……. 다음 주에 영국 출장 잡혀 있습니다. 알고 있죠?"

열흘 정도 예정된 그의 출장이었다. 출장에서 다녀오면 혜미에게 부탁해서 선 자리를 마련해야겠다는 생각만 넌지시 했던 인선이다.

"네. 알고 있습니다."

"그때 아마 박 비서가 일이 있어서 동행하지 못할 것 같아요. 그래서 유인선 씨가 같이 갔으면 좋겠는데……."

"제가요?"

"네."

당황한 인선의 눈빛에 선호가 말을 이었다.

"특별히 어려운 일은 없어요. 챙겨야 할 서류들도 있고 일정 체크도 필요해서 누군가는 동행해야 합니다."

"그걸 제가 하라는 말씀이신가요?"

생각보다 당황하는 인선의 모습에 저도 모르게 올라오는 웃음을 꾹 참았다.

"네. 다른 사람 데려갈까 생각했었는데. 비서가 있는데 다른 사람 데려가는 것도 모양새가 이상할 거 같아서 묻는 겁니다. 정 가기 힘들면 대체 인원 찾아볼게요."

가만히 생각에 잠겼던 인선이 결심한 듯 입술을 꾹 눌러 물었다. 차라리 어디라도 다녀오는 것이 나을지도 모른다. 물론 여행이 아닌 일이기는 하지만, 새로운 공간에 다녀오면 조금이라도 정리가 되지 않을까 하는 생각이 들었다.

"네. 제가 갈게요."

의외로 빠르게 고민을 끝낸 인선의 모습에 선호가 빙긋 웃었다.

"일정이랑 챙겨야 할 것들, 박 비서가 이야기해 줄 거예요."

"네. 알겠습니다."

이야기에 마침표를 찍고 인선이 자리에서 일어났다.

"아. 저 그리고……."

망설이는 선호의 목소리가 인선을 다시 잡았다.

"네. 말씀하세요."

"고양이는 어떻게 해야 합니까?"

"아……."

"어머님이 알레르기가 있으셔서 맡기기도 애매하고 찾아보니 고양이 호텔 이런 게 있던데 그런 곳에 맡겨도 되는 건가요?"

"아주 장기간으로 비우는 거 아니면 보통 물이랑 사료 넉넉하게 놔두고 다녀오기는 하던데."

"그렇게 어린데요? 차라리 호텔이 낫지 않을까요?"

"호텔도 괜찮을 거 같아요."

인선이 가볍게 답했다. 비용이야 조금 비싸겠지만, 그런 걱정은 안 해도 될 것 같고.

"음……."

선호의 표정이 심각해졌다. 왜 그러냐는 듯 궁금한 표정으로 바라보는 인선의 모습에 선호가 다시 말을 이었다.

"사실 어제 동물 병원에 진료 때문에 잠시 맡기고 왔는데, 극도로 예민해져서 돌아왔던데. 괜찮을까요?"

지금껏 보아 왔던 중에 최고로 심각함을 담은 표정을 머금고 그가 이야기했다. 대체 상태가 어쩌기에 저렇게 심각한 거야. 인선이 다시 자리에 앉았다.

"상태가 어쨌는데요?"

"일단 다녀와서 우유도 잘 안 먹고, 계속 구석에 들어가고 그래서 한참 애먹었습니다."

"음……. 그러면 맡기기 조금 그렇지 않나요?"

그렇다고 영국에 데려갈 수도 없고. 고민을 담은 얼굴로 선호가 머리카락을 거칠게 넘겼다. 그 모습에 저도 모르게 웃음이 나왔다. 흘깃 선호의 시선이 인선에게 닿았다.

"왜 웃습니까?"

"아니요. 그냥."

"남이 괴로워하는 거 보고 웃는 거 악취미인데."

언젠가 자신이 했던 말이 고스란히 돌아오자 결국 인선이 웃음을 터트렸다. 흠흠 웃음을 멈추고 목소리를 가다듬은 인선이 그의 표정과 어울리는 침착한 목소리로 말했다.

"혹시 주변에 누구 맡기실 분 없어요?"

"주변에요? 글쎄요."

"고양이 키우셨던 분이나, 키우는 분."

그런 사람이 있었나? 떠올리던 그가 금세 미간을 찌푸렸다. 물어 놓고 후회했다. 어디 가서 고양이 키우냐는 대화 나눌 분이 아니지.

"사실 잠깐씩 집에 들러서 고양이 물이랑 밥 챙겨 주기만 해도 괜찮은데. 고양이는 자기 영역 벗어나면 스트레스 많이 받아요."

새로운 사실을 깨달은 듯 선호의 눈이 살며시 커졌다.

"제가 같이 출장에 안 가면 돌볼 수는 있을 텐데."

"그건 됐습니다."

절대 그럴 수 없다는 듯 빠른 답변에 인선이 골똘히 생각에 잠겼다.

"아니면 박 비서님한테 부탁하고 가시면 어때요?"

"박 비서도 그때 정신없을 거예요. 나 대신 임원진들이랑 국내 출장도 가야 해서."

"아……. 제 주변에 부탁할 사람이 한 명 있기는 한데."

고양이 사랑이라면 누구에게 지지 않는 혜미의 얼굴이 떠올랐다.

"그래요? 고양이 잘 다루시는 분인가요?"

"네. 지금도 키우고 있어요. 두 마리인가? 세 마리인가."

"믿을 만한 사람입니까?"

도와준다 해도 영 미덥지 않은 얼굴. 출장을 가지 말든가 아니면 차라리 데려가든가……. 나더러 어쩌라는 거야.

"저한테는 그런 사람인데, 대표님은 어떻게 생각하실지 모르죠."

"……."

여전히 고민이 가득한 선호의 표정에 결국 인선이 먼저 말을 이었다.

"일단 제가 한번 물어볼게요. 안 된다고 하면 출장 가기 전에 호텔에 적응시키고 가야죠."

"그게 나을까요?"

"방법 없잖아요. 일단 알아볼게요."

"네. 알겠어요."

사무실에서 나온 인선이 책상에 앉아 헛웃음을 터트렸다.

"지금 고양이 문제나 상담할 때가 아닌데……."

작게 읊조리며 혜미에게로 전화를 걸었다.

ㅡ언니!

여전히 밝은 그녀의 목소리.

"응. 혜미야. 잘 지내지?"

—그럼, 너무 무탈해서 문제지. 왜 이렇게 인생이 심심하지? 출근도 안 하니까 더 심심해.

"크크. 너답다."

—언니는 별일 없죠?

"나 아주 많지. 지금 통화 잠깐 가능해?"

—당연하죠. 무슨 일 있어요?

"아, 뭐 좀 물어보고 부탁 좀 할까 해서. 혹시 오늘 저녁에 시간 좀 될까?"

* * *

퇴근하고 혜미를 만나기 위해 회사를 나섰다.

"아직 안 온 건가?"

혜미와 만나기로 한 레스토랑 앞에 서서 그녀가 오기를 기다렸다.

지이이잉.

손 안에 느껴지는 작은 진동에 온몸의 신경이 바짝 곤두섰다. 마른침을 꿀꺽 삼켰다. 웃는 얼굴로 서로 이야기를 나누며 주변을 지나가는 사람들, 퇴근길 꽉 막힌 도로 위에서 울리는 경적이 예민하게 귓가를 긁었다. 미세한 진동에 세상의 모든 소리가 공명 현상이 일어난 것처럼 어지럽게 주변을 감싸 왔다. 깊게 숨을 들이마시고 천천히 핸드폰으로 시선을 내렸다.

[언니. 저 차가 막혀서 조금 늦어요. 들어가 있어요.]

혜미의 문자였다.

핸드폰을 들고 있던 손이 툭 하고 아래로 떨어졌다.

"하아…… 진짜……."

확실하지도, 보이지도 않는 그 어떤 존재에 이렇게까지 예민해진 상황이 너무나도 싫었다. 내가 예민한 거야. 아무리 마음을 달래 보아도 자꾸만 미세하게 삐져나오는 이상한 느낌. 정지된 듯 한참 동안 멍하니 서 있던 인선이 크게 숨을 내쉬었다.

"어? 언니 왜 안 들어가 있어요?"

멍했던 귓가에 또렷한 혜미의 목소리가 들렸다. 초점을 잃었던 눈동자가 그제야 정상으로 돌아왔다.

"왔어?"

미세하게 입술을 밀어 올렸다.

"네. 늦어서 미안해요. 우리 빨리 들어가요. 나 배고파요."

"그래. 들어가자."

마주 앉은 혜미가 역시나 방긋방긋 웃으며 이야기를 시작했다.

"언니. 여기 내 친구가 그러는데 스테이크가 완전 맛있대요. 그리고 또 뭐더라? 피자였나?"

"응. 너 먹고 싶은 거 시켜. 내가 살게."

"진짜요? 나 와인도 시켜도 돼요? 우리 한잔해요."

"응. 그래."

눈을 반짝이며 메뉴판을 바라보던 혜미가 살며시 고개를 들었다.

"그런데 언니 무슨 일 있어요?"

"응?"

“아니. 그냥 평소랑 조금 다른 거 같아서. 어디 아픈 거 아니에요?”

“아······.”

“일이 힘들어요? 차선호가 막 괴롭혀요?”

인선이 작게 웃었다.

“아니. 그런 거 아니야.”

“음······. 일단 주문 먼저 할게요.”

조금 후, 주문한 음식과 와인이 테이블 위를 채웠다.

“먹자.”

“네. 언니 잘 먹을게요.”

넉넉하게 차려진 음식을 야무지게 먹기 시작한 혜미가 도통 음식은 먹지 않고 홀짝홀짝 와인만 마시는 인선을 바라보다 고개를 갸웃거렸다.

“맛없어요?”

“아니야. 배가 별로 안 고파서. 먹을게. 너도 빨리 먹어.”

“진짜 이상하네. 그런데 부탁할 게 뭐예요?”

“아······. 뭐 좀 물어보려고.”

“네. 물어보세요.”

포크를 내려놓고 냅킨으로 입술을 닦아 낸 혜미가 빙긋 웃었다.

“혹시 열흘 정도 집을 비우는데 아기 고양이 혼자 집에다가 놔 둬도 괜찮은가?”

“고양이요? 언니 고양이 키워요? 아. 남자 친구 고양이?”

“아니. 그 고양이는 아니고.”

“아. 아기 고양이? 뭐 사료랑 물만 놔두면 괜찮을 거 같기는 한데. 근데 너무 어리면 조금 불안할 거 같기도 하고……."

"차라리 호텔에 맡기는 게 좋을까?"

음. 잠시 생각에 잠겼던 혜미가 말을 이었다.

"고양이 성향마다 다르긴 한데. 낯설어서 괜찮으려나?"

"그렇지? 안 그래도 동물 병원에 몇 시간 맡겼는데 스트레스 받았는지 집에 와서 우유도 안 먹고 계속 구석에서 안 나오고 그랬다던데. 조금 그렇지?"

"예민한가 보다. 아니면 너무 어려서 그랬던가. 그런데 갑자기 고양이는 왜요?"

인선이 작게 웃었다.

"대표님께서 고양이를 키우시는데 출장을 가거든."

"대표? 차선호?"

"응."

큭큭 소리를 내며 혜미가 웃기 시작했다.

"왜 웃어?"

"아니 지금 거기 들어가서 차선호 고양이 어떻게 해야 하나 그런 고민하고 있는 거예요?"

이제는 깔깔거리며 웃는 혜미의 모습에 인선도 작게 소리 내어 웃었다.

"그치. 웃기지."

"결혼할 여자 찾아 주랬더니. 고양이 돌보고 있으니 웃기지 안 웃겨요?"

"그러니까. 내 말이. 완전 그냥 비서야. 그것도 잡일 담당."

"그래서? 지금 언니의 대표님께서는 그 고민이신 거예요?"

"응."

웃음을 지운 혜미가 대수롭지 않게 말을 시작했다.

"집에 가족 없어요?"

"응. 고양이 때문에 지금 나와서 혼자 살아. 어머님이 고양이 털 알레르기가 있으신가 봐."

"고양이 때문에? 고양이 좋아하나 보다!"

괜한 동질감이 느껴지는지 혜미가 감탄한 얼굴이다.

"그럼 언니가 잠깐 대표 집에 들러서 밥 주고 그래요. 차라리 그게 낫겠는데요?"

"응. 나도 차라리 그러면 괜찮을 거 같은데. 내가 출장을 같이 가."

"아. 그럼 내가 할까?"

혜미에게 부탁을 할까 생각하긴 했지만, 아무리 생각해도 이상한 상황이라 그냥 방법만 묻고 선호에게 알아서 사람을 구하라고 말하려던 참이었다. 선뜻 먼저 의견을 제시하는 혜미의 모습에 인선이 눈을 동그랗게 떴다.

"아니야. 너한테는 그냥 방법만 물어보고 알아서 하라고 하려고 했어. 고양이 밥 줄 사람 하나 없겠어?"

"내가 할게요! 내가!"

"응? 아니야. 너는 잘 알지도 못하는 사람인데. 괜히 부담스럽게 부탁하기 미안해."

손까지 번쩍 들며 눈을 반짝이는 혜미다.

"차선호 고양이잖아요!"

"응?"

대체 무슨 뜻이야.

"아. 말이 조금 이상했다. 고양이도 그렇고 차선호 집에 들어갈 수 있는 절호의 찬스 아닌가요?"

뭔가 불순한 의도가 느껴지는 말을 너무 밝게 하는 혜미의 모습에 웃음이 나왔다.

"사는 집을 보면 그 사람에 대해 뭔가 알 수 있지 않을까요?"

"알아서 뭐 하게?"

"그냥 궁금하잖아요. 그런 남자 집은 어떤지."

궁금할 것도 많다. 뭐 그다지 특별한 게 없는 집이던데.

"사실 이 말은 장난이고요. 고양이 궁금해서요. 그때 그 고양이 맞죠? 언니 처음 그 집에 간 날."

"응. 맞아."

"나 어차피 지금 하는 일도 없어서 한가하고, 내가 그 일 하면 언니네 대표님께서 입 쓱 닦고 지나가진 않을 테고. 안 그래도 나 지금 사고 싶은 거 있는데 엄마 눈치 보느라 못 사거든요. 고양이도 보고 돈도 벌고 일석이조 아니에요?"

"그렇게 해 주면야 고맙긴 한데……."

여전히 괜한 일을 시킨 게 아닐까 미안한 마음이 들었다. 걱정하지 말라는 듯 혜미가 환하게 웃었다.

"그건 뭐 어려운 거 아니니 미안해하지 말아요. 그럼 다음 얘기."

"응?"

"무슨 일 있는 거 맞죠? 차선호랑 관련된 이야기예요?"

"아무튼, 넌 귀신이다."

와인을 한 모금 목으로 넘겼다. 과연 혜미는 어떻게 이 이야기를 받아들일까. 괜히 이야기도 꺼내지 않았는데 긴장이 몰려왔다. 혜미마저 아무렇지 않게 넘긴다면 문자 하나에 온몸이 부들부들 떨릴 정도로 반응하는 자기 자신이 너무 이상하게 느껴질 것 같았다.

"그게 사실은…… 예전부터 이상한 문자가 자꾸 와서."

"문자요? 어떤 문자요?"

"처음에는 그냥 스팸이나 광고 문자일 거라고 생각했거든, 워낙 요즘 그런 게 많으니까."

"네."

"그런데 아무래도 내가 감이 이상해서."

인선이 가방 구석으로 꾹꾹 밀어 넣어놓았던 핸드폰을 천천히 꺼냈다.

"이거야, 봐봐. 거기 쭉 있는데. 몇 개는 내가 지웠어."

혜미가 가볍게 핸드폰을 받아 들었다. 호기심을 담고 있던 혜미의 표정이 조금씩 어두워지기 시작했다.

"이거 스팸 맞아요?"

혜미의 손가락이 빠르게 핸드폰 문자를 넘기기 시작했다.

"바람. 다른 여자. 출장. 낯선 여자 향기. 뭐예요. 대체 이 문자?"

"이상한 거……. 맞지?"

"당연히 이상하죠! 그것도 다 다른 번호네."

"응. 예전에는 간헐적으로 오다가 요즘 거의 하루에 한 번씩 와. 근데 오늘은 안 왔다."

"……."

"그리고 내가 오버하는 걸 수도 있는데. 오빠의 상황과 비슷한 문자가 항상 도착해. 예를 들어 출장을 갔을 때 출장에 관한 문자라거나…… 이런 식으로."

"헐. 미친. 뭐야? 이 거지 같은 문자는? 언니 남친이랑 무슨 일 있어요?"

무슨 일이 있다고 해야 하나, 없다고 해야 하나. 인선이 잠시 고민에 빠졌다. 소원해지기 시작한 게 언제쯤인지 기억이 나지 않았다. 꽤 오래되어 버려 사실 무슨 일이 있다고 딱히 설명하기 어려운 상황.

"그냥. 서로 바쁘고 무관심해져서. 서로라기보다는 오빠가 조금 더 그렇다고 느끼긴 했어."

"그런데요?"

"그냥 바빠서 그런가 보다 생각했거든."

"물어봤어요? 이 문자 보여 주고?"

인선이 고개를 끄덕였다.

"뭐래요?"

"화내더라고. 쓸데없는 거에 신경 쓴다고."

"하……. 뭘까?"

"자기와는 관련이 없는 일이라고 말하더라고."

"그건 모르죠! 있는데 모르는 거일 수도 있고! 아니면 모른 척하는 거일 수도 있고."

흥분 지수가 가득 오른 혜미가 눈을 부릅뜨며 말했다. 인선이 길게 한숨을 내쉬었다. 자신이 우진에게 제대로 따져 묻지 못한 말이었다.

"아닌가. 내가 너무 오버하는 건가?"

"그리고 며칠 전에 결혼하자고, 집에 같이 가자고 했어."

가득 찌푸려졌던 혜미의 눈이 동그랗게 떠졌다.

"결혼이요?"

"응."

"하긴. 뭐 오래 만났으니 그런 이야기 나오는 것도 이상한 건 아니지."

"그렇지?"

"아, 그런데 뭔가 기분이 별로야. 나 이 문자가 왜 이렇게 찜찜하지? 누가 정말 의도적으로 보내는 거 같은 느낌이야. 혹시 어디에 물어보면 안 될까요?"

"안 그래도. 친한 오빠한테 물어봤어. 경찰이라서. 알아보니 매번 대포 폰을 바꿔 가면서 문자를 보낸 거라고 하더라고."

"허…… 소름."

혜미가 팔을 두 손으로 문지르며 인상을 구겼다.

"혹시 주변에 그럴 만한 사람 없냐고 묻는데. 생각이 나는 사람이 없어서……."

"언니가 어디 그럴 사람인가?"

도대체 누구지. 자신보다 심각함을 담은 혜미의 표정에 인선이 미안한 마음이 들었다.

"그냥. 아무 일 아닐 수도 있어. 진짜 오빠 말처럼 내가 요즘 주변 변화가 많아서 괜히 예민한 거일 수도 있고."

"아닐 거 같아요."

"……."

"이 정도면 그냥 우연이라고 하기에는 너무 이상해."

곰곰이 생각하던 혜미가 침착한 눈동자로 인선을 바라보았다.

"대포 폰으로 왔다는 거죠?"

"응."

"언니……. 그러면 이렇게 한번 해 봐요."

"어떻게?"

혜미가 잠시 머뭇거리다가 다시 말을 이었다.

"이게 좋은 방법인지 모르겠지만……."

"응. 괜찮아. 얘기해."

"대포 폰이라면 어쨌든 그 사람도 보는 거잖아요."

"응."

"답장을 보내 보면 어때요? 답장이라고 하기 보다는 이제 그만 하라는 경고를 담은 내용으로."

전혀 생각해 보지도 않았던 이야기에 인선이 입술을 꾹 눌러 물었다.

"아닌가. 조금 그런가? 요즘 세상이 워낙 무서워서."

"그러게."

"아악! 짜증 나. 대체 누구야? 저 이런 거 너무 싫어해요."

"……."

"아니. 마음에 안 들면 떳떳하게 앞에 와서 이야기하든가. 뒤에서 숨어서 이런 음흉하고 더러운 짓은 왜 하는 거예요? 진짜 이상하지 않아요?"

인선이 가만히 고개를 끄덕였다.

"아. 나도 모르겠다. 언니 그냥 확 경찰에 신고해 버리면 안 돼요? 그러면 잡을 수 있지 않나? 아니면 겁먹고 문자라도 안 보내게 하면 되잖아. 괜히 엄한 사람만 스트레스 받고 이게 뭐야."

짜증이 가득 섞인 혜미의 목소리가 쉽게 진정이 되지 않았다. 작게 미소 지은 인선이 천천히 입술을 움직였다.

"혜미야. 미안해. 내가 괜히 얘기해서 너까지……."

"미안하긴요! 당연히 해야죠. 안 했으면 나 섭섭할 뻔했어요! 이런 심각한 일을 왜 가슴에 꽁꽁 담고 있어요. 딱 봐도 얼굴이 상할 정도로 스트레스 받고 있는 게 분명한데."

"꼭 이것 때문에 그런 건 아니야. 그냥 여러 가지 상황이."

"그런데 이게 크게 좌우하잖아요! 나 같아도 그러겠다."

대체 이럴 때는 어떻게 해야 해? 중얼거리는 혜미의 모습에 인선이 다시 부드럽게 웃으며 말했다.

"혜미야."

"네. 왜요?"

"고마워."

"응? 뭐가요."

"걱정해 줘서. 그래도 어디에 털어놓으니 마음은 편하다. 사실 아무한테도 말 안 했거든. 괜히 이상한 취급 받을 거 같아서."

"내가 그럴 줄 알았다."

"마땅히 털어놓을 사람도 없고……."

뾰족하게 날이 서 있던 혜미의 눈매가 조금씩 누그러졌다.

"그게 더 이상해요."

"……."

이어 가려던 혜미가 말을 삼켰다. 이번 일에 대해 결혼을 하자는 말까지 했다던 남자 친구의 반응이 이해가 되지 않았다. 딱 봐도 고민의 흔적이 가득한 얼굴인데. 남 일 보듯 그렇게 아무렇지 않을 수가 있을까. 아무래도 너무 이상하다고 말을 전하려다가도 어쩌면 인선이 더 힘들지도 모른다는 생각에 애써 말을 삼켰다.

"아니다. 아무튼, 나한테 잘 얘기했어요. 그동안 얼마나 혼자 짜증났을지 생각만 해도 짜증 수치가 밀려 올라가요."

"그래. 네가 있어서 다행이야."

"혹시 또 무슨 일 있거나 속상하면 언제든지 전화해요. 아니다, 만나요! 내가 속 시원하게 해결은 못 해 줘도 같이 엄청나게 욕해 줄 수는 있으니까요! 알겠죠?"

"응. 그럴게. 이제 그 이야기 그만하자."

어두운 이야기를 마치고 한참 동안 가벼운 이야기를 주고받았다. 꽤 밤이 깊어질 때까지 오랜만의 만남이 이어졌다. 피곤함도 있었지만, 아무 생각 담지 않고 그저 이렇게 이야기를 나누고 싶다는 생각에 앞에 놓인 와인 한 병이 다 비워질 때까지 이야기는 계속되었다.

"언니 괜찮아요? 취한 거 아니죠?"

살며시 눈이 풀린 인선의 모습에 혜미가 웃으며 물었다.

"응. 나 괜찮아."

"언니 술 약하잖아요."

"네가 센 거야."

"그런가? 집에 갈 수 있겠어요?"

"당연하지! 택시 타면 금방이야. 너도 택시 타고 갈 거지?"

혜미가 입술을 장난스럽게 밀어 올리며 고개를 모로 저었다.

"나는 약속이 있어서요. 친구들이랑."

"약속? 이 늦은 시간에?"

"놀고 있나 봐요. 가서 조금 더 있다가 가려고요."

"젊다. 젊어."

"젊을 때 놀아야죠."

히히.

장난스럽게 웃는 혜미를 바라보니 히죽 웃음이 났다.

"가만 보면 언니 술버릇이 웃는 건가 봐. 맨날 조금 취하면 이렇게 히죽거리며 웃더라."

"그런가?"

"네. 내가 볼 때는 확실해. 남자들이랑 술 마실 때 조심해요. 이렇게 예쁘게 웃으면 위험해."

인선이 입술을 가득 밀어 올리며 웃었다.

"이거 봐. 이거 봐."

"왜. 뭐가."

"아무튼, 조심해요. 택시 타서도 웃지 말고. 알겠죠?"

"누가 보면 엄마인 줄 알겠다. 빨리 가 봐. 친구들 기다린다면서."

"언니 택시 타는 거 보고요. 친구들 근처에 있어요. 난 멀쩡하니 걱정하지 말아요."

"그래. 아무튼, 오늘 고마워."

"이제 그만 고마워하시고! 어! 택시다! 택시!"

들어가서 연락해요. 살갑게 웃으며 창밖에서 손을 흔드는 혜미를 향해 인선도 작게 손을 흔들었다.

집으로 들어와 정지 화면처럼 가만히 서 있던 인선이 천천히 가방 속으로 손을 넣어 핸드폰을 꺼내었다. 아무것도 떠 있지 않은 화면에 안도감이 드는 자신이 웃겨 침대 위로 핸드폰을 던졌다. 그래도 누군가에게 이야기를 털어놓았다는 사실만으로 마음이 조금은 편해진 것 같았다. 아마도 조금씩 밀려오는 술기운에 그럴지도 모른다는 생각도 들었다.

욕실에 들어가 따스한 물로 샤워를 마치고 노곤해진 몸을 침대 위로 던졌다. 알람을 맞추려고 버릇처럼 핸드폰을 들던 인선의 손이 공중에 멈추었다. 읽지 않은 문자 메시지 한 통. 열어 보지 않아도 분명히 자신을 괴롭히고 있는 그 누군가의 문자일 거라는 예감이 파고들었다. 망설임 없이 문자를 눌렀다.

[결혼을 약속한 애인이 다른 여자와 바람이 났다면? 궁금하면 클릭(080-123-1234)]

침대에 누운 인선의 몸이 크게 내쉰 숨과 함께 들썩였다. 오늘은 왜 그냥 지나가나 하는 생각이 들었는데 마침 도착한 문자에 헛웃음이 흘렀다.

'답장을 보내 보면 어때요?'

혜미의 말이 떠올랐다. 확실한 건 없었다. 이 문자를 보낸 사람이 문자를 확인할지 안 할지도 모르는 일이었지만, 아무것도 하지 않고 이렇게 바보같이 괴로워하며 시간을 보내는 것도 하기 싫었다. 핸드폰을 손에 잡고 한참을 생각하던 인선이 천천히 핸드폰 위로 문자를 써 내려갔다.

[그쪽이 원하는 게 어떤 건지 모르겠지만, 이렇게 한다고 해서 네가 원하는 대로 되는 건 하나도 없어. 비겁하게 숨어서 자꾸 이런 식의 문자 보내지 말고 차라리 떳떳하게 나와서 이야기해. 용

기가 없으면 그냥 조용히 있든가. 더는 나도 가만히 보고만 있지 않을 거야.]

잠시의 머뭇거림 없이 전송 버튼을 눌렀다. 핸드폰을 잡고 있던 손을 가슴 위로 떨어뜨렸다. 살며시 떨리는 손 위로 두근두근 뛰는 심장 박동이 고스란히 느껴졌다. 애써 침착함을 유지하며 눈을 꼭 감고 고르게 숨을 내쉬었다. 몇 분의 시간이 지나고 나서였다.

지이이잉.

가슴 위에서 느껴지는 진동에 감았던 눈을 천천히 떴다. 그리고 문자를 확인했다.

[보고만 있지 않으면, 어떻게 할 건데?]

"하……."

인선의 입술 사이로 놀란 숨이 터져 나왔다. 정말로 누군가가 있었다는 사실에 또다시 온몸에 소름이 돋았다.

"도대체 너 누구야."

무섭다는 감정도, 당황스러운 감정도 아니었다. 그동안 목적을 가지고 자신을 괴롭혔다는 것이 확실해지는 순간. 눌러 내렸던 분노가 순식간에 치밀어 올랐다. 천천히 몸을 일으켜 침대 헤드에 몸을 기대었다. 적당히 감정을 누르고 다시 핸드폰에 문자를 써 내려갔다.

[그쪽 누구야? 이렇게 말도 안 되는 문자 보내는 거 보면 원하는 게 있는 거 같은데. 아무것도 당신이 원하는 대로 안 돼. 평생 뒤에서 숨어서 이런 허튼짓이나 하면서 살 게 뻔하니까. 불쌍한 인생 살고 싶지 않으면 여기서 멈춰.]

문자를 보낸 지 채 몇 분도 되지 않아 다시 문자가 도착했다.

[누가 불쌍한지는 열어 봐야 아는 거 아니야? 본인은 아주 행복하다고 생각하는가 본데. 틀렸어.]

멈춤 없이 다시 문자를 적었다.

[내가 행복해 보여서 이런 행동 하는가 본데. 그럼 앞으로도 지켜보면서 평생 그렇게 괴로워했으면 좋겠다. 결국, 아무것도 가지지 못하고 불쌍해지는 건 그쪽이야. 아무리 발버둥 쳐 봐야 남들 눈에는 안타까워 보일 뿐이야. 동정 받는 삶이 그쪽의 목표인가 보지?]

한번 시작했기에 물러서고 싶지 않았다. 자극을 받아서 눈앞에 나타나든가, 이 더러운 짓을 멈추든가. 둘 중 하나라는 생각에 일부러 자극할 만한 문자를 보냈다.

[지금 동정받아야 할 사람은 유인선 너야. 너만 네 상황을 모르지. 아무것도 모르는 주제에 잘난 척하지 마. 네가 지금 얼마나 불쌍한지 알기나 해?]

"이름까지 알고 있네……."

황당함에 웃음이 나왔다. 조금 남아 있던 취기가 완벽히 사라지고 오히려 정신이 점점 또렷해졌다.

[아니. 전혀 모르겠어. 이런 쓰레기 같은 문자 받는 거 빼고는 너보다 나아 보인다. 아마 내 상황에 괴로워하는 건 그쪽인 거 같고, 내가 누구인지 아는 걸 보니 나에 대한 자격지심이나 피해망상이 병적으로 심한 거 같다. 병원 먼저 가 봐.]

[그 말 아마 후회할 거야. 네가 어떤 상황인지 알면 그런 말 못할걸.]

[그러게, 내가 어떤 상황일까? 왜, 내 애인이 너한테 사랑이라도

한다고 그랬어? 다른 여자한테 결혼하자고 한 남자한테 그런 말 들었는데 자존심 안 상하고 기분이 좋았나 봐? 아무리 생각해도 너처럼 불쌍한 상황은 아닐 거 같다. 누군지 밝히지 않을 거면 이제 이 더러운 문자 그만 보내.]

문자를 보내자마자 곧바로 도착하던 문자가 한참 동안 오지 않았다. 이후의 상황이 어찌 될지 감조차 잡히지 않았지만 쏟아 내고 나니 속이 시원했다. 다른 건 몰라도 우진과 연관된 일임이 확실하게 느껴졌다. 좋지 않은 생각을 담고 싶지 않았지만, 담을 수밖에 없는 상황. 어떻게 상황을 정리해야 할까 차분하게 생각을 머리에 담기 시작했다.

조금의 시간이 지났다.

지이이잉.

지이이잉.

지이이잉.

지이이잉.

침대 위에 내려놓은 핸드폰이 연이어 진동했다.

오래 이어지던 진동이 멈추었다.

가만히 핸드폰을 바라보던 인선이 천천히 손을 뻗었다. 언제부터인가 떨림이 멈춘 손끝이 핸드폰 화면을 꾹 눌렀다. 누름과 동시에 눈앞에 여러 장의 사진이 떠올랐다. 안타깝게도……. 예감은 틀리지 않았다. 자신에게 한동안 보여 주지 않았던 웃음을 가득 머금은 낯선 우진의 모습이 눈에 들어왔다. 그리고 그 옆에 자신이 아닌 다른 여자. 유난히 잦았던 출장과 야근. 그 이유가 이제야 정확하게 밝혀졌다.

천천히 사진을 하나씩 눈에 새기듯 바라보았다. 자신과 함께 갔었던 공간에서 그녀와 찍은 사진들, 그리고 얼마 전 출장을 갔다던 미국에서 다정하게 찍은 사진. 그의 옆에 그녀의 얼굴을 가만히 바라보았다. 스치듯 과거의 기억이 떠올랐다.

"허…….. 그래서 그렇게 당황했었어?"

몇 달 전, 연락 없이 찾아갔던 그의 회사 앞에서 두 사람을 만났던 기억이 떠올랐다. 야근 때문에 저녁을 먹으러 간다던 그가 사뭇 당황하는 모습이 느껴졌지만, 갑자기 찾아와서 그런가 보다 생각했었다. 같은 부서 직원이라고 인사를 시켰던 여자. 살피듯 자신을 바라보는 시선이 조금은 낯설었던 순간이었다. 여러 가지 감정이 교차했다.

지이이잉. 지이이잉. 지이이잉.

세 번의 진동.

[이래도 너는 네가 행복하다고 생각할 수 있을까?]

문자 하나와 음성 파일 두 개가 도착했다. 그녀가 보낸 음성 파일을 클릭했다. 핸드폰에서 너무나도 익숙한 우진의 목소리가 흘러나왔다.

* * *

"유 비서님. 저는 외근 나가요. 대표님도 아마 퇴근 시간 후에나 들어오시든가 퇴근 바로 하실 거 같아요."

"네?"

뒤늦은 인선의 반응에 진호가 아리송한 눈빛을 머금었다. 흐트러져 있던 시선이 그제야 똑바로 진호에게 닿았다.

"못 들으셨어요?"

"아. 죄송해요. 제가 잠시 다른 생각을 하느라. 뭐라고 하셨죠? 외근 나가세요?"

재킷을 챙겨 일어난 진호를 보며 인선이 물었다. 잠시 심각함을 담은 표정으로 인선을 이리저리 살피던 진호가 걱정되듯 물어 왔다.

"어디 안 좋으세요? 유 비서님 오늘따라 유난히 아침부터 안색도 안 좋고 계속 넋 나간 사람처럼 멍하신 거 같아요."

"아. 그랬어요? 어제 술을 조금 마셔서 그런가?"

조심한다고 했는데도 자꾸만 멍해지는 것을 어떻게 할 수가 없었다. 괜한 민망함에 손바닥으로 얼굴을 쓸었다.

"과음하셨구나. 대표님도 안 계신데 일찍 퇴근하세요."

"아니에요. 시간 맞춰서 나갈게요. 직원들 보는 눈도 있고."

"많이 피곤하시면 잠깐 여직원 휴게실 가서 쉬다가 오세요. 어차피 오늘 찾는 사람도 별로 없을 거예요. 핸드폰만 잘 챙겨서 가세요."

진호의 입에서 의미 없이 흘러나온 '핸드폰' 소리에 순간 가슴이 작게 울렸다. 왠지 다시 멍한 표정을 짓고만 있을 거 같아서 애써 입술을 밀어 올렸다.

"네. 그렇게 할게요. 바로 퇴근하시는 건가요?"

"아마도 그렇게 될 거 같아요. 시간 되면 퇴근하세요. 아시겠죠?"

"네. 조심히 다녀오세요."

"그럼 사무실 잘 부탁드려요."

진호가 사무실을 떠나고 홀로 남은 공간. 인선이 천천히 책상에 얼굴을 기대며 엎드렸다. 어제 음성 파일이 도착한 이후로 인선은 더는 문자를 보내지 않았다. 상대편도 마찬가지였다. 결론은 하나였다.

정리.

천천히 몸을 일으킨 인선이 재준에게로 전화를 걸었다.

"오빠. 저에요. 부탁드릴 게 있어서요."

재준과 통화를 마친 인선이 우진에게 문자를 써 내려가기 시작했다.

[오늘 6시 반까지 강남 경찰서 사이버 수사대로 와. 이 여자도 같이. 만약에 데려오지 않으면 내가 바로 회사로 갈 테니 그렇게 알고.]

문자와 함께 그녀가 어제 자신에게 보내 온 환하게 웃고 있는 두 사람의 사진을 보냈다. 그리고 핸드폰 전원을 완벽하게 꺼 버렸다. 어떤 표정으로 자신을 바라볼까. 그리고 어떤 변명을 할까. 어차피 달라지는 것은 아무것도 없겠지만, 두 눈으로 제대로 지켜보고, 제대로 듣고 오겠다고 각오했다.

* * *

6시가 다 되어 가는 시간. 선호를 태운 차가 회사 앞에 정차했다.

"기사님. 수고하셨어요. 차는 주차하고 퇴근하세요. 저는 사무실 들렀다가 가겠습니다."

"네."

차에서 내린 선호의 시선이 한곳에 머물렀다.

'어…….'

급하게 회사 정문을 나오는 인선의 모습이었다. 그 어느 때보다 가라앉은 표정으로 회사 앞에 서 있는 택시에 급하게 올라타는 인선의 모습에 선호가 빠르게 몸을 돌렸다.

"기사님. 그냥 퇴근하세요. 키 저 주시고요."

빠르게 차에 올라탔다. 인선을 태운 택시가 점점 멀어지는 모습에 선호가 액셀을 더욱 강하게 밟았다.

"어디를 저렇게 급하게 가는 거지?"

며칠 전 그녀의 통화 내용이 떠올랐다.

'오빠 바쁘신데 감사해요. 제가 경찰서로 한번 갈게요.'

통화 내용을 들어서일까. 그 이후로 무언가 가라앉아 보이는 인선의 표정이 저도 모르게 신경이 쓰였다. 자신의 앞에서 애써 아무렇지 않게 웃음을 보일 때도 있었지만, 보이지 않는 우울함이 느껴졌다.

신호에 걸린 택시가 정지선에 멈추었다. 창문 너머로 그녀의 뒷모습이 보였다. 작은 손으로 천천히 머리를 쓸어 넘기는 작은 행동까지도 고스란히 눈에 담았다.

"참나. 이게 뭐 하는 짓이냐."

아무 생각 없이 무작정 그녀를 따라나선 자신의 행동이 우습기도 했지만, 그냥 지나쳤더라도 아마 계속 신경이 쓰였을 것을 알고 있다. 길게 한숨을 내쉬었다.

"그래. 뭐 어쩌자고 하는 것도 아닌데. 괜찮겠지."

목적지에 도착한 인선이 택시에서 내리는 모습이 보였다. 선호가 살며시 고개를 숙여 건물을 올려다보았다.

'강남 경찰서'.

　자신이 들었던 통화와 연관된 일이거나, 이곳에 일하는 누군가를 만나러 온 게 아닐까 하는 생각과 함께 선호가 차에서 내렸다. 그녀는 이미 시야에서 사라진 이후였다.

　들어가야 하나 말아야 하나 고민을 하던 선호의 미간이 살며시 찌푸려졌다. 재킷 안주머니에 손을 넣어 담배를 꺼냈다. 담배 한 개비를 꺼내어 입에 물려는 순간 익숙한 얼굴이 눈앞을 스치고 지나갔다. 밤거리에서 인선을 품에 안고 있던 남자. 그리고 적당한 거리를 유지하며 그의 뒤를 따라 걷는 한 여자가 보였다. 남자가 걸음을 멈추어 빠르게 여자에게 몸을 돌렸다.

"너 내가 적당히 하랬지. 이게 뭐야?"

"나는 뭐 이러고 싶어서 그랬어? 오빠가 계속 질질 끌었잖아."

"야. 내가 말했지. 지금 우리 집 사정이."

"왜? 결혼하고 나 계속 만나겠다고? 내가 그러면 좋습니다! 하고 박수라도 칠 줄 알았어?"

　한마디도 지지 않는 여자의 목소리에 남자가 거칠게 머리를 넘겼다.

"너 결혼 싫다며. 우리 집 사정도 싫고. 그런데 상황이 그게 아니잖아. 집에서는 빨리 결혼하라고 그러고 헤어지기 싫다고 한 것도 너야."

"지금 우리끼리 싸울 때가 아니잖아. 저 여자 어쩌려고 저러는 거야?"

"나도 몰라. 일단 회사까지 쳐들어오게 놔둘 수는 없잖아."

긴장되는지 입술을 잘근잘근 씹으며 말을 이었다.

"막 법적으로 어떻게 하려는 건 아니겠지?"

"그렇게까지는 하지 않을 거야."

"오빠가 어떻게 알아?"

"인선이 착해. 그리고 내가 자기한테 어떻게 했는데."

"착한 게 아니라 둔한 거 아니야? 그러니 애인이 바람피우는 거 눈치도 못 챘겠지."

남자가 한숨을 내쉬며 미간을 구겼다.

"시끄럽고. 너 안에 들어가서도 쓸데없는 말 하지 마. 그 쓸데없는 문자 때문에 이렇게 된 거니까. 알겠어?"

몸을 돌린 남자가 경찰서로 걸음을 옮겼다. 손 안에 들린 담뱃갑이 순식간에 구겨졌다.

"하아. 미친 새끼……."

끓어오르는 분노가 몸을 뚫고 나올 것처럼 순식간에 터졌다. 당장에라도 달려가 멱살을 잡고 다시는 앞도 보지 못하고 말을 하지 못할 정도로 얼굴을 두들겨 패고 싶은 충동이 일어 주먹을 꽉 감아쥐었다. 숨을 거칠게 내뱉은 선호가 경찰서로 걸음을 옮겼다.

* * *

"괜찮아?"

앞에 앉은 재준이 인선의 표정을 살피며 물어 왔다.

"응. 괜찮아."

여전히 변하지 않는 재준의 시선에 인선이 미세하게 입술을 밀어 올렸다.

"다행이라고 생각하려고. 나중에 알았으면 더 크게 힘들었을 거야."

"인선아……."

위로하듯 인선을 바라보던 재준의 시선이 문을 향했다. 재준을 따라 시선을 옮겼던 인선이 민원실로 들어오는 두 사람의 모습에 천천히 몸을 일으켰다. 느릿한 걸음으로 다가오는 우진과 그 뒤의 여자를 감정이 담기지 않은 눈으로 가만히 바라보았다.

"인선아……."

눈앞에 다가온 그가 자신의 이름을 부르자 애써 유지하려던 평상심이 와르르 무너질 것만 같았다. 애써 삼키며 천천히 여자를 향해 눈을 돌렸다. 그녀를 가만히 바라보던 인선이 피식 소리를 내며 웃었다. 의미를 알 수 없는 인선의 웃음에 우진과 여자, 그리고 재준의 시선이 인선에게 쏠렸다. 살며시 얼굴을 기울인 인선이 빙긋 웃으며 입술을 움직였다.

"그쪽……."

인선의 목소리에 여자의 눈동자가 흔들렸다.

"생일이 6월이신가 봐요?"

"……."

우진의 시선이 빠르게 그녀의 목으로 향했다. 자신에게 선물한 것과 똑같은 진주가 박힌 하트 목걸이. 특별한 의미가 담겼다고 생각했던 선물.

"거지같은 자식."

조용한 공간에 인선의 작은 목소리가 울렸다. 다시 한번 올라온 울컥거림에 인선이 숨을 가다듬었다.

"인선아…… 왜 여기서 보자고 했어?"

자신들을 향한 시선이 부담스러운 듯한 표정을 지은 우진이 조심스럽게 말을 꺼냈다.

"그냥 나가서 일단 우리끼리 얘기하자."

"아니. 얘기는 너희끼리 많이 하시고요. 일단 이것부터 들어."

재준의 책상 위에 올려놓았던 핸드폰을 들었다. 그리고 어젯밤 그녀가 보내 준 음성 파일을 꾹 눌렀다. 핸드폰으로 우진과 그녀의 목소리가 흘러나왔다.

ㅡ미국 여행 다녀온 거 여자 친구한테 안 들켰어?

ㅡ응. 그냥 아무 얘기 안 했어. 별로 아무 말 않더라.

ㅡ그 여자 오빠한테 관심 있는 거 맞아?

ㅡ믿으니까 그렇지. 내가 저한테 그동안 어떻게 했는데.

ㅡ뭐야. 지금 나 부러워하라고 그러는 거야?

ㅡ야. 내가 지금 너한테 이렇게 잘하잖아. 그런데 뭐가 부족해.

ㅡ그래? 그러면 지금 올래?

ㅡ오늘은 안 돼. 아무래도 밤에 가 봐야 할 거 같아.

ㅡ누구 유인선한테?

ㅡ어.

ㅡ오빠. 오늘 우리 집으로 와라. 나 오늘 엄청 야한 속옷 입고 있는데. 안 궁금해?

ㅡ유혹하지 마. 안 그래도 지금 하고 싶어 죽겠으니까.

ㅡ으응? 오빠. 와라. 응?

─일단 전화해 보고 다시 전화할게.

파일이 끝나고 사무실에 정적이 흘렀다. 순식간에 당혹감이 가득한 표정으로 자신을 바라보는 우진의 모습에 인선이 덤덤하게 말을 시작했다.

"그래서 그날 뜨거운 밤 보냈나 봐. 내가 오라고 그랬으면 하고 싶어서 어쩔 뻔했어."

"인선아."

"두 사람 다 나한테 고마워해야겠어. 안 그래?"

"저 인선아. 내가 다 설명할게."

그의 말을 완벽하게 무시한 인선이 다른 녹음 파일을 눌렀다.

─그러니까 진짜 결혼하겠다고? 오빠. 그럼 나는 어쩌라고.

─말했잖아. 아빠 아프시다고. 집에서 빨리 결혼하라고 난리야. 어쩌면 그게 맞는 걸지도 몰라. 이제 걔 사업도 정리하면 마땅히 할 일 없거든. 지금 엄마도 할머니 돌보시느라 여유가 없고, 돈 써가면서 간병인 들일 여유도 없고.

─그래서 결혼하겠다고?

─너 결혼 생각 없다며, 결혼하고도 만나면 되잖아.

─연애만 하고 살겠다는 거지 결혼한 남자랑 연애하겠다는 소리는 아니야.

─에이, 또 왜 그래. 내가 사랑하는 거 알잖아.

눈을 꾹 감고 있던 인선이 천천히 눈을 떠 녹음 파일을 껐다. 동요하지 않으려고 했지만 울컥거림이 심하게 올라와 눈동자가 살며시 떨렸다. 우진도 더는 아무 말 하지 못하고 살며시 고개를 숙였다.

"왜? 부인이 아니라 간병인이 필요했어?"

"미안하다."

"무릎이라도 꿇고 빌래?"

떨림 없이 뱉어낸 인선의 목소리에 우진이 고개를 들었다.

"할 말이 없지?"

"인선아······."

"그리고 경찰서니까 지금 내가 어떻게 할까 봐 머릿속은 아주 시끄러울 거고. 안 그래?"

"인선아. 내가 다 잘못했어. 사실 처음부터 이러려고 했던 건 아니야."

인선이 한쪽 입술을 천천히 밀어 올렸다.

"처음부터 시작을 말았어야 했다는 말은 안 하네."

"내가 미안해. 내가 다 잘못했어. 무릎이라도 꿇으라면 꿇을 테니. 그냥 이번 한 번만 넘어가자. 응?"

제발 부탁하자. 안타까울 정도로 불쌍한 표정을 짓는 우진을 냉랭한 눈빛으로 바라보았다.

"다음이 없다는 건 생각 안 하나 봐."

"인선아······."

무언가 크게 결심한 듯한 인선의 표정에 우진도 여자도 점점 불안한 표정을 머금었다. 한 번도 본 적 없는 우진의 표정과 겁을 가득 집어먹은 그녀의 표정.

"그쪽. 그런 표정 지을 거면 뭐 하러 이런 일을 시작했어."

"죄송해요. 저는 오빠가 헤어지지도 않고 결혼한다고 해서 화가 나서 그만······. 정말 죄송합니다. 일이 이렇게 커질지 몰랐어요."

어제 당당하게 보내오던 문자와는 전혀 상반된 말을 내뱉는 그
녀의 모습이 낯설게 느껴졌다.

"법이 무섭긴 무서운가 봐. 어제랑 너무 다르네."

"……."

잔뜩 얼굴을 붉힌 그녀를 한참 동안 바라보았다. 흐르듯 넘어온
인선의 시선에 우진이 작게 움찔거렸다.

"오빠. 걱정하지 마."

나긋하게 흘러나온 인선의 목소리에 우진과 여자의 시선이 인
선에게 동시에 닿았다.

"어차피 법적으로 아무것도 하지 않을 거니까. 걱정하지 말라
고."

"인선아."

"나 착하다며. 이미 이럴 거 예상하고 최대한 불쌍해 보이려고
온 거 맞잖아. 안 그래?"

"인선아. 아니야. 그렇게 생각하면 오해야."

"걱정 마. 법적으로 거기 두 사람 벌주기에는 너무 쓸데없는 시
간을 많은 사람이 낭비해야 할 거 같다는 생각이 들어서."

"……."

"대신……."

인선이 천천히 발을 내디뎠다. 한 걸음 앞으로 다가온 인선의 행
동에 우진이 휘둥그레진 눈으로 인선을 바라보았다. 똑바로 떨어
지는 인선의 시선에 우진의 눈동자가 자잘하게 떨렸다. 우진이 삼
켰던 숨을 조심스럽게 내뱉으려는 순간.

쫘악.

강한 마찰음이 사무실 안에 크게 울려 퍼졌다. 너무나도 크게 울린 소리에 사무실에 있는 모든 사람이 흡 소리와 함께 숨을 들이마셨다. 손바닥이 저릴 정도로 아팠다. 하지만 지금껏 믿어 왔던 사람에 대한 배신감으로 욱신거리는 가슴의 통증에 비하면 정말 아무것도 아닌 쓰라림이었다. 인선에게 맞은 뺨을 한 손으로 감싸며 강한 충격에 밀려 나간 고개를 돌리는 우진의 눈을 똑바로 바라보았다.

"이건 그동안 너라는 사람을 믿었던 내 감정에 대한 대가."

좌악.

"이건 너 같은 새끼 때문에 무의미하게 지나간 내 시간에 대한 대가. 그리고 이건……!"

잠시의 머뭇거림 없이 공중으로 손바닥을 드는 인선의 모습에 우진이 두 눈을 꾹 감았다. 예상했던 것과 다르게 아무런 충격이 오지 않아 우진이 살며시 실눈을 떴다. 크게 숨을 들이마신 인선이 천천히 손을 내렸다.

"병신 같은 삶을 살고 있으면서도 그것조차 모르는 네가 불쌍해서 참는 거야."

"……."

"다시는 내 앞에 그 거지같은 얼굴 보이지 마."

뭉쳐 있던 분노를 고스란히 담은 나지막한 목소리였다. 이제는 아무것도 남기지 않고 끝을 내겠다는 다짐과 함께. 천천히 인선이 몸을 돌렸다.

"저기 인선아."

탁.

손목 위로 느껴지는 소름 돋는 감각에 인선이 강하게 그의 손을 쳐냈다.

"마지막이야."

"……."

"나 마음 변하기 전에."

"……."

"당장 내 눈앞에서 사라져."

우진에게서 어느새 조금 떨어진 곳에 서 있던 여자가 빠르게 몸을 돌려 사무실을 나갔다. 정지된 듯 그 자리에 서서 인선을 바라보던 우진이 천천히 몸을 돌렸다. 뚜벅뚜벅 울리던 걸음 소리가 사무실에서 사라졌다. 그제야 작은 떨림이 찾아왔다. 그리고 욱신거림도 함께. 자신을 향하고 있는 재준의 눈빛에 슬퍼진 눈가가 희미하게 휘어졌다.

"잘했어."

토닥이는 음성에 눈시울이 뜨겁게 물들었다.

"잘했어. 인선아."

툭, 하고 떨어진 눈물방울이 볼을 타고 흘러내렸다. 다가와 어깨를 톡톡 두드리는 재준의 행동에 살며시 웃으며 눈물을 닦아 냈다. 어차피 법적인 절차는 어려운 상태였다. 협박이나 위협이 담기지 않은 문자였기에 처벌이 어렵다는 이야기를 들었다. 자신이 할 수 있는 최선의 복수였다. 작은 숨을 내쉰 인선이 살며시 떨리는 목소리로 말했다.

"오빠. 고마워요. 괜히 소란 피운 거 같아서 죄송하네요."

"괜찮아. 더 큰 소란이 얼마나 많은데. 이건 아무것도 아니야."

"제가 뭐라도 사서 온다는 게. 바쁘게 오느라."

"야야. 됐어. 지금 네가 그럴 정신이 어디 있어. 잠깐 앉았다가 갈래? 조금 진정하고 나가. 알겠지?"

인선이 말없이 고개를 끄덕였다.

* * *

우진과 여자가 빠른 걸음으로 경찰서를 벗어났다. 어느 정도 경찰서와 거리가 멀어지고 인적이 드문 골목길에 접어들고 나서야 여자가 한숨을 크게 내쉬었다.

"하아. 놀랐네. 나 정말 어떻게 할까 봐 얼마나 걱정했는지 몰라. 오빠도 그렇지?"

나란히 걸으며 흥분된 감정을 뱉어 내는 여자의 모습에도 우진의 표정은 여전히 딱딱하게 굳어 있었다. 아직도 두 뺨에 얼얼한 기운이 가지 않았다.

"오빠. 이제 저 여자랑 끝인 거지?"

"시끄러워."

"왜 나한테 화를 내."

"이게 다 너 때문이잖아. 네가 그런 쓸데없는 문자만 안 보냈어도! 이게 뭐야, 쪽팔리게."

"지금 그게 중요해? 처벌 같은 거 안 받아서 다행이라고 생각해. 근데 아까 오빠 아프겠더라. 무슨 여자가 힘이 그렇게 세?"

"그러게. 내가 자기한테 해 준 건 하나도…… 악!"

순식간에 들리는 퍽 소리와 함께 우진이 바닥으로 내동댕이쳐졌다.

강한 충격에 눈앞이 흐려지고 얼굴 가득 고통이 느껴졌다.

"뭐야? 어떤 미친 새끼가……."

소리를 지르며 정신을 차리려는 순간. 퍽. 다시 한번 강한 충격이 얼굴을 가격했다.

"으윽……!"

"일어나! 일어나. 이 새끼야!"

갑자기 눈앞에 나타난 남자가 쓰러져 있는 자신의 멱살을 잡으며 번쩍 들어 올렸다. 당황한 우진이 멱살을 잡은 손에서 달아나려고 몸부림쳐 봤지만, 꼼짝도 하지 못하게 옥죄어오는 강한 힘에 속절없이 남자에게 매달린 꼴이 되었다.

"다…… 당신 대체 뭐야?"

눈앞에 살기가 느껴지는 눈동자를 마주하자 공포감이 밀려왔다.

"너 같은 미친 새끼가……. 내가 누군지 알면. 어떻게 할 건데?"

선호가 한 번 더 크게 주먹을 휘둘렀다.

"꺄악! 오빠!"

소리를 지르며 달려오는 여자를 향해 선호가 고개를 돌렸다. 거친 숨을 내쉬며 무섭게 바라보는 선호의 눈빛에 여자의 걸음이 제자리에 우뚝 멈추었다.

"경고하는데. 더 이상 가까이 오지 마. 나 여자라고 봐주고 그런 거 없어. 내일 아침에 병원에서 피투성이로 눈뜨고 싶지 않으면 그 입 닥치고 조용히 있어."

여자의 얼굴이 사색이 되었다. 극하게 밀려오는 공포감에 온몸이 오들오들 떨려 왔다. 얼굴을 팔로 감싸고 고통스럽게 신음하고 있는 우진에게로 선호가 다시 걸음을 옮겼다. 툭. 선호의 발끝이 우진의 다리를 걷어찼다. 작은 충격에도 드러누운 우진의 몸이 움찔거렸다.

"왜 아프냐?"

"으으…… 너…… 뭐야……."

"묻잖아. 아프냐고?"

피식 웃는 소리에 우진이 얼굴을 감싸고 있던 팔을 천천히 내렸다. 반쯤 뜬 눈 사이로 여전히 분노가 가득 담긴 표정을 한 남자가 보였다.

"안 아픈가 보지? 더 때려야 정신을 차리지."

툭 하고 한 번 더 내리치는 발길에 상체를 반쯤 일으킨 우진이 앉은 채로 뒤로 도망가듯 몸을 옮겼다. 선호가 천천히 무릎을 구부려 그의 앞에 쪼그려 앉았다. 잔뜩 굳은 입술 한쪽이 천천히 밀려 올라갔다. 그 모습조차 위협적으로 느껴져 우진이 자잘하게 떨리는 숨을 내뱉었다.

"이제 조금 정신이 드나 봐?"

"대체…… 나한테 왜 이러는 거야?"

"그러니까 너는 왜 그랬어."

"뭐?"

"하긴 너 같은 새끼한테 물어봐야, 뭘 알겠냐. 인생 자체가 쓰레기인데."

피식 웃어 보이던 선호가 두 팔을 빠르게 뻗었다.

"흐흡……."

멱살을 고스란히 잡힌 채 크게 뜬 우진의 눈앞으로 선호가 바짝 다가왔다. 억누른 듯 분노가 서린 목소리가 흘러나왔다.

"너 같은 새끼 때문에 내가 그동안 얼마나……."

"……."

"하아……."

선호가 크게 한숨을 터트렸다. 거칠게 여러 번 숨을 삼키고 내뱉은 선호가 다시 천천히 입술을 움직였다.

"앞으로 유인선 씨 앞에 나타나지 마."

"……."

"그때는 내가 수단과 방법을 가리지 않고 네 숨통 끊어 버릴 거니까."

"흐억."

밀쳐 내듯 멱살을 놓아 버린 선호의 행동에 우진이 바닥에 다시 쓰러졌다. 툭. 얼굴 위로 느껴지는 작은 감각과 함께 우진의 몸 위로 작은 종이가 떨어졌다.

"그거 내 명함이야. 신고하려거든 해. 폭력이든 협박이든 다 받아 줄 테니까."

"……."

"하긴 너 같은 새끼는 그럴 배짱도 없겠지."

비아냥거리는 웃음을 머금은 우진이 뒤돌아 걸음을 옮겼다. 여전히 자리에 서서 바들바들 떨고 있는 여자를 향해 고개를 돌렸다.

"가서 데리고 꺼져."

"……."

"못 들었어? 가서 데리고 꺼지라고!"

선호의 목소리에 어깨를 크게 들썩거린 여자가 쪼르르 우진을 향해 걸어갔다.

"오빠. 괜찮아? 일어나 봐."

"아…… 으……."

"어머! 피 봐. 어떡해! 병원 가 봐야 하는 거 아니야?"

"놔. 일어날 수 있어."

"오빠. 이게 뭐야……."

울먹거리는 여자의 목소리가 들려왔다.

"놀고들 있네."

들리는 목소리에 선호가 헛웃음이 터트렸다. 마음 같아서는 저 더러운 입으로 다시는 그녀의 이름을 부르지 못하게 실컷 두들겨 패고 싶었다. 아직 채 풀지 못한 화가 가슴에 남아 뜨겁게 끓어올랐다. 여전히 가벼워지지 않은 발걸음을 경찰서로 다시 옮겼다.

* * *

"오빠. 들어가. 나 혼자 갈 수 있어."

"데려다줄게."

"아니야. 그냥 조금 걷고 싶다."

걱정을 담은 재준의 눈빛이 인선을 떠나지 못했다. 애써 꾹꾹 누르고 있을 마음이 안쓰러웠지만, 어차피 견뎌야 할 상황임을 알기에 천천히 고개를 끄덕였다.

"그래. 다른 데 가지 말고 곧장 집으로 가."

"응. 그럴게."

"집에 가면 전화는 못 하더라도 문자라도 한 통 보내고."

"응. 알았어. 오빠 빨리 들어가. 내가 오늘 너무 방해했다."

"무슨. 혹시 힘들거나 그러면 연락해. 다른 건 몰라도 술이라도 한잔 사 줄 수 있으니까."

고개를 끄덕이는 인선의 어깨를 툭툭 가볍게 두드렸다.

"나, 갈게."

"응. 조심히 가."

인선이 경찰서 정문을 나서자 재준이 몸을 돌려 다시 사무실로 돌아갔다. 어느새 까만 밤이 되어 있었다. 유난히 도심 불빛을 머금은 하늘이 짙게만 느껴졌다. 시원할 줄 알았는데……. 가슴 한쪽이 텅 비어 버린 느낌. 홀로 걷는 것에 익숙한 인선이었지만, 유독 발끝이 닿는 도로가 쓸쓸하게 느껴졌다.

"유인선 씨."

바닥을 바라보고 있던 인선의 얼굴이 천천히 올라왔다.

"집에 갑니까?"

옆에서 들려오는 익숙한 목소리에 천천히 고개를 돌렸다. 도로에 세워진 익숙한 자동차에 기댄 채 자신을 바라보고 있는 선호의 모습이 보였다. 부드러운 눈빛을 머금은 그가 천천히 인선의 앞으로 다가왔다. 그가 왜 이곳에 있는지, 물을 기운조차 나지 않아 그저 멍하니 그를 바라보았다.

"타요. 집에 데려다줄게요."

그의 말에도 인선은 미동조차 하지 않았다.

"집에 가는 거 아니에요? 타라니까요."

"죄송해요, 대표님. 저 지금 조금 혼자 있고 싶어요. 먼저 가 보겠습니다."

살며시 고개를 숙이며 가던 길로 걸음을 옮겨 멀어지는 인선을 그저 말없이 바라보았다. 큰 도로에 도착한 인선이 마침 도착한 버스에 빠르게 올라탔다. 아무 생각도 담고 싶지 않아서 눈을 꼭 감고 흔들리는 버스의 감각에만 몸을 맡겼다. 한참의 시간이 지났다. 천천히 눈을 떴을 때 이미 내려야 할 정류장을 많이 지나친 상태였다. 무감한 표정으로 버스에서 내려 다시 도로를 걷기 시작했다.

빵빵.

옆에서 들리는 클랙슨 소리에 살짝 고개를 돌렸던 인선이 다시 정면을 바라보며 걷기 시작했다.

빵빵.

다시 울리는 소리에 인선이 고개를 완벽하게 돌렸다. 인선의 눈이 살며시 커졌다. 창문을 연 채로 천천히 자신의 속도에 맞추어 운전을 하고 있는 선호의 모습이 보였다. 인선의 걸음이 우뚝 멈추자 선호도 차를 멈추었다.

"여기서 뭐 하세요?"

차로 다가온 인선이 묻자 선호가 빙긋 웃었다.

"지나가다 보니 유인선 씨가 보여서요."

말도 안 되는 소리. 여기가 어디인 줄 알고.

"저 따라서 오셨어요?"

선호가 어깨를 으쓱 올렸다가 내렸다.

"아직도 탈 생각 없어요?"

"네. 빨리 가세요."

"저 진짜 가요?"

"네. 진짜 가세요. 저는 이만 갈게요."

인사를 마친 인선이 다시 도로를 걷기 시작했다. 하지만 여전히 자신의 속도에 맞춰서 따라오는 선호. 저러다가 가겠지. 아무런 대화도 하고 싶지 않은 심정에 그저 무시하고 걸었다.

톡톡톡. 차가운 감촉이 이마를 두드렸다. 바닥에 조금씩 또렷하게 번지는 빗방울들. 인선이 작은 한숨을 내쉬며 여전히 옆에서 따라오고 있는 선호를 바라보았다. 몸을 돌려 선호를 향해 걸어갔다.

"대표님. 비 오잖아요."

"네. 알아요."

"비 오는 날 운전 못 하신다면서요."

"그렇게 걱정되면 빨리 타요. 더 많이 내리기 전에 가게. 와, 저거 먹구름인가?"

보이지도 않는 먹구름 타령을 시작한 선호의 모습에 기가 차서 헛웃음이 나왔다.

"빨리 가세요. 비 더 많이 오기 전에!"

단호한 음성에도 선호는 그저 자신을 바라보며 부드럽게 웃었다. 점점 이마를 두드리는 빗방울이 많아지기 시작했다. 투둑투둑. 창문을 때리는 빗방울 소리에 인선이 미간을 가득 찌푸렸다.

"그렇게 걱정되면 빨리 타요."

빗소리와 뒤엉킨 부드러운 목소리에 인선이 길게 숨을 내쉬었다. 어느새 차에서 내린 선호가 보조석 문을 열고 작게 고갯짓했다.

"진짜……."

오늘따라 왜 이러는 거야. 입술을 꾹 눌러 물은 인선이 차에 올라탔다. 가벼운 손짓으로 문을 닫아 준 선호가 빙긋 웃으며 운전석으로 돌아왔다. 시동을 거는 선호를 흘긋 바라보았다.

"운전하실 수 있어요?"

걱정이 가득한 목소리에 선호가 고개를 갸웃거렸다.

"그러게요."

"네?"

"오늘은 한번 해 보려고요."

"아니. 왜 하필 그 운전을 저를 태우고 하세요?"

아무리 오늘 우울했어도 죽기는 싫어. 정색하는 인선의 표정에도 선호는 그저 미소만 지었다.

"할 수 있을 거 같아서요."

"……."

"유인선 씨가 있으니 할 수 있을 거 같네요."

"그게 무슨 소리예요?"

"그러게요."

논쟁을 펼칠 기운이 없어서 결국 인선이 먼저 입을 다물었다. 천천히 출발한 차가 거침없이 도로를 달렸다. 창문을 두드리는 빗소리와 엔진 소리만이 들리는 공간. 두 사람 모두 약속이라도 한 듯 아무 말도 하지 않았다. 어느새 차가 인선의 집 앞에 도착했다. 그가 시동을 끄고 나서야 도착한 것을 깨달은 인선이 빠르게 안전띠를 풀고 선호를 바라보았다.

"감사합니다. 들어가 볼게요."

문을 열기 위해 뻗어 나가던 인선의 손이 공중에 멈추었다. 자신의 팔목 위로 느껴지는 선호의 온기에 천천히 고개를 돌렸다. 약하지도 강하지도 않은 힘으로 자신의 손목을 꼭 잡고 자신을 지그시 바라보는 선호의 모습. 갑작스러운 행동에 잠시 당황하기도 했지만, 무슨 할 말이 있나 싶어 반쯤 돌렸던 몸을 선호를 향해 돌렸다.

"대표님. 뭐 하실 말씀 있으세요?"

물어오는 인선을 그저 가만히 바라보았다. 맞닿은 선호의 까만 눈동자를 그저 말없이 바라보던 인선이 다시 말을 이었다.

"하실 말씀 없으면 저는……."

"괜찮습니까?"

오늘도 표정이 좋지 않은가 보다. 그럴 만하다는 생각에 인선이 천천히 입술을 밀어 올렸다.

"왜요? 오늘도 표정이 별로 안 좋아 보여요?"

"……."

"피곤해서 그래요. 걱정해 주셔서 감사합니다."

"그런 게 아니라……."

잠시 시선을 내리며 머뭇거리던 선호가 결심한 듯 인선과 눈을 마주쳤다.

"미안해요."

"뭐가요?"

"사실 나 오늘 일, 다 알고 있습니다."

그의 말에 꾹 다물어져 있던 인선의 입술이 살며시 벌어졌다.

"미안해요. 사실 보려고 그랬던 건 아닌데."

"경찰서에 오셨던 거예요?"

그가 말없이 고개를 끄덕였다. 대체 왜. 물으려던 인선의 말을 선호가 가로막았다.

"너무 급하게 가길래 걱정돼서 따라갔어요. 일부러 보려고 했던 건 아니고."

당황스러워 잠시 아무 말 잇지 못하던 인선이 작은 한숨을 내쉬었다. 그래서 그렇게 따라왔던 거구나. 이해가 되지 않았던 그의 행동이 이제는 이해가 되었다.

"괜찮아요. 모르셨으면 더 좋았겠지만. 그리고 저 괜찮아요."

애써 웃음을 지어 보이는 그녀의 모습에 가슴이 시렸다. 당장에라도 그녀를 부드럽게 끌어안고 괜찮다고 이야기해 주고 싶은 마음이 깊은 곳에서 밀려 올라왔다.

"말해도 괜찮아요."

나지막하게 퍼지는 그의 목소리에 흐릿한 미소가 걸렸던 인선의 입술이 제자리로 돌아왔다. 다른 사람은 아니더라도.

"힘들면 힘들다고, 슬프면 슬프다고, 아프면 아프다고 말해도 괜찮다고요."

내 앞에서는 그렇게 해도 돼요.

"그렇게 꾹꾹 참지 않아도 괜찮아요."

그렇게 해서 당신이 아픈 걸 보면.

"유인선 씨도 사람이잖아요."

내가 더 아플 거 같아.

토닥토닥. 여전히 창문을 두드리는 빗소리와 함께 선호의 목소리가 깊게 파고들었다. 어쩌면 그냥 위로하듯 던진 말일지 모르지만, 그 한마디 한마디에 창문을 두드리는 빗방울처럼 아픈 가슴이 톡톡 두드려졌다. 눌렀던 감정이 삐죽 밀려와 눈시울이 뜨거워졌다. 혹여나 들킬까 봐 애써 시선을 옮기며 눈꺼풀을 천천히 움직였다. 그저 삼키고 잔잔하게 흘러갔으면 좋겠다고 생각했다. 지금껏 아무렇지 않게 삼켰던 눈물처럼, 이런 일로 눈물을 보이고 싶지 않았다. 아무 말 없이 다른 곳을 바라보는 인선을 가만히 바라보던 선호가 한숨을 내쉬었다.

"안 되겠다."

갑작스러운 말과 함께 선호가 차에서 내렸다. 빗물이 번지는 앞 유리창으로 보조석으로 다가오는 그의 모습이 보였다. 빠르게 열리는 보조석 문틈 사이로 차가운 빗물이 쏟아져 들어왔다.

"어! 대표님. 왜……"

"내려요."

"네?"

"내리라고요."

손목을 끌어당기는 선호의 행동에 딸려 가듯 인선이 차에서 내렸다. 한 걸음도 채 남지 않은 거리에서 자신을 내려다보는 그를 가만히 올려다보았다. 두 사람 사이를 채우는 빗방울 사이로 여전히 부드러운 눈빛으로 자신을 바라보는 선호가 보였다. 그녀의 볼을 따라 흐르는 빗방울을 가만히 바라보던 선호가 조심스럽게 손끝을 뻗었다. 멈칫거리는 인선의 시선에도 빗물을 지우듯 선호의 손이 인선의 볼 위를 쓸고 지나갔다.

"어렸을 때 한동안 감당하기 힘든 일이 있었을 때, 남자라서 울면 안 된다고 생각했어요. 그래서 꾹꾹 참고 누르기만 했죠. 누구 앞에서도 울어 본 적 없었고, 또 울어도 바뀌는 게 없다고 생각했어요."

"……."

"괜찮다고, 괜찮다고. 그저 시간이 지나면 괜찮을 거라고. 어린 나이에 그렇게 자신을 다독이면서 참았죠. 그러다 곪아터지는 것도 모르고 바보같이."

"……."

"정말로 힘든 날이 있었어요. 참기 힘들어 눈물이 왈칵 쏟아질 것 같은 날. 마침 비가 엄청나게 쏟아지는 날이었어요. 조금도 망설이지 않고 거리로 뛰쳐나갔어요. 그리고 처음으로 그 누구의 시선도 신경 쓰지 않고 마음껏 울었어요. 속이 시원할 때까지."

그날을 떠올리듯 잔잔한 미소가 그의 입가에 걸렸다.

"오늘도 마침 비가 오네요."

그가 천천히 고개를 들어 하늘을 바라보았다.

"누구나 들키고 싶지 않고 숨기고 싶은 감정은 있어요."

"……."

"하지만 유인선 씨는 나처럼 그러지 말았으면 좋겠어요."

"……."

"그러니 울어도 괜찮아요."

따듯하게 번지는 목소리에 참았던 감정이 툭 터져 버렸다. 순식간에 눈동자에 가득 고인 눈물이 빗물에 얼룩져 볼을 타고 흘러내렸다.

"대체 왜……."

어쩌면 누군가에게 한 번쯤 듣고 싶었던 이야기였는데. 그게 왜 당신인 걸까. 힘주어 올리고 있던 눈꺼풀이 천천히 아래로 떨어졌다. 빗물보다 많은 눈물이 인선의 볼을 타고 흘러내렸다. 괜찮다는 듯 조심스럽게 볼을 스치고 지나가는 그의 손끝을 타고 온기가 번져 왔다.

"흐흑……."

애써 짓눌러 문 입술 사이로 차마 삼키지 못한 소리가 흘러나왔다. 흐르는 눈물을 따라 시선을 옮기던 선호가 그녀가 눈치채지 못하게 깊은 한숨을 내쉬었다. 그저 바라보는 것밖에 할 수 없는 자신이 너무나도 작게 느껴져 가슴 한구석이 멍이 든 것처럼 아려 왔다.

빗물이 얼룩진 작은 어깨가 파르르 떨렸다. 밀려오는 안타까움에 조심스럽게 손을 뻗었다. 따뜻한 손길이 조심스럽게 여린 어깨를 감싸 안았다. 그의 품 안에 얼굴을 묻은 인선이 감았던 눈을 천천히 밀어 올렸다.

"잘했어요."

부드럽게 등을 두드리는 손길에 인선이 다시 눈을 감았다.

"이제는 괜찮아질 거예요."

달래듯 번지는 목소리. 멈추었던 작은 떨림이 조금씩 커지고, 작았던 흐느낌도 조금씩 커졌다. 모든 것을 쏟아 버릴 것처럼 그녀가 품 안에서 눈물을 흘렸다. 그녀가 더는 아프지 않았으면 좋겠지만, 지켜보는 마음이 아픈 것은 어쩔 수가 없었다. 자신의 마음이 고스란히 그녀에게 전해졌으면 좋겠다는 생각이 들었다. 내가 옆에 있어 줄 테니 이제 울지 말라고. 아파하지 말고 행복하게 웃으라고. 차마 전하지 못한 말을 삼키며 품 안에 그녀를 조금 더 강하게 끌어안았다.

Chapter 03

　살며시 열린 창문 틈으로 축축하게 젖은 향기가 밀려들어 왔
다. 어스름히 새어 들어오는 새벽빛에 인선이 천천히 눈을 떴다.
멍하니 천장을 바라보던 인선이 이불 속에 얼굴을 묻었다. 크나
큰 충격을 안겨 준 우진의 얼굴이 아닌 선호의 얼굴이 먼저 떠올
랐다. 연이어 어젯밤 선호의 품에서 목 놓아 울었던 장면이 고스
란히 떠오르자 깊은 곳에서 밀려 올라온 한숨이 입술 사이로 터
져 나왔다.
　'아무 생각 하지 말고 푹 자요.'
　마지막에 그가 던지고 간 따스한 한마디. 그의 말대로 푹 자기는
했지만, 이 아침이 이렇게 괴로울 줄은 꿈에도 생각하지 못했다.
도대체 얼굴을 어떻게 봐야 할까.

"그러니까 대체 왜……."

그냥 가지 따라와서는.

아무래도 회사를 그만둬야겠다는 생각이 들었다. 자기 연애로 이렇게 힘들어하는 사람을 어떻게 믿고 누구를 소개받는다는 말인가. 아마 그도 같은 생각이 아닐까 하는 생각이 들었다.

침대에서 일어나 거울 앞을 향했다. 역시나 예상대로 퉁퉁 부어버린 눈. 최근에 그렇게 상태가 좋지는 않았지만, 유난히 안 좋은 자신의 얼굴 상태에 또다시 한숨이 흘러나왔다.

조심스러운 걸음으로 사무실을 향했다. 정적이 흐르는 조용한 사무실. 누군가의 흔적도 느껴지지 않는 공기. 안도의 한숨을 내쉬며 웅크렸던 어깨를 살며시 폈다.

"하아. 아직 아무도 안 온 건가?"

"아니요."

"아악!"

뒤에서 들리는 목소리에 화들짝 놀란 인선의 어깨가 크게 들썩거렸다. 커다랗게 뜬 눈으로 자신을 바라보는 인선을 향했던 선호의 시선이 사무실 문을 향했다.

"왔습니까?"

"네. 오셨어요? 안녕하세요."

아무렇지 않은 듯 인사를 건넨 선호가 사무실을 향해 걸음을 옮겼다. 놀란 가슴을 손으로 살며시 문질렀다.

"아니 왔으면 인기척이라도 하지. 왜……."

"유인선 씨?"

완전히 닫힌 줄 알았던 문이 다시 활짝 열렸다.

"네! 네!"

갑작스럽게 다시 나타난 선호의 모습에 놀란 인선이 너무 큰 목소리로 대답했다.

"왜 놀랍니까?"

"아니. 갑자기 다시 나오셔서."

이상한 시선이 인선의 위로 닿았다.

"박 비서 오면 사무실로 들어오라고 말해 주세요."

"네. 알겠습니다."

완벽히 문이 닫히는 것을 확인한 인선이 그제야 자신의 자리로 걸음을 옮겼다. 자신과 다르게 아무렇지 않은 표정과 말투. 아마도 자신이 민망해할까 봐 일부러 아무것도 묻지 않고 아무렇지 않은 척하는 게 아닐까 생각이 들었다.

"그래. 나라도 그럴 거야."

토닥토닥. 등을 부드럽게 두드리던 그의 손길이 떠올랐다. 따스했던 품도, 두드리던 손길도, 나지막하게 울리던 목소리도. 위로 받지 않았다면 거짓말일 것이다.

"고맙네."

꼭 닫힌 사무실 문을 넌지시 바라보았다. 지금은 어색함에 직접 용기를 내 전하지는 못하지만, 언젠가는 고맙다고 전해야겠다는 마음을 먹었다.

출근 후 선호의 사무실에 들어갔다가 나온 진호가 빙긋 웃으며 인선에게 다가왔다.

"제가 오늘 다른 임원들 모시고 회의에 가야 할 거 같아요."

"아. 그러세요?"

그가 자리를 비우는 일이 적지 않았기에 오늘도 혼자 사무실을 지키겠구나 하는 생각을 하며 고개를 끄덕였다.

"오늘 대표님 외부에 회의 있는데. 유 비서님이 좀 같이 나가 주세요."

"제가요?"

"네. 다음 주에 영국 출장 가시잖아요. 출장이랑 관련된 회의이니 같이 가시면 좋을 거예요."

"회의에 저도 들어가나요?"

"네."

당연하다는 듯 진호가 고개를 끄덕였다. 그런 건 처음 알았네. 당황한 인선의 표정을 읽은 진호가 빙긋 웃었다.

"그냥 들어가서 비서 자리 있어요. 거기 앉아 계시면 돼요. 어려운 거 없어요."

"아. 네."

"음. 회의가 2시니까 대표님이랑 같이 식사하고 바로 가시면 되겠네요."

"아……."

무언가 떠오른 듯한 인선의 표정에 진호가 물어 왔다.

"왜요?"

"아무것도 아니에요. 혹시 제가 챙겨야 할 건 없나요?"

"대표님께 다 넘겨 드렸어요. 다 챙겨 가실 거예요. 유 비서님은 그냥 마음 편히 가셔서 분위기만 조금 살펴보고 오세요."

"네. 그렇게 할게요. 박 비서님도 조심해서 다녀오세요."

진호가 사무실을 나갔다.

"핸드폰 바꾸러 가려고 했는데. 못 가겠네."

어제 재준에게 문자를 보낸 이후로 핸드폰을 한 번도 켜지 않았다. 물론 더는 자신을 몸서리치게 만들었던 문자는 오지 않겠지만, 그와 연관된 모든 것을 끊어 버리고 싶은 생각에 오랫동안 사용했던 번호를 바꾸기로 마음먹었다.

"내일 바꾸면 되지."

하루쯤 불편하겠지만, 마음이 편한 게 우선이니까. 사실 급하게 올 연락도 없었다.

* * *

11시. 점심시간을 한 시간 남긴 시간이었다. 여전히 꼭 닫혀 있는 문을 흘깃 바라보았다.

"밥을 회사에서 먹고 가려나? 12시쯤 가겠지?"

남은 시간 동안 어제 급하게 퇴근하느라 정리하지 못한 파일을 정리하면 되겠다는 생각으로 모니터를 집중해서 바라보았다.

10분쯤 지났을 무렵. 문이 열리는 소리에 인선이 고개를 돌렸다. 재킷과 가방을 손에 들고 나오는 선호의 모습에 인선이 자리에서 일어났다.

"벌써 나가시게요?"

"네. 잠깐 들를 곳도 있고, 점심도 먹어야 하니."

손목시계를 확인한 그가 천천히 다가와 인선의 앞에 마주 섰다. 점심을 따로 먹는 건가. 멍하니 그를 바라보고 있는 인선의 모습에 그가 다시 입술을 움직였다.

"뭐 해요? 준비 안 하고?"

"아. 저도 지금 같이 나가나요?"

"네."

당연하듯 답하며 걸음을 옮기는 그의 모습에 재빨리 가방을 챙겨 그의 뒤를 따라갔다. 1층에 도착한 선호가 차를 타지 않고 도로로 걸음을 옮겼다.

'걸어가는 건가.'

물어봐도 될 거 같긴 한데 괜히 말을 걸기가 어색해 묵묵히 그를 따라 걸음을 옮겼다. 그가 걸음을 멈추고 조금 멀리 떨어진 거리에서 걸어오고 있는 인선을 바라보았다. 그의 시선에 조금 속도를 내어 걸어온 인선이 살며시 고개를 돌렸다. 핸드폰 매장.

"들어가죠."

마침 자신도 들러야 했던 곳이라, 잘됐다 싶은 마음으로 매장을 향했다. 점원의 앞에 서 있는 그를 넌지시 바라보고는 어떤 거로 사야 하나 진열된 핸드폰을 구경하기 시작했다.

"누가 쓰시는 거죠?"

점원의 목소리가 들려왔다.

"저기 서 계신 여자분이요."

그리고 그의 목소리도. 친절한 미소를 장착한 점원이 인선에게 다가왔다.

"평소에 어떤 기종 쓰셨어요?"

"네?"

당황한 인선이 점원의 뒤에서 자신을 바라보는 선호를 바라보앉다.

"제 핸드폰이요? 지금 저 바꾸라는 말씀이세요?"

물어오는 인선을 향해 선호가 고개를 끄덕였다. 고개를 돌린 선호가 진열된 핸드폰을 가만히 살피더니 하나를 손끝으로 가리켰다.

"저 브랜드를 제외하고 다른 브랜드 중에 최신 핸드폰으로 보여 주세요."

그의 손끝이 인선이 쓰고 있던 것과 같은 기종의 핸드폰을 가리키고 있었다. 살며시 인선의 눈이 커졌다. 꺼져 있는 핸드폰을 바라만 봐도 기분이 가라앉아서 전혀 다른 기종으로 사야겠다는 생각을 하고 있었던 터라 그의 행동과 말에 놀라지 않을 수가 없었다. 인선이 천천히 선호를 향해 다가갔다.

"대표님. 저 때문에 여기 오신 거예요?"

"핸드폰 꼴도 보기 싫지 않아요?"

선호의 말에 인선이 가볍게 웃었다.

"네. 맞아요. 안 그래도 오늘 바꾸려고 했어요."

"그래요? 그러면 내가 계산 안 해도 되겠네요. 마침 바꾸려고 했다니까."

"계산도 해 주시려고 그랬어요?"

"계산해 주고 월급에서 까려고 했죠."

그의 말에 인선이 다시 웃었다.

"빨리 골라요."

부드럽게 미소 지으며 이야기하는 그의 모습에 천천히 고개를 끄덕였다.

새로운 핸드폰을 구매하고 번호까지 바꿨다. 이제 다시는 그 핸드폰을 보지 않아도 된다는 사실만으로 마음이 안정되는 기분이었다. 별거 아닌 아주 작은 변화였지만 모든 것을 새롭게 시작한다는 의미로 생각하기로 했다. 선호와 함께 다시 회사 앞에 도착했다.

"잠깐만 여기서 기다려요. 차 가지고 올게요."

"네."

회사 안으로 향하는 그의 뒷모습을 가만히 바라보았다.

'핸드폰 꼴도 보기 싫지 않아요?'

차마 그가 그런 부분까지 신경 쓰고 있을 거라는 예상은 조금도 하지 못했다. 놀라움과 함께 고마움이 밀려왔다. 꼭 고맙다고 이야기해야지. 다시 한번 마음을 먹었다.

"회의 장소 옆에 식당으로 가려는데 괜찮죠?"

"네."

"뭐 먹고 싶은 거 있어요?"

"아니요. 아무거나 다 괜찮아요."

"네."

도로를 달리던 그의 차가 한 김치찌개 집 앞에 섰다.

"김치찌개 괜찮죠?"

"네. 괜찮아요."

"여기 맛집이에요. 먹을 만할 거예요."

"네."

식탁에 마주 앉자 빠르게 음식이 나왔다.

"드세요."

"네. 대표님도 맛있게 드세요."

칼칼한 국물을 한 수저 입안으로 넣은 인선이 만족스러운 미소를 지었다.

"맛있네요."

"다행이네요."

"사람들이 많은 이유를 알겠네요."

맛집이라는 그의 말에 걸맞게 식당 안에 빼곡하게 들어차 있는 사람들을 한 번 둘러본 인선이 다시 밥을 먹기 시작했다. 열심히 숟가락을 움직이던 인선이 살며시 고개를 들었다. 밥은 먹지 않고 자신을 바라보는 선호와 똑바로 눈이 마주쳤다. 잠시 움직이던 숟가락을 멈추고 천천히 고개를 들었다.

"왜⋯⋯. 안 드세요?"

"생각보다 잘 먹네요?"

"네?"

"입맛도 없을까 봐 걱정했는데."

"아⋯⋯."

그의 말이 무슨 뜻인지 이해한 인선이 옅은 미소를 지었다.

"생각 안 하려고요."

"⋯⋯."

"물론 그게 제 마음대로 되지는 않겠지만, 더는 쓸데없는 생각으로 아까운 시간 낭비하고 싶지 않아요."

그녀의 말에 선호가 빙긋 웃었다.

"그동안의 일은 어제 이후로 더는 생각하고 싶지 않아요."

모든 것을 떨어내겠다는 마음으로 창피함을 무릅쓰고 펑펑 울었으니 꼭 그렇게 하리라고 다짐했다.

"잘 생각했어요."

기특하다는 듯 이야기하는 선호를 바라보던 인선이 천천히 숟가락을 내려놓았다.

"대표님."

"네. 말씀하세요."

"김치찌개 집에서 이런 이야기 하기는 조금 그렇지만."

조심스럽게 말을 꺼내는 인선의 모습에 선호가 살며시 고개를 기울였다.

"무슨 이야기요?"

"어제. 감사했어요. 그리고 오늘도요."

"아…… 난 또 뭐라고."

"제가 아니라 다른 사람이라도 그렇게 하셨겠지만, 덕분에 많이 위로받고 마음이 많이 편해졌어요."

"……."

쑥스러운 듯 고마움을 전하는 인선의 얼굴 위로 고요한 선호의 눈동자가 닿았다.

"괜히 저 때문에 대표님까지 어제 비도 맞고 그래서 죄송하다는 말이랑, 민망하고 쑥스럽지만 감사하다고도 꼭 말씀드려야겠다고 생각했어요. 정말 감사했어요."

얼굴을 살며시 붉힌 인선이 차분하게 담고 있던 마음을 전했다. 가만히 인선을 바라보고 있던 선호가 천천히 입술을 밀어 올렸다.

"다행이네요. 제가 도움이 됐다니."

"그럼요. 많이 도움이 됐어요."

"그런데……. 하나 잘못 알고 있는 사실이 있어서 그건 고쳐야 겠네요."

부드럽게 휘어져 있던 인선의 눈매가 살며시 크기를 키웠다.

"다른 사람이라면 안 그랬을 거예요."

"……."

"유인선 씨라 그랬던 거예요."

"네?"

"그거 하나는 확실하게 알았으면 좋겠어요."

순간 인선의 얼굴 가득 열기가 밀려왔다. 차마 뭐라고 답해야 할지 몰라 어색한 눈동자로 그를 바라보았다. 그의 입술이 빙긋 밀려 올라갔다.

"얼굴 빨개졌어요."

"네?"

"여기 김치찌개가 맵긴 매운가 봐요."

"아……."

"빨리 먹어요. 식겠어요."

시선을 내린 선호가 밥을 먹기 시작했다.

* * *

식당을 나와 회의 장소로 향하는 차 안에서 두 사람은 사이에 한참 동안 침묵이 이어졌다. 흘깃 바라본 시선 안에 평소와 다르지 않은 표정을 머금은 선호가 보였다. 그를 만난 이후로 가끔 그가 던지는 말 중에 의미를 제대로 파악하지 못해서 의아해했던 적이 많았다. 이번에도 그런 건가.

'유인선 씨라 그랬던 거예요.'

억지로 의미를 돌려서 해석하지 않으면 직설적으로 와 닿는 말이었다. 무언가 당신이 특별하다는 의미.

'괜히 내가 오버하는 거겠지.'

용기를 내 고마움까지 전한 마당에 괜한 착각으로 그를 어색하게 대하고 싶지 않았다.

"회의는 보통 몇 분 정도 하나요?"

괜한 침묵이 어색하게 느껴져 아무렇지 않은 목소리로 인선이 물었다.

"몇 분이요? 몇 시간 아니고요?"

"아. 몇 시간이나 하나요?"

"네. 제가 맨날 회의 갔다가 몇 시간 후에 돌아오는 거 아시잖아요."

"아. 그러네요."

그러면 계속 그 시간 동안 그 안에 갇혀 있어야 하는 건가.

"출장이랑 연관된 회의이기는 하지만 유인선 씨가 몰라도 상관없는 내용이 많을 거예요. 괜히 지루한데 들어와 있지 말고 밖에서 편하게 기다려요."

"아니에요. 박 비서님이 같이 들어가야 한다고 하셨어요."

"지금 누구 말을 듣는 거예요?"

선호가 피식 웃으며 인선을 바라보았다.

"그냥 같이 들어갈게요. 분위기가 어떤지 저도 보고 싶어요."

"그럼 그렇게 해요. 중간에 혹시 힘들면 나갔다가 와도 괜찮아요."

"네. 알겠습니다."

　회의 장소에 도착한 선호가 손끝으로 비서들이 앉는 자리를 가
리켰다.

"저기예요."

　작게 속삭이는 소리에 고개를 끄덕이며 자신의 자리에 앉았다.
조금 시간이 지나자 회의에 참석한 여러 회사의 임원들과 직원들
이 하나둘 빈자리를 채워 가기 시작했다.

　정시에 시작된 회의. 선호의 말대로 반도 아닌 90프로는 거의
자신이 알아듣지 못하는 내용이었다. 혹시나 자신이 알아야 하
는 내용이 있을까 정신을 집중하던 인선이 금세 포기를 선언했다.

　프레젠테이션을 진행하느라 반쯤 불을 꺼 놓은 회의실은 제법
어두웠다. 멍하니 화면을 바라보던 인선이 천천히 선호를 향해 시
선을 옮겼다. 앞에 놓인 문서와 화면을 번갈아 바라보며 진지한
표정으로 몰두하는 그의 모습. 지금껏 사무실을 제외하고는 그가
일하는 모습을 제대로 본 적이 없었기에 사뭇 낯설게 느껴졌다.
살짝 찌푸려진 미간 아래 집중한 듯 또렷한 빛을 머금은 눈동자.
무뚝뚝하게 머금은 표정이 꽤 건조해 보이기까지 하다.

　'이제는 괜찮아질 거예요.'

　같은 사람이 맞는 걸까. 어깨 위로 차갑게 떨어지는 빗방울처럼
차갑게 식어 버린 마음이었다. 빗물에 번져 희미하게 보이던 그
의 눈빛과 조용하게 속삭이는 그의 목소리에 온기가 스미듯 가
슴이 뭉클거렸다. 이제는 정말로 괜찮아질 것처럼. 가슴을 통해

전해지는 규칙적인 그의 심장 소리가 마치 자신을 다독이는 것만 같았다.

여전히 같은 표정으로 화면을 주시하는 그를 바라보았다. 정의 내릴 수 없는 이상한 감정이 몰려와 살며시 고개를 숙였다. 무릎에 놓인 문서를 멍하니 바라보았다. 같은 자세로 꽤 오랜 시간을 앉아 있었더니 온몸이 쑤시는 기분이다.

'다들 어쩌면 저렇게 같은 자세로 잘 앉아 있어. 그런데 쉬는 시간도 없나?'

티 나지 않게 툭툭 어깨를 두드리고 허리를 곧게 펴 찌뿌둥해진 몸을 바로잡았다. 가방 속에서 작은 진동이 느껴졌다. 당연히 이상한 문자가 아닐 거라는 것을 알지만 작게 심장이 덜컹거렸다. 괜히 예민해지지 말자. 다시 한번 다짐한 인선이 핸드폰을 꺼냈다.

[차에 서류 하나를 놓고 왔네요. 뒷좌석에 있어요. 가져다주세요.]

선호의 문자였다. 차에서 문서를 챙겨 온 인선이 회의실에 다시 들어가기 위해 회의실 문으로 다가갔다.

"죄송합니다. 지금부터 임원진들 토론 시간이라 입장이 불가합니다."

"네?"

당황한 인선에 품 안에 서류를 바라보았다.

"저 죄송한데 이거 대표님께 전해 드려야 하는데……."

서류를 전달하기만 해 달라고 부탁하려는 순간 문자가 도착했다.

[날도 좋은데 산책도 좀 하고 밖에서 편히 쉬고 있어요. 회의 끝

나면 전화할게요.]

"응? 그러면 서류는?"

[서류는 찾아보니 여기 있네요.]

마치 보고 있는 사람처럼 곧바로 문자가 왔다.

"서류 전해 드릴까요?"

물어오는 직원에게 괜찮다는 말을 하며 몸을 돌렸다.

"어디 가서 기다리지."

두리번거리던 인선이 1층 로비에 있는 카페를 발견했다. 천천히 카페를 향해 걸음을 옮기던 인선의 고개가 자연스럽게 돌아갔다. 천장이 무척이나 높은 건물. 커다란 통유리로 쏟아진 햇살이 대리석 바닥에 보석처럼 반짝였다. 바라만 봐도 좋은 기분이 번졌다. 시원한 커피 한 잔을 손에 들고 가벼운 걸음을 옮겼다.

"와, 진짜 날씨 좋네."

문이 열리자 밤새 내린 비로 습했던 기운이 완벽하게 사라진 청량한 바람이 불어왔다.

"언제쯤 끝나는 거지?"

도통 감조차 잡히지 않아 아무래도 근처에 머물러야겠다는 생각으로 걸음을 옮겼다. 조금만 걸어가니 작은 공원이 보였다.

"이런 곳이 있었구나."

아기자기하게 잘 꾸며진 공원. 평일 낮이라 제법 한산한 공간. 여유를 느끼기에 딱 적합한 장소라는 판단에 적당히 햇살과 그늘이 어우러진 벤치에 자리를 잡았다.

늘 차만 타고 지나다니다 보니 스치듯 지나는 장소가 많았다. 딱히 장소만이 그런 것은 아니었다. 코끝에 스치는 봄과 여름이 어우러진 향기가 낯설게 느껴질 정도로 여유 없이 살았다. 앞으로도 완벽히 다른 삶을 살 수 있을 거라고 확신은 할 수 없었지만, 조금은 행복하게 살고 싶다.

"나쁜 자식. 고맙다."

완벽히 바닥까지 떨어졌을 거로 생각했던 자존감이 이우진 그 자식 덕에 오히려 살아나는 것 같았다.

"너 같은 여자 만나서 평생 고생하고 살아라."

더는 그 남자를 머릿속에 담고 싶지 않아 다른 곳으로 시선을 돌렸다. 여유롭게 공원을 조깅하는 사람, 초록빛이 짙어진 잔디밭 위에 돗자리를 깔고 누워 있는 엄마와 아이.

"좋네."

크게 숨을 들이마시고 편하게 벤치에 등을 기대었다. 눈을 감았다. 얼굴 위로 떨어지는 햇살이 제법 따뜻해 미소가 지어졌다.

* * *

"대체 전화는 왜 안 받는 거야?"

회의실에서 나온 선호가 다시 인선에게 전화를 걸었다. 역시나 받지 않았다. 혹시 차에 있지 않을까 가 보았지만, 그녀의 모습은 보이지 않았다. 회의장이 있는 건물에서 나와 근처를 살펴보아도 보이지 않는 그녀. 특별한 이유도 없이 그녀가 눈에 보이지 않자 마음이 초조해졌다. 잘 차려입은 블랙 정장 위로 제법 뜨거워진 오후 햇살이 쏟아져 내렸다. 조금 더 밖으로 걸음을 옮겼다.

작은 건널목 너머로 보이는 공원. 무작정 공원을 향했다. 공원에 들어선 선호의 걸음이 얼마 가지 않아 자리에 멈추었다. 나무 아래 작은 벤치. 신발을 벗고 양반 다리까지 하고 앉아서 눈을 감고 있는 그녀가 보였다. 제법 안정되고 편안해 보이는 자세.

"참나……."

누구는 이렇게 차려입고 찾으러 다니느라 땀을 뒤집어썼는데. 답답하게 목을 조이고 있는 넥타이를 당기며 천천히 그녀에게 향했다. 누가 오는지조차 인식하지 못하고 그저 눈을 감고 있는 그녀. 불어온 바람에 그녀의 이마 위로 흘러내린 머리카락이 살랑거린다. 꼭 감은 눈 아래로 살며시 밀려올라 간 작은 입술. 기분 좋은 상상을 하듯 편안해 보이는 그녀의 모습에 선호가 걸음을 멈추었다.

1m도 채 되지 않는 거리. 그녀를 가득 담은 그의 눈동자 위로 미소처럼 따스한 햇살이 번졌다. 숨소리마저 그녀의 평화로운 시간을 방해할까 봐 조심스럽게 숨을 내쉬었다. 등 뒤에서 내리는 햇살에 길게 드리워진 그림자가 그녀에게 닿았다. 구름에 잠시 숨었던 햇빛이 그녀의 얼굴로 환하게 떨어졌다. 미세하게 얼굴을 찌푸리는 모습에 작게 웃음이 났다.

햇빛을 등지고 한 걸음 옆으로 걸음을 옮겼다. 그늘이 드리우자 다시 평온해진 그녀의 얼굴. 문득 어젯밤 눈물로 얼룩졌던 그녀의 얼굴이 떠올랐다. 눈물로 얼룩진 채 파르르 떨리던 입술과 작은 어깨의 떨림이 여전히 선명하게 느껴진다. 잔잔한 미소가 머물렀던 선호의 입술이 굳게 다물어졌다.

"언제까지 잘 겁니까?"

갑자기 들리는 목소리에 인선의 눈이 번쩍 뜨였다. 자신의 앞에

서서 똑바로 자신을 바라보고 있는 선호의 모습에 놀라 어깨가 들썩거렸다.

"대표님!"

"편히 쉬라고 했다고 잠까지 자는 겁니까?"

"벌써 끝나셨어요?"

"벌써라고요?"

피식 웃는 선호의 모습에 인선이 재빨리 시간을 확인했다.

"히익."

"정확히 유인선 씨 회의실 나간 이후로 두 시간 지났습니다."

"어머. 언제 시간이……."

흘깃 그녀의 다리 옆에 놓인 핸드폰을 바라보았다. 선호가 다가가 그녀의 옆에 털썩 앉았다.

"전화도 안 받고."

"전화하셨었어요!?"

재빨리 핸드폰을 확인한 인선의 미간이 가득 구겨졌다.

[부재중 다섯 통화.]

"죄송합니다. 몰랐어요."

"만났으니 됐습니다."

크게 숨을 내쉰 선호가 그녀의 옆 벤치 위에 놓인 커피를 바라보았다.

"그것 좀 마십시다."

"네?"

"거기 커피."

"이건 제가 마시던 거라 제가 빨리 가서……."

사다 드릴게요. 차마 뱉기도 전에 그의 손이 불쑥 눈앞을 뻗어
지나갔다. 말릴 새도 없이 빨대 끝에 그의 입술이 닿았다.

"얼음도 다 녹았는데……."

자신의 입술이 닿았던 자리에 고스란히 그의 입술이 겹쳐졌다.
음료를 같은 빨대로 나눠 마실 사이는 아니었기에 민망함이 밀
려왔다.

"아. 이제 조금 살 거 같네."

그의 손에 들려 있는 커피를 흘깃 바라보았다. 털썩 벤치에 등을
기댄 선호가 살며시 고개를 기울였다.

"왜요. 유인선 씨 마시려는 건데 제가 다 마셔서 그렇게 보는 겁
니까?"

"아니요! 설마요……."

나 그렇게 쪼잔하지는 않아요. 어색하게 미소를 짓던 인선이 말
했다.

"지금 오신 거예요?"

"아니요. 조금 됐습니다."

뜨악. 인선이 눈을 크게 떴다.

"오셨으면 깨우……. 아니 말씀을 하시죠."

"안 불편한가?"

선호가 인선이 조금 전까지 취하고 있던 자세를 그대로 흉내를
내며 아리송한 표정을 지었다.

"이러고 어떻게 자지?"

"저 안 잤어요! 잠깐 생각 좀 하느라고."

"거기 침 흘렸는데……."

"네에?"

자신의 입술을 향하는 선호의 손짓에 화들짝 놀란 인선이 손바닥으로 입술을 재빨리 닦았다.

"농담이에요."

"⋯⋯."

안 어울리게 왜 농담을. 한쪽 눈을 살며시 찌푸리는 인선을 바라보며 선호가 피식 웃었다. 선호가 벤치에 편하게 등을 기대며 천천히 하늘을 바라보았다.

"이런 날은 일이고 뭐고 어디 가서 여유롭게 책이나 실컷 보고 낮잠이나 실컷 잤으면 좋겠네요."

좋다. 숨을 크게 내쉬는 선호를 인선이 빤히 바라보았다. 선호가 살며시 인선을 향해 고개를 기울였다. 신기한 듯한 눈빛.

"왜요? 나는 그런 생각 하면 안 돼요?"

피식 웃은 그가 다시 하늘을 바라보았다. 가만 보면 참 남의 생각을 잘 읽는다.

"아니요. 당연한 건데 그냥 뭔가 안 어울려서요."

큭 소리를 내며 선호가 작게 웃었다.

"그럴 만하죠. 직원들도 나한테 일 중독이라고 하더라고요."

"⋯⋯."

"그래서 연애는 언제 하고 결혼은 언제 하냐는 질문, 아마 최근 몇 년간 제일 많이 받은 질문일 겁니다."

"그런 말 들으실 만해요."

저절로 고개가 끄덕여졌다. 얼마 되지 않은 기간이었지만, 정신없는 그의 일정을 보는 것만으로 인선은 숨이 턱 막혔다. 그의 시선이 닿은 곳으로 시선을 옮겼다. 햇살은 눈부시고 흐르는 구름이 티 없이 새하얀 하늘. 그가 말했듯 여유가 느껴지는 풍경이다.

멍하니 하늘을 응시한 채 인선이 천천히 입술을 움직였다.

"물론 어려우시겠지만, 쉬엄쉬엄하세요."

"……."

"하고 싶었던 것들도 하시고. 사람도 만나시고요. 혹시나 놓쳤던 것들이 없었나……."

어쩌면 자신에게 하고 싶은 말. 쫓기듯 달려왔고 변화가 두려웠었다. 우진과의 만남과 이별에도 어쩌면 변화가 두려워 어딘가에 안주하고 싶어 놓지 못했던 자신의 탓도 있었을지 모른다. 그리고 이제야 뒤를 돌아보니, 남아 있는 것은 후회뿐이었다.

"나중에 후회하지 않도록 말이에요."

저처럼요. 뒷말을 삼킨 인선이 옅게 미소 지었다.

고요한 눈빛으로 인선을 바라보던 선호가 살며시 그녀를 향해 몸을 돌렸다. 자신의 행동에 살며시 밀려 올라가는 눈꺼풀 아래 맑은 눈동자가 반짝였다.

"그렇겠죠?"

"네?"

갑작스러운 물음에 인선이 천천히 눈을 깜빡였다.

"유인선 씨 말처럼 한번 해 볼게요."

말 잘 듣는 착한 아이처럼 순수한 어투였다.

"그동안 놓치고 후회했던 시간……. 이제는 그렇게 하지 않으려고요."

다짐한 듯 입술은 굳게 다물렸고, 눈매는 부드럽게 휘었다.

"또 똑같은 후회를 반복하고 싶지 않아요."

부드럽게 휜 눈매 안의 눈빛은 흐트러짐 없었다. 말없이 한참을 바라보던 인선이 작은 소리를 내며 웃었다. 휘어진 선호의 눈매가 동그랗게 변했다.

"왜 웃어요?"

"아니에요."

"내가 뭐 잘못 이야기했어요?"

"아니요. 잘 생각하셨어요."

여전히 이해가 되지 않는다는 선호의 표정에 인선이 천천히 입술을 움직였다.

"그냥. 제가 얘기하고도 웃겨서요."

"……."

"지금 누가 누구한테 말할 처지가 아닌데 말이에요."

작은 한숨과 함께 그녀가 빙긋 웃었다. 한참을 또렷하게 바라보던 그가 털썩 벤치에 등을 기대었다.

"우리 둘 다 잘해 봐요."

가볍게 던진 말에 자신을 향한 인선의 눈동자. 살며시 고개를 돌려 그녀와 눈을 맞추었다.

"시간이 지나고 후회하지 않도록……."

"……."

"우리 둘 다 잘해 봐요."

그의 말에 대답 없이 고개를 끄덕였다. 그녀의 작은 입술이 밀려 올라가는 모습에 스치는 바람이 꽤 기분 좋게 느껴졌다.

"잘 쉬었죠?"

"네."

그녀가 차분하게 다시 고개를 끄덕였다.

"일부러 내보낸 보람이 있네요."

"네?"

커지는 인선의 눈매에 그가 장난스럽게 웃었다.

"지루하기 짝이 없는 얘기 들어서 뭐 해요. 고생은 한 명으로 족하죠."

"일부러 그러셨다고요?"

당연하다는 듯 선호가 고개를 끄덕였다. 잠시 멍해진 인선을 보며 선호가 다시 말을 이었다.

"잘 쉬었으면 됐죠."

"……."

"아까 보니 잠도 잘 자던데."

"안 잤어요! 눈만 감고 있었던 거예요!"

"뭐 어쨌든요. 잘 쉬었으니. 된 거로! 이제 일어나죠. 나 더워요."

그러고 보니 이마에 땀이 송골송골 맺혀 있다. 이 날씨에 제대로 차려입고 앉아 있으려니 얼마나 더울까. 어느샌가 자리에서 일어서 멀어진 선호를 빠르게 뒤따랐다.

차에 도착하자 선호가 빠르게 재킷을 벗어 뒷좌석에 던졌다. 시동을 걸자마자 에어컨을 강하게 트는 선호의 모습에 인선이 괜히 뜨끔거려 흘깃흘깃 그를 바라보았다. 여전히 살짝 붉은 얼굴 위로 마르지 않은 땀이 배어 있었다. 살며시 고개를 돌린 선호와 눈이 마주치자 인선이 재빨리 정면을 바라보았다.

"왜요? 뭐 할 말 있어요?"

"아닙니다. 회사로 가시는 거죠?"

"네. 그래야죠. 출발할게요."

차가 출발하고 잠시 침묵이 흘렀다.

"아! 맞다."

인선의 작은 목소리에 정면으로 얼굴을 고정한 선호의 시선이 흘깃 인선에게 닿았다.

"왜요?"

"대표님. 지난번에 저한테 말씀하셨던 거요."

"뭐였죠?"

"고양이. 원이요."

"아……. 네. 말씀하세요."

"물어보니 지난번에 말씀드린 대로 환경이 바뀌면 좋지 않을 거 같아요. 대표님이 괜찮으시면 저 아는 동생이 대표님 집에 들러서 사료랑 먹이 주고 가끔 돌봐 준다고 했는데. 괜찮으시겠어요?"

인선이 조심스럽게 물었다. 아무리 고양이 때문이라고 하지만, 낯선 사람이 집을 들락날락하는 것이 혹여나 신경 쓰이지 않을까 하는 생각이었다.

"네. 괜찮습니다."

의외로 단번에 오케이를 외치는 선호.

"아. 진짜요?"

혹시나 부탁까지 했는데 싫으면서도 거절을 못 하는 건 아니겠지?

"혹시 집에 누가 오는 게 싫으면 말씀하세요."

"네. 괜찮아요."

"저랑 친한 동생이거든요. 진짜 괜찮은 애예요. 고양이도 엄청 좋아해요. 그러니 전혀 걱정하지 않으셔도 될 거에요. 제가 보장할게요."

"그럼 더 다행이고요."

"네. 진짜 걱정 안 하셔도 될 거에요."

계속해서 걱정하지 말라는 인선의 말에 선호가 피식 웃었다.

"왜요? 내가 나중에 뭐라고 할까 봐 걱정돼요?"

"아니. 낯선 사람이 집에 오는 거 조금 별로일 수도 있잖아요."

"믿을 만한 사람이라면서요."

그거야 저한테 혜미는 그런 사람이죠.

"유인선 씨가 믿을 만한 사람이라면, 믿어야죠."

아무 걱정 없는 표정과 목소리. 인선의 잇새로 작은 웃음소리가 튀어나왔다. 왜 웃느냐는 듯 흘깃 닿은 시선마저 덤덤한 그의 모습에 인선이 다시 입을 열었다.

"제가 그렇게 믿을 만한 사람인가요?"

"무슨 뜻이에요?"

흐음. 작은 숨을 내쉰 인선의 가슴이 작게 들썩였다.

"그냥. 저는 어제 일로 이제 아무도 믿지 말아야겠다고 생각했거든요."

아아. 이해한 듯 선호가 작게 고개를 끄덕였다.

"대표님도 사람 너무 믿지 마세요. 제가 어떤 사람인 줄 알고 그렇게 무턱대고 믿으세요."

"그러게요."

"대답이 뭐 그래요."

싱겁다는 듯 말하며 인선이 콧등을 찡긋거렸다. 여유롭게 미소를 지으며 정면을 바라보던 천천히 입술을 움직였다.

"그래서 고양이 맡기라는 겁니까? 말라는 겁니까?"

아. 그러네요.

믿을 만한 사람이라고 실컷 이야기해 놓고 사람 믿지 말라니. 그가 그렇게 묻는 게 당연했다.

"뭐 따로 방법이 없잖아요?"

"……."

"무슨 일 있으면 유인선 씨한테 모든 책임 물을 테니 그렇게 하죠."

"에?"

"평생 따라다니면서 책임 물을 거니 각오하세요."

장난스럽게 휘어진 눈매가 잠시 닿았다가 사라졌다.

"잘 부탁드린다고 전해 줘요. 필요한 거 있으면 미리 준비해 둘 테니 알려 주시고요."

"네."

대답을 마치고 창문 밖을 바라본 인선이 빠르게 선호를 향해 고개를 돌렸다.

"회사로 가는 거 아니었어요?"

어느덧 자신의 집 근처에 도착해 있는 차.

"오늘은 일찍 들어가서 쉬세요."

"대표님은요?"

"저는 회사로 가야죠. 급한 일 없으니 오늘은 쉬세요."

일찍 들어가서 쉬라는 선호의 말을 굳이 거절하지 않았다. 자신이 선호라도 어제 그런 일을 겪은 직원을 아무렇지 않게 보고 있는 게 여간 불편한 일이 아닐 것 같다는 생각이었다. 그리고 자신도 정리가 필요하다는 판단을 내렸다. 오랫동안 묵혀 놓고 모른 척했던 것들을 깨끗하게 정리할 시간 같았다.

"내일 뵙겠습니다."

인선의 인사에 선호가 한 손을 가볍게 들어 올렸다.

그의 차가 시야에서 사라지고 나서 집을 향해 몸을 돌린 인선이 자리에 멈추었다. 피식 웃음이 났다. 마침 재활용 분리수거 날이다. 무엇이든 잔뜩 내다 버리기 딱 좋은 날. 가볍게 집으로 들어간 인선이 가장 편안한 복장으로 갈아입었다. 길게 늘어진 머리를 한껏 올려 단단하게 묶었다.

"자, 시작해 볼까?"

5층 서랍 제일 아래 칸을 두 팔로 힘주어 당겼다.

"너부터 시작하자."

하나도 빠짐없이 골라내겠다는 다부지면서도 예리한 눈빛이 반짝였다. 손끝에 잡힌 것들은 가차 없이 방 한가운데로 던져졌다. 적지 않으리라고 생각하긴 했지만, 모아 놓으니 제법 높게 쌓인 물건들. 더 버릴 것이 없나 이 방 저 방 다니며 이 잡듯 꼼꼼하게 살폈다.

"하아……."

촉촉하게 젖은 이마를 손으로 살며시 닦아 냈다.

이우진이 처음 선물로 주었던 손목시계. 함께 쇼핑하며 골랐던 원피스. 그가 색이 예쁘다고 칭찬했던 립스틱. 의미가 적든 많든, 담기지 않았든 그와 조금이라도 공존했던 것들이다.

잠시 숨을 돌린 인선이 커다란 쓰레기 봉지에 가차 없이 바닥에 있는 것들을 담았다. 쓰레기 봉지가 채워질수록 가슴이 가볍게 비워졌다. 탁탁 소리가 나게 봉지를 단단하게 묶었다. 골목길 구석에 털썩 쓰레기 봉지를 던졌다. 손뼉을 치듯 엇갈린 인선의 손바닥이 탁탁 소리를 냈다. 깊게 들이마셨던 숨을 길게 내쉬었다.

"잘 가라. 이 쓰레기야."

미련도, 아쉬움도 없었다. 마음먹은 모든 것을 끝마친 인선이 망설임 없이 뒤를 돌아 집으로 향했다. 샤워를 마치고 나온 인선이 오랜만에 소파에 뒹굴 몸을 던졌다. 주말에도 늘 소파에 누워 있긴 하지만, 오늘따라 색다른 느낌.

"회사 땡땡이쳐서 그런가?"

하아. 편안하게 숨을 내쉬고 커다란 베란다 창으로 눈을 돌렸다. 햇살이 쏟아졌다. 눈이 부셔 작게 일그러진 눈매가 천천히 감겼다.

'이런 날은 일이고 뭐고 어디 가서 여유롭게 책이나 실컷 보고 낮잠이나 실컷 잤으면 좋겠네요.'

여유로운 공간에 한스럽게 울려 퍼지던 그의 목소리가 떠올랐다. 감은 눈매가 부드럽게 휘어졌다. 조금의 시간이 지나고 인선의 잇새로 새근새근 고른 숨결이 흘러나왔다.

* * *

눈을 떴을 때 집 안 가득 어둠이 번져 있었다. 오랜 시간 동안 잠시 잊고 있었던 개운함이 느껴질 정도로 푹 잠이 들었었나 보다. 주변은 어두웠지만 길고 긴 터널에서 벗어난 듯 환한 기분이 들었다.

"아. 맞다. 내 정신 좀 봐."

핸드폰을 손에 든 인선이 잠시 머뭇거렸다. 아마도 잔소리와 걱정을 가득 쏟아 낼 혜미의 모습이 저절로 떠올라 잇새로 작은 웃음이 흘렀다. 잠시의 고민이 끝나고 혜미에게 전화를 걸었다.

"혜미야. 나야."

─응? 언니? 이 번호 뭐예요? 아 혹시 그 일 때문에 번호 바꾼 거예요?

"응. 그렇게 됐어."

─헐. 진짜 독하다. 이렇게까지 해야 하는 거예요? 또 문자 왔어요? 그 정신 나간 사람이 뭐래요?

"아. 그게 혜미야."

예상처럼 그녀는 흥분을 감추지 못했고, 당장 그 자식이랑 그 정신 나간 여자를 죽이러 가야 한다며 한참 동안 전화기 너머로 소리를 질렀다.

"나 진짜 괜찮아. 오히려 다행이야. 미리 알아서."

─그거야 그렇지만. 진짜. 이거 실화예요? 나 생각할수록 화가 나네. 언니 진짜 괜찮아요?

"응. 괜찮아. 너무 아무렇지 않아서 오히려 이상해."

─아무튼, 언니도 문제야. 차라리 막 욕이라도 하고 소리라도 고래고래 지르면 좀 좋아? 이 상황에서도 왜 그렇게 점잖아요? 아니면 차라리 펑펑 울기라도 하든가.

혜미의 말에 어젯밤 선호와의 일이 떠올랐다.

"울었어. 이제 됐어?"

―아유. 우리 언니 혼자서 울었다니 마음이 더 아파요. 내가 가서 꼭 안아 주기라도 해야 했는데.

혜미의 말에 인선이 소리 없이 웃었다. 차갑고 축축한 공기를 감싸던 따스한 감촉이 선명하게 떠올랐다. 그가 부드럽게 쓸어내렸던 등줄기를 따라 순식간에 열기가 스몄다. 갑작스럽게 얼굴 가득 밀려드는 열기에 한낮의 열기가 잦아든 집 안 공기가 뜨겁게 느껴졌다.

―언니. 이제 그런 거지 자식 잊고 다른 남자 만나요.

"응? 뭐라고?"

―그 개자식 잊고, 진짜, 진짜 좋은 남자 만나라고요.

"그래. 알았어."

잠시 멍했던 인선이 소리 내 웃었다.

―지금 그 차선호인가 뭔가 선을 볼 때가 아니야. 지금 언니가 제일 급하거든요! 내가 당장 아빠한테 얘기해서 그 개자식이 쳐다도 못 볼 멋진 남자 당장 소개해 줄 테니. 당장 만나요. 언니!

아. 잠시 잊었던 기억을 깨달은 듯 인선이 살며시 입술을 벌렸다.

"혜미야."

―네. 언니.

"이제 너 신경 쓰지 않아도 괜찮을 거 같아."

―응? 뭐를요?

"이번 계약."

―아……

마음을 비운 듯한 인선의 목소리가 이어 나왔다.

"이제 다 정리하려고."

ㅡ…….

"아마도 계기가 필요했었나 봐. 그동안 놓지 못했던 것을 놓고 내가 행복해질 수 있는 길을 찾을 계기."

ㅡ언니…….

"집도 일도 다 정리하고 이제 새롭게 시작하려고."

* * *

영국 출장을 하루 앞둔 저녁. 인선의 집 앞에 선호의 차가 멈춰 섰다. 선호가 안전띠를 푸는 인선을 향해 말했다.

"내일 데리러 올게요. 공항까지 내 차 타고 가면 되니까."

"네. 그럴게요."

밝은 웃음과 함께 자신을 향한 그녀의 눈매가 예쁘게 휘어졌다. 그 모습에 선호의 입술 끝이 작게 꿈틀거렸다. 걱정한 것과 다르게 그녀는 밝았다. 시종일관 웃음이 얼굴 가득 머물러 있었고, 내뱉는 말투는 다정하고 상냥했다. 선호는 그녀가 너무 밝아서 오히려 걱정되었지만 차마 내색하지 못하고 그저 그녀를 조용히 살폈다.

"몇 시에 나올까요?"

"6시 반까지 올게요. 적어도 두 시간 전에는 도착해야 할 거 같으니까."

"네. 조심히 들어가세요. 내일 뵙겠습니다."

"아! 그리고……."

차 문을 반쯤 연 인선이 고개를 흘금 돌렸다.

"내일 옷 편하게 입고 와요. 괜히 회사 출장이라고 차려입고 오면 비행시간 동안 고생해요."

"아……."

"알겠죠?"

"네. 들어가세요."

선호의 차가 떠나고 인선의 걸음이 집이 아닌 다른 곳을 향했다. 조금 전 그의 차를 타고 들어온 골목길을 고스란히 돌아 걸음을 옮겼다.

"안녕하세요."

"인선 씨 왔어요? 어서 와요."

"아직 안 오셨어요?"

부동산 문을 조심스럽게 열고 들어간 인선이 부동산 내부를 살폈다.

"지금 오고 있어. 차가 조금 막히나 봐."

"네. 기다릴게요."

가운데 놓인 소파에 천천히 앉았다.

"그래도 다행이야. 요즘 워낙 매매가 없어서 걱정했는데."

"그러게요."

인선이 입술을 가볍게 밀어 올리며 답했다.

"잘 판 거야. 이 시세에 요즘 거래 없어. 내가 조금이라도 더 받으려고 얼마나 고생했는지 알아?"

"정말 감사해요."

"워낙 집이 오래되기도 했고, 아마 매수자도 조금 살다가 다시 지을 생각 하는 거 같더라고."

"아…… 그러시구나."

못내 대답한 인선의 입술 끝에 씁쓸한 미소가 번졌다.

"거기 오래 살았지? 서운하겠어."

인선의 표정을 읽은 부동산 직원이 위로하듯 말을 건넸다.

"네. 떠나려니 서운해요."

"요즘 예쁘고 괜찮은 집들 많아. 이제 인선 씨 집 구해야지. 아직 결혼 안 했지?"

"네."

"내가 아가씨 혼자 살기 안전하고 좋은 집들 알아볼 테니까. 주말에 같이 보러 가요."

"네. 그럴게요. 아! 그런데 제가 이번 주는 출장이라. 다녀와서 연락드릴게요."

"응. 그래. 어! 어서 와요."

매수자가 도착하고 계약은 빠르게 진행되었다. 그동안 고민을 했던 긴 시간과 다르게 허무할 만큼 너무 짧은 시간에 모든 것이 종료되었다.

"나가실 때까지 집 잘 부탁드려요. 하긴 아가씨 혼자 사는 집이라 그런지 워낙 깨끗하게 잘 사용하기는 했더라고요. 잔금일 날뵐게요."

남의 집이 된다는 사실에 이상한 기분이 들어 맥없이 웃었다.

"저 이만 가 볼게요. 출장 다녀와서 연락드릴게요."

"그래요. 인선 씨. 다녀올 때까지 내가 좋은 집 찾아보고 있을게요."

274

부동산을 나선 인선이 터덜터덜 어두운 골목길을 걸었다. 드문드문 가로등이 비치는 익숙한 골목길을 이제는 걸을 일도 얼마 남지 않았다는 사실에 발끝이 낯설었다.

집 앞에 멈추어 불이 꺼진 집 안을 멍하니 바라보았다. 집 안을 가득 채웠던 정겨운 음식 냄새와 귓가에 즐겁게 울려 퍼졌던 웃음소리. 사라진 지 오래되었지만, 여전히 그때의 감정이 고스란히 남아 가끔 이렇게 가슴을 울렸다. 먹먹해지는 가슴에 져 주는 일은 이제 여기서 멈추기로 했다.

"와. 이제 하나 끝났고, 회사만 잘 정리하면 되겠다."

하나씩, 하나씩. 툭툭 털어 낸 가벼운 발걸음이 옮겨졌다.

* * *

"일찍 오셨네요."

밝은 음성에 자동차 보닛에 기대어 있던 선호가 고개를 들었다.

"왜 내리셨어요. 제가 타면 되는데."

여성스러운 핑크빛 편안한 티셔츠에 발목까지 얌전히 떨어지는 하늘하늘한 검정 스커트를 입은 그녀가 미소를 지으며 다가왔다. 평소에 깔끔하게 떨어지는 정장 스타일을 고수하던 그녀도 충분히 예뻤지만, 그것과는 다른 청순하고 여유로운 복장의 그녀도 더없이 훌륭했다. 말없이 번지는 미소에 애써 입술 끝을 고정했다. 그의 앞에 바짝 다가온 그녀가 살며시 미소 지었다.

"이거 트렁크에 넣을까요?"

"아. 네. 제가 넣을게요. 주세요."

흐트러짐 없이 고정되었던 시선이 그녀의 캐리어에 닿았다. 가방을 트렁크에 넣은 선호가 그녀의 앞에 다시 마주 섰다.

"평소보다 훨씬 편해 보이네요."

복장도 표정도. 빙긋 웃는 선호에게 인선이 빙긋 웃으며 답했다.

"편하게 입으라면서요. 너무 편한가요?"

"아니요. 딱 좋아요. 타요. 출발하게."

"네."

해가 길어진 새벽은 밝았다. 공항을 향해 말없이 운전하던 선호가 흘깃 인선을 바라보았다. 아침에 보았던 편한 미소를 머금고 가만히 창밖을 바라보는 그녀. 무언가 달라 보이는 그녀의 모습에 살며시 고개를 기울였다.

"기분이 좋은가 봐요?"

"저요?"

고스란히 새벽빛을 담은 눈동자가 선호를 향했다.

"그럼 유인선 씨지 누구예요."

"그러게요. 저 기분 좋은가 봐요."

이상한 답변에 선호가 픽 소리를 내며 웃었다. 낯선 그녀의 모습이 나쁘지 않았다.

"그냥. 일 때문에 가는 거지만. 잠깐 다른 곳에 간다는 생각에 들떴나 봐요. 죄송해요."

"죄송할 거 없어요. 그 기분으로 즐겁게 일하고 오면 되죠."

선호의 답변에 인선이 큭 하고 웃었다. 왜 웃어? 묻는 듯한 시선에 인선이 답했다.

"역시 회사 대표라 답변도 대표답게 하시네요."

"난 또 무슨 소리라고. 그런가요?"

"네. 즐겁게 일하고 오면 되죠. 딱 회사 대표님답잖아요."

자신의 목소리를 흉내 내는 인선의 모습에 입꼬리가 살며시 올라갔다. 다시 창문을 향해 고개를 돌리는 인선을 넌지시 바라보던 선호가 천천히 입술을 움직였다.

"그러면 그 기분으로 영국 가서 나랑 데이트 한번 찐하게 하죠?"

인선의 고개가 빠르게 돌아왔다. 크게 떴던 눈매가 선호가 예상했던 것처럼 살며시 찌푸려졌다.

"어때요? 이건 조금 다른가요?"

"오히려 처음이 더 나은 거 같아요."

"이래도 별로고, 저래도 별로인가 보네요."

"낯설어요. 그만하세요."

정색까지는 아니더라도 단호한 그녀의 말투에 선호가 어깨를 으쓱였다.

"데이트 신청을 너무 단시간에 거절당해서 당황스럽네요."

실없다는 듯한 표정으로 인선이 창문으로 다시 고개를 돌렸다. 한참 동안 말없이 정면을 바라보던 선호의 입술이 미세하게 밀려 올라갔다. 오히려 낯설게 느껴지는 것은 인선이었다. 지금껏 본 적 없는 평온한 느낌이 가득한 그녀. 그 변화가 싫지는 않았지만, 어딘가에서 느껴지는 작은 불안감이 툭 가슴 언저리를 건드렸다.

* * *

긴 비행이 끝나고 런던 히드로 공항에 도착했다. 공항을 빠져나와 택시를 타고 호텔을 향했다.

"피곤하죠?"

선호의 물음에 인선이 가볍게 고개를 모로 저었다.

"아니요. 괜찮아요. 비행기에서 많이 잤어요. 대표님이야말로
서류 보느라 잠도 못 주무셨잖아요."

"잠깐 잠깐 자서 괜찮아요."

"내일부터 일정이 빡빡하던데……."

"네. 아마 첫날에 제일 바쁠 거예요. 정확한 일정은 제가 대충 챙
길 테니 유인선 씨는 잘 따라다니면 됩니다."

선호의 말에 인선이 피식 웃었다.

"제가 대체 여기 왜 왔는지 모르겠네요."

솔직한 마음을 툭 뱉어 내고 다시 가볍게 웃었다.

"혹시 알아요? 영국에서 멋진 남자와 사랑에 빠지는 그런 로맨
틱한 일이 일어날 줄."

선호의 말에 인선이 묘한 표정으로 그를 바라보았다.

"왜요? 내가 뭐 실수했어요? 왜 그런 표정 짓습니까?"

"신기해서요."

"뭐가요?"

"그냥. 그런 생각도 하시는 분인가 해서요."

선호가 헛웃음을 터트렸다.

"대체 나를 어떻게 생각했길래."

"그쪽으로는 영 관심이 없으신 줄 알았거든요."

가볍게 건네는 그녀의 말에 선호가 짐짓 심각한 표정을 지었다.
이게 뭐라고 저런 표정을 짓나 말을 던진 인선이 민망할 지경이

었다.

"그러게요. 나랑 안 어울리네요."

인정을 마친 그가 지그시 인선을 바라보았다. 그냥 해 본 말이라고 답해야 하나 고민하는 눈동자 위로 살며시 미소 짓는 그의 얼굴이 번졌다.

"이제는 해 보려고요."

"뭐를요?"

"나랑 안 어울리는 생각."

"……."

"혹시 압니까. 나도 영국에서 아름다운 여성분과 사랑에 빠지는 마법 같은 일이 일어날지."

지그시 그를 바라보던 인선이 천천히 입술을 밀어 올렸다.

"잘 생각하셨네요. 그 생각 응원할게요."

"고마워요. 나도 유인선 씨 응원할게요."

역시 낯설어. 작게 읊조린 인선이 빙긋 웃으며 창문으로 시선을 옮겼다. 어둠이 드리워진 런던의 밤은 무척이나 아름다웠다. 낯선 곳에서 느껴지는 평온한 아름다움에 이상하리만큼 마음이 편안해졌다.

호텔 로비에서 기다리고 있는 인선에게 선호가 다가왔다.

"여기 키 받으세요. 내일 아침에 제 방으로 오세요."

"방으로요?"

룸 키를 건네받은 인선이 살며시 고개를 기울였다.

"네. 회의 가기 전에 챙겨야 할 서류들 드릴게요."

"아. 네. 알겠습니다."

"그럼 푹 쉬어요."

"네. 대표님도요."

선호와 헤어진 인선이 방으로 향했다.

"와. 좋다."

화려하지는 않았지만, 혼자 지내기에 부족함이 하나도 없는 넉넉한 크기에 깔끔한 방. 짐을 내려놓은 인선이 빠르게 창가로 다가가 창문을 활짝 열었다. 눈앞에 펼쳐진 아름다운 야경과 코끝에 스치는 낯설지만 기분 좋은 공기. 작은 얼굴 위로 예쁜 미소가 번졌다. 편안하게 창문에 기대어 부족할 것이 없는 표정으로 한참을 아름다운 풍경을 눈에 담았다.

'혹시 압니까. 나도 영국에서 아름다운 여성분과 사랑에 빠지는 마법 같은 일이 일어날지.'

입술이 천천히 밀려 올라갔다. 마법. 그가 말한 짧은 단어가 선명하게 떠올랐다. 마치 정말로 사랑에 빠지는 좋은 일이 생길 것 같은 행복한 기분. 영국의 낯선 첫날밤이 기분 좋게 지나가고 있었다.

* * *

"아우. 피곤해."

호텔 바닥에 깔린 붉은 계열의 카펫이 유난히 짙게 느껴졌다. 시차 적응. 생각지도 못한 복병에 밤새 잠을 하나도 이루지 못했다. 예쁘다, 예쁘다 하면서 야경을 눈에 담는 것도 몇 시간이 지나자 조금씩 지루해지기 시작했다. 맥주 두 캔을 깨끗이 비우고 나서야 겨우 잠이 들었다.

"두 시간은 잤나."

밀려 올라오는 하품에 손바닥으로 입을 살며시 두드린 인선이 선호의 호텔 룸 앞에 걸음을 멈추었다. 똑똑. 호텔 방문을 두드리고 멍하니 문에 또렷이 적힌 호텔 방 번호를 바라보았다. 한참이 지나도 작은 인기척도 느껴지지 않았다. 똑똑. 다시 한번 문을 두드렸다. 하지만 여전히 아무 변화도 일어나지 않았다.

"아직도 자는 건가?"

하긴 이 남자도 사람인데, 어제 비행기에서 아무리 안 잤다지만 시차 적응이 어렵겠지. 전화를 걸어 봐야 하나 가방 속 핸드폰을 찾으려고 가방을 여는 순간. 벌컥. 꼼짝하지 않던 방문이 활짝 열렸다. 천천히 시선을 올리던 인선의 어깨가 크게 들썩였다.

"어머!"

눈앞을 가로막는 허여멀건 물체. 정장 바지를 입고 상체를 탈의한 선호가 여유롭게 손으로 문을 잡고 인선을 바라보고 있었다. 잡티 없이 매끈한 살결 위로 그려 놓은 듯 단단하게 잡힌 복근을 이른 아침부터 이 낯선 장소에서 맞이할 줄 몰랐던 인선은 정신이 번쩍 들었다. 잠이 쏟아질 듯 빡빡하던 눈꺼풀이 있는 힘껏 밀어 올려졌다.

"왜…… 왜…… 벗고 계세요!"

정신 번쩍 들라고 그런 건가. 민망함에 얼굴 가득 열기가 밀려 올라왔다.

"들어와요."

당황한 목소리에 여유로운 목소리로 그가 답했다.

"어어어어······."

문을 잡고 있던 손을 떼어 내고 뒤돌아 가 버린 그의 동작에 빠르게 닫히는 문을 재빨리 잡았다.

"벗고 있는 게 아니라 입고 있는 겁니다."

보통 셔츠부터 입지 않나요? 라는 단순한 생각이 퍼뜩 떠올랐지만 그랬다면 더 민망한 장면을 봤어야 할지도 모르는 상황이었기에 입을 꾹 닫았다. 새하얀 셔츠를 재빨리 걸친 선호가 천천히 단추를 잠그며 인선을 바라보았다. 살짝 벌어진 셔츠 사이로 여전히 선명한 근육이 꿈틀거리는 모습에 인선이 슬그머니 시선을 피했다.

"잘 잤어요? 시차 적응 힘들었을 텐데."

"네. 뭐. 그럭저럭이요."

태연한 물음에 여전히 어색하게 답했다. 불그스름하게 달아오른 인선의 얼굴을 바라본 선호가 입술을 짧게 밀어 올렸다.

"거기 서류 인선 씨가 챙기시면 됩니다."

그의 손끝이 가리키는 곳으로 재빨리 몸을 돌렸다. 테이블로 다가가 위에 놓인 두꺼운 서류들을 한 장씩 손끝으로 넘겨보았다. 온통 영어로 작성된 문서들. 대충 아는 단어 몇 개 빼고는 알아볼 수 없는 내용에 천천히 움직이던 인선의 손가락이 움직임을 멈추었다.

"오늘 아마 일정대로 움직이면 점심 같이 못 먹을 거예요."

"네."

"거르지 말고 잘 챙겨 먹어요. 아마 따로 직원들 먹을 장소 마련되어 있을 거예요."

"네. 저는 신경 쓰지 마세요."

괜찮다는 듯 답하는 인선에게 선호의 시선이 돌아왔다. 잠시 멈추었던 말을 이었다.

"저녁에는 외부에서 미팅 있어요. 이번 전체 포럼과 관련 없는 식사 겸 회의 자리라 같이 가도 괜찮긴 한데 아마 어색할 수 있을 거예요."

"네."

"어떻게 할래요?"

그의 물음에 인선이 잠시 머뭇거리다가 입술을 움직였다.

"어떻게 할까요?"

"편하실 대로."

그가 어깨를 으쓱이며 답했다.

"그럼 저는 그냥 호텔에 있을게요. 식사 자리면 불편할 수도 있겠네요."

"네. 그러면 그렇게 해요."

간단하게 답한 그가 완성된 넥타이 매듭을 단단하게 올려 맸다. 각이 잘 잡힌 어깨 위로 짙은 남색 빛이 도는 슈트 재킷을 걸친 그가 천천히 인선에게 다가왔다. 평소보다 신경 쓴 듯 세련되게 다듬어진 머리 스타일. 흠잡을 곳이라고는 전혀 없는 고급스러운 그의 모습이 마치 이곳과 잘 어울리는 영국 신사 같다는 생각이 들었다.

"이제 갈까요?"

"아. 네."

그에게 집중되었던 시선을 빠르게 흐트러뜨렸다.

첫날의 회의는 그들이 묵고 있는 호텔의 컨벤션 홀에서 진행되었다. 회의 진행 장소가 가까워질수록 선호 못지않게 잘 갖춰 입은 신사들과 세련미가 넘치는 여성 임원들의 모습이 보였다. 복도 여기저기 모여서 이야기를 나누는 사람들을 스쳐 지나가던 선호가 걸음을 멈추었다.

"차 대표."

어디에선가 들리는 여자의 목소리와 함께 선호가 인선을 향해 살며시 고개를 돌렸다.

"잠깐만요."

흘깃 자신을 바라보는 선호를 향해 고개를 끄덕였다. 살며시 몇 걸음 뒤로 물러난 인선의 시선에 빠르게 선호를 향해 다가오는 한 여자의 모습이 보였다.

"차선호. 오랜만이야."

친근한 표정으로 가깝게 다가온 그녀가 두 팔을 번쩍 들어 선호의 목을 감쌌다. 볼 위로 짧게 입술을 맞춘 그녀가 환하게 웃으며 한 걸음 물러섰다.

외국이라 그런가. 아마도 인사이긴 하겠지만, 익숙하지 않은 모습에 인선이 사뭇 놀란 표정을 짓다가 애써 표정을 가다듬었다.

"잘 지냈어?"

"응. 너는."

"나야 늘 잘 지내지. 아니다. 널 못 봐서 잘 못 지냈다고 해야 하나?"

"또 시작이다."

친근하게 대화를 주고받는 모습을 멀뚱멀뚱 바라보았다. 친한 사람인가 보다. 인선의 시선이 여자에게로 향했다. 동양인이라고 생각하기에 무리가 있을 정도로 새하얀 피부 위로 커다란 이목구비가 조화롭게 자리 잡은 미인이었다. 조금씩 움직일 때마다 찰랑거리는 어깨에 닿지 않는 단발머리가 꽤 잘 어울리는 그녀.

"이게 몇 년 만이야? 2년?"

"그랬나?"

"이거 봐. 이거 봐. 관심이 없다니까."

"내가 너한테 관심 가져 봐야 좋아질 게 뭐가 있어."

퉁명스러우면서도 친근한 선호의 말투. 처음 보는 낯선 그의 편안함에 인선의 시선이 선호에게 닿았다.

"차 대표님. 여전히 애인은 없고?"

"신경 꺼."

"어머. 없구나. 굿 뉴스! 나는 어때? 아직도 그렇게 별로야?"

"미쳤다."

까르르 웃는 그녀의 목소리가 복도에 퍼졌다.

"시끄러워. 조용히 좀 해. 회의하러 온 거 몰라?"

"알지. 맞다. 얼마 전에 박 비서 한국 들어가기 전에 만났어. 그때 말한 거 지금 추진하고 있는 거야?"

"아직."

"고민 좀 되겠더라. 여기저기 손대야 할 곳이 많을 텐데."

"그래서 고민이야."

사뭇 진지해진 두 사람의 대화에 가만히 귀를 기울였다. 한참 동안 자리에 서서 이야기를 나누던 그녀의 시선이 인선에게 닿았다.

"아……."

그녀의 시선을 알아차린 선호가 천천히 인선을 향해 몸을 돌렸다.

"이쪽은 유인선 씨. 우리 회사 직원이야. 인사해. 이쪽은……."

"리안이에요. 아! 한국 이름은 한주리. 한국 이름도 영어 이름 같죠?"

그에게 건네던 음성과 다르지 않은 밝은 음성으로 그녀가 인사를 건넸다.

"네. 안녕하세요. 유인선입니다."

즐거움이 가득 담긴 주리의 눈빛이 조심스럽게 인선을 훑었다.

"와. 미인."

"네?"

감탄한 듯한 주리의 표정과 말투에 선호가 눈매를 찌푸렸다.

"또 시작이다. 적당히 하고 들어가자."

"왜? 아무튼, 반가워요."

"간다."

걸음을 옮기는 선호의 모습에 주리도 빠르게 걸음을 옮겼다. 가만히 서 있던 인선도 함께 움직였다.

"너 방 몇 호야?"

"그건 알아서 뭐 하게."

"그냥. 궁금해서."

"술 먹고 찾아오기만 해 봐. 경찰에 신고할 테니까."

"에이. 그냥 호텔에만 신고해."

"흡."

갑작스럽게 뒤에서 들리는 흡 소리에 선호와 주리가 동시에 인선을 향해 고개를 돌렸다. 둘의 대화에 저도 모르게 웃음이 나와 결국 참지 못하고 이상한 소리를 내고 말았다.

"죄송합니다."

애써 웃음을 삼킨 인선이 사과의 말을 전했다.

"야. 봐봐. 모르는 사람이 들어도 웃기잖아. 적당히 하고 네 자리로 가."

"알았어! 엄청 비싸게 굴어."

입술을 삐죽거리던 주리가 인선을 향해 몸을 돌렸다.

"아무튼, 반가워요. 인선 씨. 우리 선호 잘 감시해 주세요."

우리 선호는 무슨. 작게 읊조리는 선호의 목소리에 그녀가 소리 없이 중얼거렸다.

"아무튼, 나 간다. 이따가 저녁때 보자. 늦지 말고."

"어. 이따가 봐."

역시나 밝은 목소리로 답한 그녀가 두 사람에게서 멀어졌다.

"아. 정신없어."

가득 인상을 구긴 선호가 마음에 들지 않는다는 듯 작게 속삭였다.

"친하신가 봐요."

여전히 웃음이 서린 목소리로 물어오는 인선의 위로 선호의 시선이 닿았다.

"네. 뭐. 그런 편이죠?"

그냥 뭐 그런 편은 아닌 거 같은데.

"미안해요. 덕분에 정신없었죠?"

"아니요. 즐겁고 좋았어요."

"즐거울 것도 많네요."

색다른 그의 모습을 보는 것도 나쁘지 않았다. 누군가의 앞에서 거르지 않은 말을 툭툭 가볍게 던지는 그의 모습이 오히려 신기하기까지 했다. 너도 사람이구나. 딱 그 느낌이랄까.

"유인선 씨는 저쪽에 앉으면 됩니다."

그의 시선이 닿은 곳으로 고개를 돌렸다. 이미 다른 직원들이 여러 명 앉아 있는 모습에 인선이 가볍게 고개를 끄덕였다.

"회의 끝나면 아마 바로 점심 먹으러 이동할 거예요. 식사 마치고 나중에 돌아와서 이 서류 나한테 주세요."

"네. 알겠습니다."

그가 넘겨준 서류를 가지고 자신의 자리를 향했다. 여러 나라에서 참여한 큰 규모의 포럼답게 분위기 또한 웅장하고 진지했다. 가만히 숨죽여 회의를 지켜보던 인선의 시선이 선호에게 닿았다. 오늘도 역시나 진지하면서도 건조한 표정. 하지만 그전과 다르게 자신에게 담기는 그의 모습이 조금은 편안해진 느낌이다.

오후 일정까지 모두 끝이 났다. 짧지 않은 긴 시간이었기에 일정을 마친 임원들의 얼굴이 지쳐 있음이 느껴졌다. 선호도 다르지 않았다. 인선 자신도 시차 적응이 되지 않아 중간중간 밀려오는 고비에 눈에 애써 힘을 가득 주었었다.

"또 저녁 미팅까지 가야 한다니."

자리에서 일어서 멍하니 그를 바라보고 있던 인선의 눈꺼풀이 살며시 밀려 올라갔다. 멀리서 자신을 바라보고 있는 선명한 선호의 눈동자가 보였다. 그리고 건조했던 얼굴 위로 부드럽게 번지는 미소. 쿵쿵. 갑작스럽게 가슴에서 느껴진 낯선 감각에 인선이 저도 모르게 짧은 숨을 내뱉었다. 저도 모르게 빠르게 시선을 내렸다. 그저 눈만 마주쳤기에 당황할 상황이 아니라는 것을 충분히 인지하고 있음에도 마음처럼 쉽게 진정이 되지 않았다.

"힘들었죠?"

"네? 아니요."

어느새 눈앞에서 들리는 선호의 목소리에 인선이 고개를 번쩍 들었다. 아마도 정리가 되지 않았을 눈동자를 숨겨야겠다는 생각에 일부러 시선을 피했다.

"왜 그래요?"

살며시 고개를 기울인 선호가 물어 왔다.

"아니요. 고생하셨어요."

"네. 인선 씨도요. 많이 힘들었습니까?"

"아. 시차 적응이 아직 안 돼서 그런가 봐요."

그래. 그런 걸 거야. 아니면 이럴 이유가 없어. 그에게 답하며 타당한 이유를 찾은 인선이 그제야 고개를 천천히 들었다.

"미팅 가셔야 하죠?"

"네. 방에 가서 옷 좀 갈아입고 가려고요."

"네. 그러세요."

방으로 가기 위해 엘리베이터에 올라탔다. 정면만 바라보며 애써 아무 표정 짓고 있지 않는 인선을 흘깃 바라본 선호가 천천히 말을 걸었다.

"뭐 할 거예요?"

"……."

"나 미팅 간 동안 뭐 할 거냐고요."

"아. 쉬어야죠. 잠을 제대로 못 자서 피곤하기도 하고요."

"하긴. 그래야겠네요. 저녁은 먹고 쉬어요."

"네. 그럴게요."

가볍게 다시 고개를 돌린 인선이 다시 선호를 향해 고개를 돌렸다. 생각해 보니 걱정을 받아야 할 사람은 자신이 아닌 그였다.

"대표님은 괜찮으세요?"

"뭐가요?"

"저보다 더 피곤하실 거 같아서요."

"아. 난 또 뭐라고."

대수롭지 않게 답한 선호가 빙긋 웃었다.

"나는 이런 날이 1년에 반은 넘게 있어서 괜찮아요. 어차피 저녁 미팅은 무거운 자리는 아니니 괜찮아요."

말없이 선호를 바라보던 인선이 천천히 물었다.

"아까 그 여자분이랑 같이 가시는 건가요?"

"네. 주리네 회사랑 조금 연관된 일이기도 해서요."

"아. 그렇구나."

"궁금하면 같이 갈래요?"

"아니요! 제가 뭘 알아야 궁금해하죠."

안 그래도 종일 못 알아듣는 말투성이라 머리가 지끈거리는데. 손사래까지 치는 인선의 모습에 선호가 빙긋 웃었다.

"알겠어요. 그럼 쉬고 있어요. 다녀와서 연락할게요."

"네."

엘리베이터에서 내린 인선이 작게 고개를 숙여 인사를 마치고 방으로 걸음을 옮겼다. 방으로 들어와 하루 종일 답답하게 느껴겼던 정장 재킷을 벗어 던지고 침대에 털썩 주저앉았다. 초점 없이 바닥을 향하고 있던 눈동자를 창문을 향해 돌렸다. 조금씩 하늘 끝이 붉게 물드는 아름다운 광경을 멍하니 바라보던 인선이 완벽히 침대 위로 등을 기대고 누웠다. 천천히 가슴 위로 손을 얹었다. 아무 일 없었던 것처럼 평온하게 뛰고 있는 심장 박동이 느껴졌다.

"그래. 갑자기 눈이 마주쳐서 그런 거지."

그렇게 당황할 것까지는 없었는데.

"낯설어서 그런가."

미세한 변화였지만 무척이나 자신을 대하는 그의 모습이 편안해진 것을 느꼈다. 말투와 표정. 그렇게 말을 아무렇지 않게 건네던 사람이었나 싶은 생각이 들 정도로 부쩍 많아진 대화. 아마도 자신이 겪었던 일 때문에 신경이 쓰여서 그런가 보다 가볍게 생각했다.

"그래. 배려는 고스란히 배려로 받아들여야지."

TV라도 봐야겠다는 생각에 리모컨을 꾹 눌렀다. 열심히 채널을 돌려 보아도 아는 채널이 없으니 이것도 심심하긴 마찬가지였다. 냉장고를 열어 마지막 남은 맥주 캔 하나를 꺼내어 홀짝홀짝 마시기 시작했다.

"자야겠다."

알코올이 들어가자 약간 노곤해진 듯한 느낌에 이불 속으로 몸을 파묻었다. 하루 종일 밀려오던 잠을 이제는 마음껏 자야겠다는 생각이었다. 이리 뒤척. 저리 뒤척. 오히려 자야겠다는 강한 생각을 가지기 시작하자 점점 또렷해지는 정신. 고개를 살며시 들어 시간을 확인했다. 저녁 10시. 한국은 새벽일 시간이었다. 다시 눈을 꼭 감았다. 그러길 잠시 결국 눈을 뜨고 말았다.

"한국은 새벽일 텐데 대체 왜 잠이 안 오는 거야."

맥주라도 더 마실까. 냉장고를 향하던 인선이 마지막 맥주였다는 사실을 인식하고 걸음을 멈추었다.

"룸서비스를 시켜야 하나?"

잠시 고민하던 인선이 고개를 모로 저었다. 먹고 싶은 거 있으면 아무거나 시켜 먹으라던 선호의 말이 떠올랐지만. 아무리 생각해도 회사 돈을 마음대로 쓰는 건 영 내키지 않았다. 호텔로 들어오며 차에서 보았던 편의점이 떠올랐다.

"지금도 열었으려나?"

빠르게 핸드폰을 열어 검색을 시작했다. 자정까지 영업하는 곳. 지도를 보아하니 걸어가기에도 충분한 거리였다. 인선이 망설임 없이 호텔을 나섰다. 대충 가는 길을 눈으로 익힌 인선이 천천히 호텔 앞 거리를 걸었다. 늦은 시간이라 인적이 드물기는 했지만 밝게 켜 놓은 가로등 덕에 무섭다는 느낌은 하나도 들지 않았다. 이국적 정취를 자아내는 고풍스러운 유럽식 건물과 영어로 쓰인 간판. 한국과는 모양이 전혀 다른 가로등. 신기한 구경거리를 눈에 담듯 감상을 시작하며 밤거리를 걸었다. 호텔 앞보다 인파가 많은 장소에 다다르자 그녀가 찾고 있던 편의점이 보였다.

"와. 편의점에서 책도 파네."

한국의 편의점과는 사뭇 다른 느낌에 인선이 천천히 구경에 나섰다. 눈앞에 진열된 책들을 꼼꼼히 눈으로 훑고 한국에서는 보지 못하는 신기한 음식들을 한참 동안 구경하던 인선이 가방 속에서 나는 작은 알림 음에 핸드폰을 꺼내었다.

"어. 배터리가 없네."

제법 시간이 지나 있었다. 더 늦기 전에 서둘러야겠다는 생각이 들었다. 재빨리 맥주 몇 개와 간단한 군것질거리를 계산한 인선이 다시 도로로 나왔다. 기억을 더듬어 자신이 걸어온 길을 되돌아가기 시작했다. 한참이 지나 인선의 걸음이 우뚝 멈추었다. 주변을 두리번거리던 인선의 표정이 조금씩 굳어 갔다.

"여기가 아닌가?"

분명히 올 때는 정확하게 찾아왔는데 막상 되돌아가려니 비슷하게 생긴 건물 사이에서 길이 헷갈리기 시작했다.

"이쪽인가?"

두리번거리던 인선의 시선에 문이 열린 대형 카페가 보였다. 와이파이가 혹시나 잡힐까 하는 생각에 재빨리 카페로 들어가 핸드폰을 꺼내었다. 하지만 이미 전원이 나가 있는 핸드폰. 작은 한숨이 흘러나왔다.

"물어보지 뭐."

카페 점원에게 다가가 호텔의 이름을 이야기하고 길을 물었다.

아주 친절하게 답해 주는 직원에게 미소를 지으며 고맙다는 말을 건네고 다시 카페를 나왔다.

"이쪽이었구나."

왜 이렇게 건물이 다 비슷하게 생겼어. 길게 늘어선 건물들을 바라보며 다시 걸음을 옮겼다. 어느새 저 먼발치에 보이는 호텔. 얼굴 위를 스치는 한국보다 시원한 바람을 맞으며 가볍게 호텔을 향했다.

"다 왔네."

금방 다녀오려고 했는데 제법 시간이 걸렸다.

"돌아오셨으려나?"

돌아오면 연락을 하겠다던 선호의 말이 떠올라 빨리 가서 핸드폰 충전을 해야겠다는 생각에 걸음이 빨라졌다. 인선이 호텔 문으로 들어가려는 순간.

"엄마야!"

갑자기 낚아채듯 손목을 잡는 힘에 방향을 잃은 인선의 몸이 휘청거렸다.

"대체 어디 갔다 오는 겁니까!"

자세를 바로 잡기도 전에 귓가에 꽂히는 강한 목소리에 인선의 작은 어깨가 들썩였다. 짧은 숨을 빠르게 내쉬며 자신을 똑바로 바라보고 있는 선호의 모습에 놀란 인선의 눈이 점점 더 커졌다.

"아. 저. 그게. 뭐 좀 사려고……."

상황이 파악되지 않아 인선이 머뭇거리며 답했다.

"내가 얼마나 찾았는지 알아요?"

여전히 흥분이 가라앉지 않은 목소리였다.

"언제 오셨어요?"

"전화는 왜 안 받습니까?"

인선의 대답도 듣지 않고 선호가 몰아치듯 물었다. 여전히 손목 위로 강하게 느껴지는 힘에 인선의 시선이 자신의 손목을 향했다.

"대표님. 손 좀 놓아주세요. 아파요."

작게 느껴지는 통증에 인선이 살며시 손목을 비틀었다. 그제야 자신의 행동을 인식한 선호가 천천히 손목을 놓아주었다. 하지만 여전히 굳어 있는 그의 얼굴.

"편의점 좀 다녀왔어요. 대표님이 찾으시는지도 몰랐고요. 핸드폰은 배터리가 나가서 못 받은 거예요."

그가 몰아친 질문에 하나하나 답을 했다. 그의 질문으로부터 그가 자신을 한참이나 찾고 있었음을 알 수 있었다.

"시간이 늦었는데 연락이 없으셔서 그냥 방으로 가셨나 보다 했어요."

"하아……."

사뭇 진정이 된 한숨이 선호의 입술 사이로 흘렀다.

"많이…… 찾으셨어요?"

조심스럽게 물어오는 그녀의 얼굴 위로 살며시 떨어졌던 선호의 눈동자가 닿았다.

"네."

"제가 어린애도 아닌데. 뭘 그렇게 찾으세요."

"여기 한국 아닙니다."

"네. 알아요. 그래도 저도 호텔 정도는 찾아올 수 있어요."

"누가 몰라서 그럽니까? 이 늦은 밤에 여기 주변이 안전한지 안 안전한지. 유인선 씨가 어떻게 압니까? 그것도 같이도 아니고 여자 혼자서."

듣고 보니 그의 말이 틀린 것이 하나 없었다. 긴 언쟁을 이어 갈 필요도 없다는 생각에 인선이 천천히 말을 이었다.

"죄송해요. 나간다고 연락이라도 드릴 걸 그랬어요."

"……."

"그래도 안전하게 왔으니 됐잖아요."

살며시 가늘어진 그의 눈매에 인선이 민망해 어색하게 입술을 밀어 올렸다.

"네. 안전하게 돌아왔으니 됐네요. 들어갑시다."

흥분이 많이 가라앉은 듯 보이는 그가 몸을 돌려 호텔을 향했다. 빠른 발걸음으로 그의 옆에 나란히 선 인선이 살며시 고개를 돌렸다. 애써 무심한 표정을 지어 가며 더 빨리 걸어가는 그를 인선도 빠르게 따라잡았다.

"미팅 잘하셨어요?"

"네."

"술 드셨나 봐요."

조금 전 가깝게 다가왔던 그에게서 꽤 강한 알코올 향기가 풍겼다.

"네."

"피곤하시겠어요."

"안 피곤했는데 누구 덕에 지금 아주 피곤합니다."

끝까지 쉽게 넘어갈 생각이 없어 보이는 그의 모습에 웃음이 났다.

"지금 웃는 겁니까?"

"이거 하나 드릴까요?"

부스럭거리는 소리와 함께 자신의 앞에 맥주 캔을 들어 보이는 인선의 모습에 헛웃음이 나왔다.

"내가 지금 그거 받으려고 이런 생고생을 한 줄 압니까?"

"그러게 왜 오버해서 걱정하세요. 다 어련히 잘 찾아올걸."

"네. 제가 오버했습니다."

포기한 듯 말을 던지는 그를 가만히 바라보았다. 이렇게까지 화를 낼 일은 아니었기는 했지만, 걱정했다니 미안한 마음이 들었다.

"감사해요. 걱정해 주셔서."

흘깃 그의 시선이 닿았다가 금세 떨어졌다.

"전혀 생각지도 못했거든요."

무슨 뜻이냐는 듯 물어오는 듯한 그의 시선에 쑥스러운 듯 미소를 머금은 그녀가 천천히 답했다.

"늘 혼자서 생활하다 보니까, 저 혼자 움직이는 게 익숙했거든요."

"……."

"제가 어디 갔다고 누가 걱정한다는 건 생각도 못 했어요. 정말로."

세상에 그런 일도 다 있냐는 듯한 그녀의 표정에 선호가 어처구니없다는 표정을 지었다.

"그러니 이제 그만 화 푸세요."

"누가 화가 났다고 그럽니까?"

"화 아니면, 흥분?"

도착한 엘리베이터를 올라탄 선호가 흠흠 목소리를 가다듬으며 표정 또한 태연하게 가다듬었다.

"이렇게 멀리까지 출장 와서 직원이 사라졌는데 대표로서 당연히 걱정되는 거죠."

"네. 대표님이니 충분히 그러실 만하죠."

그래도 조금 과하긴 했죠. 빙긋 웃어 보이는 인선의 모습에 선호가 작게 코웃음 쳤다.

　"화낸 거 아닙니다. 걱정돼서 나도 모르게 그런 거예요. 오해하지 말아요."

　"네. 어쨌든 감사해요. 앞으로 조심할게요."

　엘리베이터에서 내린 선호가 한층 편안해진 목소리로 말했다.

　"들어가서 푹 쉬어요. 술은 적당히 마시고요."

　흘깃 자신의 손에 닿는 그의 시선에 인선이 살며시 웃었다.

　"네. 그럴게요. 자기 전에 딱 한 캔만 마실게요. 진짜 하나 드릴까요?"

　"됐습니다."

　"네. 들어가서 쉬세요. 피곤하실 텐데. 내일은 어디로 갈까요?"

　물어 놓고 오늘 아침 자신의 얼굴을 가득 붉히게 만들었던 일이 떠올랐다.

　"내일은 여기서 만납시다."

　"네. 그럴게요. 주무세요."

　다행이라는 생각에 재빨리 답한 인선이 빠르게 인사를 마치고 몸을 돌렸다. 탁. 그녀의 방문이 닫히는 소리를 듣고 나서야 선호가 천천히 몸을 돌렸다.

　호텔에 도착해 여러 번 전화를 하고 방문을 두드려 보았지만 인기척조차 느껴지지 않았다. 잠을 잘지 모른다는 생각이 들었지만, 혹시 몰라 1층 로비에 직원에게 그녀의 인상착의를 이야기하며 물었다. 조금 전 그녀가 밖으로 나간 것을 본 것 같다는 직원의 말에 문 앞에서 한참을 기다리고 전화를 걸었다. 시간이 꽤 흘렀음에도 돌아오지 않는 그녀를 찾아 호텔 근처를 몇 바퀴나 돌았다. 방에 들어온 선호가 털썩 침대에 주저앉았다.

'제가 어디 갔다고 누가 걱정한다는 건 생각도 못 했어요.'

그 말을 듣는 순간 가슴에서 작은 울컥거림이 느껴졌다.

"하아……."

깊게 들이마신 숨이 길게 흘러나왔다.

"너무 화를 냈나."

그렇게 윽박지르려는 건 아니었지만, 오래 기다렸던 그녀의 모습이 눈앞에 나타나자 안도감에 저도 모르게 반사적으로 나온 행동이었다. 작은 후회를 하며 멍하니 천장을 바라보고 있었다. 띠링. 작은 알림 음에 생각 없이 손을 뻗어 핸드폰을 확인했다.

[방까지는 안전하게 왔습니다. 걱정하실까 봐요. 편히 주무세요.]

인선의 문자였다. 큭. 저도 모르게 소리 내 웃었다.

"하아. 진짜……."

한숨과 웃음이 섞인 목소리가 방 안에 퍼졌다.

* * *

하루하루가 정신없이 지나갔다. 끊임없이 이어진 일정을 소화해내면서도 아무렇지 않아 보이는 선호가 인선은 신기할 정도였다.

"정말 매번 이렇게 해서 그런가?"

주변의 누군가가 출장을 간다고 하면 부러워했던 것이 잘못된 생각이었음을 절실히 깨닫게 되는 계기가 되었다.

제법 호텔과 멀리 떨어진 회사에서 외부 일정을 마치고 호텔로 돌아가기 위해 차를 탔다. 뒷좌석에 선호와 나란히 앉아 며칠 동안 호텔에 있느라 제대로 구경하지 못했던 영국의 야경을 정신없이 눈에 담기 시작했다. 거침없이 달리던 차가 갑자기 멈추었다. 멍하니 창밖을 바라보던 인선이 살며시 선호를 향해 고개를 돌렸다.

"내립시다."

무슨 일정이 더 있었나? 그를 따라 차에서 내리자 그가 기사에게 다가가 무언가 이야기하는 모습이 보였다. 선호가 한 걸음 물러서자 차가 금세 출발했다. 살며시 고개를 갸웃거리며 바라보는 인선에게 다가온 선호가 빙긋 웃으며 말했다.

"영국에 왔는데 타워 브리지는 봐야죠."

"아……."

생각지도 못했던 말에 인선의 얼굴 위로 환한 웃음이 앉았다.

"가요. 조금 걸어가야 보여요."

"네."

어둑해진 거리는 여전히 많은 사람으로 가득했다. 아마도 자신들과 같은 목적지를 향하는 것 같은 사람들 사이에서 선호와 나란히 말없이 한참을 걸었다.

"어제까지는 날씨가 흐렸는데 오늘은 좋네요."

그의 말에 살며시 고개를 들어 하늘을 바라보았다. 주변의 은은하게 번지는 불빛을 머금고 진한 푸른빛을 띠는 깨끗하고 아름다운 밤하늘.

"그러네요."

가볍게 답하는 인선의 얼굴 위로 선호의 시선이 내려앉았다.

"시간이 조금 많았으면 주변 구경도 하고 좋았을 텐데 아쉬워요."

"일 때문에 왔잖아요. 어쩔 수 없죠."

"시장도 벌써 닫았네요. 조금 일찍 왔으면 먹을 것도 사 먹고 좋았을 텐데."

오히려 자신보다 더 아쉬워하는 듯한 선호의 표정에 인선이 물었다.

"런던 자주 오지 않으셨어요?"

인선의 물음에 선호가 고개를 끄덕였다.

"일 때문에 자주 오기도 했고, 어렸을 때 잠시 살았었어요."

"아. 그렇구나. 그럼 익숙하시겠어요."

"네. 그렇죠. 영국 와 본 적 있어요?"

"아니요. 유럽에 온 건 처음이에요. 일본이나 홍콩 가까운 나라들만 가 봤어요. 늘 마음만 먹었지 시간도 없었고 여건이 안 되더라고요."

정면을 바라보며 가만히 이야기를 듣고 있는 선호를 바라보며 인선이 살며시 미소 지었다.

"덕분에 감사해요. 물론 '일' 때문에 오기는 했지만, 생각지도 못하고 좋은 구경 해요."

일임을 강조하는 인선의 목소리에 선호가 낮게 웃었다.

"일! 때문에 왔지만, 오늘은 실컷 구경하고 들어가요."

그의 말에 인선이 미소가 번진 얼굴로 고개를 끄덕였다.

화려한 불빛을 머금은 건물들 사이를 조금 더 걷다 보니 어느새 저 멀리 환한 불빛을 머금은 타워 브리지가 모습을 드러냈다.

말없이 입술만 지그시 밀어 올린 인선의 발걸음이 조금씩 빨라졌다. 사람들 사이를 빠르게 파고들어 타워 브리지가 잘 보이는 곳에 자리 잡은 인선이 고개를 돌려 자신에게 다가오는 선호를 향해 빙긋 웃었다.

"신기해요."

"그래요?"

미소를 머금은 선호가 인선의 옆에 나란히 자리 잡았다.

"엄청 예쁘고 웅장하기는 한데, 뭔가 장난감 같은 느낌이에요."

그저 말없이 그녀의 시선을 따라 시선을 옮겼다.

"이걸 직접 보는 날이 오다니⋯⋯."

한참 동안 감탄한 듯한 표정으로 눈앞에 펼쳐진 광경을 하나도 놓치지 않겠다는 듯 꼼꼼하게 살피는 그녀. 선호가 천천히 그녀에로 몸을 돌려 그런 그녀를 지그시 바라보았다. 조용히 흐르는 템스강 물결 위로 불어오는 바람에 그녀의 머리카락이 예쁘게 나부꼈다.

"예쁘네요."

나지막이 떨어지는 선호의 목소리에 인선이 그를 향해 고개를 돌렸다. 그저 동의하듯 웃음을 머금은 그녀가 다시 고개를 돌려 아름다운 야경을 눈에 담았다. 시선을 고정한 채 인선이 천천히 입술을 움직였다.

"예전에 사진을 선물 받은 적이 있어요. 자신이 누구인지 밝히지도 않고 사진 뒤에 날짜만 적어서 매년 제 생일 즈음에 사진을 보내 왔어요. 매년 똑같이 열두 장의 사진이었죠."

"그랬어요?"

선호가 가볍게 답했다.

"사진만 봐도 알 수 있는 유명한 곳들도 있었고, 어디인지 알 수는 없었지만 하나같이 다 예쁜 풍경이 담겨 있는 직접 찍은 사진들이었어요. 아마도 자신이 사는 곳을 찍어 보낸 사진 같았어요."

"……."

"처음에는 사진을 왜 보내는지, 그 사람이 누구인지 궁금하고 이상하고 무섭다고 생각했어요."

"그랬겠네요."

동의하듯 선호가 고개를 끄덕였다.

"시간이 많이 지나고, 늘 그렇듯 사진이 도착하면 웃기게도 열어 보기 전에 궁금증이 생기더라고요."

인선이 작게 웃었다.

"이 사람이 1년 동안 어디를 다녀왔구나. 부럽기도 하면서 누구인지도 모르는 사람이 보내 온 사진을 보는 게 즐겁기도 했어요. 나도 언제쯤 여기 가 봐야지. 이런 생각도 들었고요."

그저 말없이 바라보는 선호를 향해 인선이 고개를 돌렸다.

"아. 죄송해요. 말이 이상한 쪽으로 흘렀죠?"

"아니요. 괜찮아요."

"그 사진에 지금 이곳의 풍경도 있었어요. 그 얘기 하려다가 말이 길어졌네요. 언젠가는 가 봐야지 했는데 지금 눈앞에서 보고 있으니 신기해서요."

여전히 인선에게서 시선을 떼지 않은 선호가 천천히 물어 왔다.

"그래서 그 사람이 누구인지 지금은 알아냈어요?"

인선이 미소 지으며 고개를 모로 저었다.

"사진이 오지 않은 지 몇 년 됐어요. 처음에는 왜 안 보내지? 궁금했는데 사실 꼭 보내야 하는 건 아니잖아요. 제가 괜히 기대한 거지."

"……."

"아마도 저처럼 사는 게 바쁜가 보죠."

인선의 말에 선호가 소리 내 웃었다.

"아직도 왜 사진을 보내 왔는지 궁금하기는 해요."

"인선 씨한테 보여주고 싶었나 보죠."

"뭘요?"

살며시 눈꺼풀을 밀어 올린 인선이 물었다.

"자신이 보고 있는 것들. 지금처럼 아름다운 풍경들. 혼자 보기 아까워서 보내 준 게 아닐까요?"

"그런 건가."

대수롭지 않듯 답한 인선이 콧등을 찌푸렸다.

"그럼 그렇다고 말을 하든가, 아니면 누구라고 밝히든가 사람 궁금하게."

"그러게요."

"제가 모르는 사람인데도 혹시 이 사람이 무슨 일이 생긴 건가 걱정까지 했다니까요?"

불만스러운 표정을 짓던 인선이 금세 표정을 바꾸고 빙긋 웃었다.

"여전히 많이 궁금하기는 하지만 이유가 있겠죠."

"그렇겠죠."

"그 이유가 뭔지는 모르겠지만, 그냥 어디에선가 아무 일 없이 잘 살고 있었으면 좋겠어요.”

해탈한 듯 중얼거리는 인선을 바라보며 선호가 천천히 입술을 밀어 올렸다.

“잘 살고 있을 거예요. 아무 일 없이.”

강 위로 반짝이는 불빛들을 가득 담은 인선의 눈동자가 천천히 선호에게 닿았다. 말없이 타워 브리지로 시선을 돌리는 선호의 모습에 인선의 시선도 제자리로 돌아갔다.

타워 브리지를 벗어나 다른 곳으로 걸음을 옮겼다. 아무 생각 없이 걸으며 런던의 아름다운 야경을 눈에 담다 보니 시간이 꽤 지나 있었다. 다음 날의 일정이 걱정된 인선이 아쉬움을 뒤로하고 호텔로 돌아갈 것을 권했고, 선호도 마다하지 않았다. 택시에 올라탄 선호가 핸드폰을 바라보며 살며시 미간을 구겼다.

“아직 안 보냈네.”

선호의 낮은 중얼거림이 인선이 살며시 그를 향해 고개를 돌렸다.

“내일 아침에 필요한 서류 하나가 빠져서 진호한테 보내라고 했거든요. 그런데 아직 안 보내서요.”

“전화해 보세요. 지금 한국 시간이…… 이제 아침 7시쯤 되겠네요.”

“그래야겠어요.”

진호에게 전화를 걸었다.

“어. 나야. 서류는?”

ㅡ죄송해요. 지금 대표님 집으로 가고 있어요. 어제 임원들 술자

리가 늦어지는 바람에 못 보냈습니다. 거기 아직 밤이죠?

"응. 아직 괜찮아. 지금 가서 보내."

—네. 거의 다 왔어요. 보내고 연락드릴게요.

"그래. 알았어. 고맙다."

멀뚱멀뚱 바라보는 인선의 시선에 선호가 빙긋 웃었다.

"곧 보낸다네요."

"다행이네요. 박 비서님도 바쁘시겠어요."

"늘 바쁘죠. 고맙기도 하고."

선호의 말에 인선이 큰 소리를 내며 웃었다.

"왜 웃어요?"

"아니요. 좀 덜 바쁘게 해 주세요. 아무리 본인이야 그렇다 쳐도 박 비서님도 개인 시간이 하나도 없잖아요. 연애도 좀 하고 그러셔야 할 텐데."

"그건 자기가 알아서 해야죠."

내가 뭐 연애하지 말라고 했나. 중얼거리는 선호의 목소리에 인선은 그저 웃었다.

* * *

"비밀번호가 뭐더라."

선호의 집 앞에 도착한 진호가 바쁘게 손을 움직였다. 띠띠띠.

"어. 이게 아닌가? 맞는데."

급한 마음을 가다듬으며 다시 비밀번호를 눌렀다. 띠리릭.

"됐다."

빠르게 문을 열고 선호의 집 안으로 들어갔다. 현관에 들어선 진호의 눈이 살며시 커졌다. 주인이 없는 집 안에 훤하게 켜져 있는 불빛. 순간 커다란 몸이 작게 움찔거렸다.

"뭐지…….

혹시나 도둑이라도 든 건가 싶은 생각에 마른침을 꿀꺽 삼키며 조심히 한 발을 디뎠다. 나쁜 일이 생겼다고 치기에는 너무나 깨끗한 거실.

'불을 켜고 출장을 갔나?'

살며시 고개를 갸웃거리던 진호의 동작이 순식간에 멈추었다. 박박박박. 무언가를 긁는 소리가 살짝 열린 방문 사이로 들려왔다. 야옹. 그리고 들리는 고양이 울음소리.

"아. 맞다. 고양이 있었지."

그제야 고양이를 키운다는 선호의 말이 떠올랐다.

"휴우. 놀랐잖아."

가방을 소파에 던져 놓은 진호가 방으로 성큼성큼 향했다.

"어디 있니?"

고양이를 볼 요량으로 가볍게 문을 벌컥 여는 순간.

"아악! 뭐야!"

심장이 쿵 하고 소리가 날 정도로 덜컥였다. 커튼이 완벽하게 쳐진 어두운 방 안에 눈동자를 반짝이며 자신을 바라보는 고양이 한 마리와 그리고 바닥에 엎드린 채 쓰러져 있는 한 여자. 방바닥에 정신없이 흐트러져 있는 여자의 기다랗고 까만 머리카락을 바라보는 순간 온몸에 소름이 돋았다. 정지 버튼을 누른 것처럼 멈춰 있던 진호가 정신을 번쩍 차렸다. 후다닥 방으로 뛰어들어가자 놀란 고양이가 재빨리 구석으로 도망쳤다. 하지만 지금 중요한 것은 그게 아니었다.

"저기요. 저기요."

바닥에 엎드린 여자의 어깨에 살며시 손을 얹고 흔들어 보았다. 미동조차 없는 그녀.

"저기요. 여보세요. 정신 좀 차려 봐요."

대체 무슨 일이 일어난 거지. 순식간에 맞닥뜨린 이상한 광경에 정신이 혼미해질 지경이었다.

"이봐요! 정신 좀 차려 봐요."

119에 신고를 해야 하나 핸드폰을 찾으려는 순간.

"으음……. 뭐야! 더 잘 거야!"

"히익!"

얼굴을 잔뜩 찌푸린 여자가 빠르게 몸을 뒤집었다. 화들짝 놀란 진호가 엉덩방아를 찧으며 바닥에 털썩 주저앉았다.

"엄마……. 나 더 잘 거야……."

"허……."

대체 이 여자는 뭐지? 갑자기 엄마를 찾는 여자의 모습에 황당한 표정을 짓던 진호가 숨을 크게 들이마셨다.

"저기요. 저기요! 여기 그쪽 어머니 안 계시거든요! 좀 일어나 봐요!"

번쩍. 여자의 동그란 눈이 순식간에 떠졌다. 이리저리 초점이 잡히지 않고 움직이던 눈동자가 순식간에 진호의 얼굴에서 딱 멈추었다.

"꺄악!"

"악!"

퍽 소리와 함께 두 명의 비명이 연달아 방에 터졌다.

"당신 뭐예요! 저리 가! 꺄악!"

눈을 뜨고 몸을 반쯤 일으켜 비명을 지르던 혜미가 벌떡 자리에서 일어나 침대 위로 번쩍 올라갔다.

"오지 마! 더 다가오면 신고할 거야!"

위협적이지도 않은 베개를 앞으로 휘두르는 그녀의 모습에 바닥에 주저앉은 진호가 어처구니가 없어서 헛웃음이 터졌다.

"당신이야말로 뭐야! 대표님 집에서 지금 뭐 하는 거야!"

응? 대표님? 그제야 정신이 반쯤 돌아온 혜미가 붕붕 휘두르던 베개의 움직임을 멈추었다.

"내가 먼저 신고하기 전에 말해! 여기서 뭐 하고 있었냐고!"

"차……. 차선호랑…. 아는 사이예요?"

"차선호?"

"그…… 그러니까……. 차선호 그…… 대표랑 아는 사이냐고요."

당연히 그렇다고 답하려던 진호의 시선이 베개 끝을 잡고 벌벌 떨리는 그녀의 손끝에 떨어졌다. 아무래도 선호와 아는 사이인 거 같은데 왜 이곳에서 그런 괴이한 모습으로 자고 있었는지는 모르겠지만 여자도 잔뜩 겁을 먹었음이 느껴졌다.

"네. 대표님 비서입니다. 잠깐 부탁하신 게 있어서 집에 온 거예요. 대체 당신은 뭐 하다가 여기서 그렇게…… 있는 겁니까?"

털썩. 위협적으로 서 있던 혜미가 침대 위로 털썩 주저앉았다. 힘을 주어 부릅뜨고 있던 눈이 순식간에 풀린 채 눈동자를 완전히 뒤덮었다. 그 모습에 살며시 놀란 진호가 자리에서 천천히 일어났다.

"저…… 저기. 괜찮습니까?"

불안하게 침대 위에 앉은 여자의 눈꺼풀이 자잘하게 떨렸다.

"저. 눈 좀 떠 보세요. 괜찮……."

"흐…… 흐…… 흐흑……."

역시나 터졌다.

"노…… 놀랐잖…… 아요. 흐흑…… 으앙!"

작은 흑 소리로 시작된 울음이 으앙으로 변하자 진호의 얼굴이 흙빛으로 변하기 시작했다.

"저기요. 자…… 잠깐만 진정해 봐요."

"지금…… 진정하게 생겼어요. 끄으윽…… 얼마나 놀랐는데…… 흐흑."

울면서 할 말은 다 하는 여자를 바라보며 진호가 거칠게 머리카락을 쓸어 넘겼다.

"놀란 건 알겠는데. 나도 놀랐어요! 그러니까 남의 집에서 왜 자고 있었냐고요!"

아무리 아는 사이라지만, 주인 없는 집에서 대체 왜. 얼굴 위에 흘러내린 눈물을 훔쳐 낸 작은 손이 구석을 가리켰다. 그녀의 손끝이 가리키는 곳에서 작게 야옹 소리를 내는 고양이를 진호가 바라보았다.

"부탁받아서…… 흑. 고양이 밥 주려고 흐흑, 왔다가 자…… 잠이 들어서…… 흐흑."

"하아……."

차선호. 누가 집에 들락날락하면 얘기해 주든가. 진호가 어금니를 꾹 깨물었다. 그러다 지금 자리에도 없는 사람에게 분노할 시간이 아님을 금세 깨닫고 천천히 침대로 다가갔다.

"소리 질러서 미안해요. 근데 정말 미안한데 울음 좀 그치면 안 될까요?"

두 톤쯤 낮아진 친절한 목소리였다. 무차별적으로 흘러내리던 눈물을 다시 손으로 닦아 낸 혜미가 천천히 바닥을 향하던 고개를 들어 눈앞에 남자를 바라보았다. 어마어마하게 큰 키에 윽박지르던 목소리와는 다르게 꽤 친절하게 생긴 남자.

"당연히 주인도 없는 집에 여자가 바닥에 쓰러져 있으면……."

"걱정돼서 깨웠어죠."

역시나 또박또박 말하는 그녀. 진호가 침착하게 숨을 들이마셨다.

"그래서 깨웠는데. 저 보고 먼저 소스라치게 놀라고 소리 지르고 때린 사람은 그쪽입니다."

"제…… 제가 때리기까지 했나요?"

"네."

기억이 가물거려 때린지도 몰랐던 혜미가 고개를 끄덕이는 진호를 멍하니 바라보았다.

"뭐. 별로 아프지도 않았으니까 그건 상관없고. 조금 진정됐어요?"

눈물이 얼룩진 작은 얼굴이 천천히 끄덕여졌다. 그제야 살짝 굳어 있던 진호의 얼굴이 완벽히 풀렸다. 눈앞의 여자도 안정이 되고 자신의 마음도 안정이 되고 나니 그제야 자신이 이곳에 온 목적이 떠올랐다.

"아! 잠깐만 여기서 진정 좀 하고 있어요."

후다닥 몸을 돌린 진호가 방을 빠르게 빠져나갔다. 멍하니 남자가 사라진 공간을 바라보던 혜미가 얼굴에 남아 있는 눈물을 닦아 내고 천천히 원이를 향해 고개를 돌렸다.

"원아. 너도 놀랐지?"

자잘하게 떨림이 남아 있는 숨을 남긴 혜미가 두리번거리다가 바닥에 놓여 있는 핸드폰을 바라보았다. 천천히 몸을 일으켜 핸드폰 화면을 확인하는 순간. 겨우 진정된 얼굴이 다시 울상이 되었다.

"망했다. 난 이제 죽었다."

혜미가 빼꼼히 방문 사이로 얼굴을 내밀어 거실을 바라보았다. 책상 앞 컴퓨터에 앉아서 분주하게 무언가를 하는 남자. 걸치고 있던 검정 재킷을 벗고, 셔츠에 넥타이만 맨 채로 모니터를 바라보며 손가락을 열심히 움직이고 있는 모습을 멍하니 바라보았다. 한참을 움직이던 그의 손가락이 멈추었다.

"됐다."

그의 목소리가 끝나자마자 방에서 혜미가 순식간에 튀어나왔다. 갑작스럽게 튀어나온 그녀의 모습에 진호의 눈이 살며시 커졌다. 무언가 말하려는 듯 머뭇거리던 그녀가 결심한 듯 입술을 꾹 눌러 물었다.

"왜. 그러시죠?"

"저. 초면에 너무 죄송한데. 혹시 차 가지고 오셨어요?"

"네?"

"제가 지금 아무래도 다리가 부러질 상황이거든요."

그의 시선이 천천히 그녀의 다리로 내려갔다. 대체 무슨 소리야.

"아니요. 부러진 게 아니라 곧 부러질지도 모른다고요."

더 이해되지 않는 그녀의 말. 그의 아리송한 표정을 무시한 채 혜미가 계속 말을 이었다.

"콜택시를 불렀는데 출근 시간이라 그런지 아무리 불러도 안 와요."

"……."

"죄송하지만. 저 좀 집에 데려다주시면 안 될까요?"

* * *

"타요."

짧은 고갯짓을 하며 운전석을 향하는 진호의 말에 혜미가 냉큼 보조석으로 올라탔다.

"주소 찍으세요."

말이 끝나기 무섭게 내비게이션 위로 혜미가 빠르게 주소를 찍었다.

"정말 죄송합니다."

주소를 찍고 손을 무릎 위로 가지런히 모은 혜미가 기어들어 가는 목소리로 속삭였다.

"아닙니다. 오해가 있어서 일어난 일이니 괜찮습니다."

"아니요. 집까지 데려다 달라고 한 거요. 제가 정말 긴급 상황 아니면 모르는 사람한테 이러지는 않는데. 택시도 안 오고 지금 제가 매달릴 곳이라고는 그쪽밖에 없어서요. 저희 아빠가 엄청 저를 사랑하시는데. 제일 싫어하시는 게 외박이라서요. 저 정말 다리가 부러질지 모르는 상황이거든요."

"박진호예요."

"네?"

정면을 바라보던 진호의 시선이 혜미에게 살짝 닿았다.

"그쪽 아니고 박진호라고요."

그제야 알아들은 혜미가 작게 고개를 끄덕였다.

"저는 주혜미예요. 이렇게 만나서 정말 민망하지만, 아무튼 만나서 반갑습니다. 박진호 씨."

정면을 바라보던 진호의 얼굴에 옅은 미소가 번졌다.

"아버님이 엄하신가 봐요."

"평소에는 그렇지는 않으신데. 외박에는 특히 민감하세요."

"당연히 그래야죠. 딸 가진 아빠들 다 그렇지 않나요?"

"그리고 남자 문제도요. 아마 제가 결혼 전에 남자랑 외박하면 그때는 다리가 아니라 제 목을 치실 걸요."

큭큭. 진호의 웃음소리에 혜미가 입술을 삐죽거렸다.

"웃지 마세요. 저 심각해요. 이제 스물여섯 살이나 먹은 딸을 왜 그렇게 감시하시는 건지. 이러다가 정말 진한 연애 한 번 못 하고 시집가게 생겼다니까요."

"아직 멀었는데 뭘 걱정해요."

"네?"

"스물여섯 살이면 아직 엄청 어린 나이 아닌가요? 요즘 다들 늦게 결혼하거나 안 하는 사람들도 많은데."

기다란 한숨이 혜미의 입술 사이로 흘러나왔다.

"죄지은 것도 없는데 뭐 그렇게 기죽어 있어요. 사실대로 말하면 되잖아요."

"그렇긴 하죠."

"정말 아버님이 생각하시는 그런 행동을 한 것도 아닌데. 가서 있는 그대로 말씀드리세요. 그 정도 아끼시면 딸이 거짓말을 하는지 안 하는지 정도는 아실 거예요."

가볍게 던지는 목소리에 괜한 안심이 되었다.

"그렇겠죠?"

조금은 밝아진 혜미의 목소리.

"근데 모르죠. 제가 그쪽 아버님을 잘 모르고 집안 사정도 잘 모르니."

"뭐예요! 위로하려면 쭉 위로만 하세요!"

큭 소리를 내며 진호가 웃었다.

"지금처럼 그렇게 당당하게 말하라고요. 아까처럼 기가 잔뜩 죽어서는 하려다가도 못 하겠어요."

"……."

어느덧 자동차가 혜미의 집 근처에 다다랐다. 여전히 걱정이 가득한 표정으로 창밖을 바라보던 혜미의 눈이 순식간에 커졌다.

"아악! 큰일 났다!"

갑자기 몸을 웅크리며 창문으로 보이지 않을 정도로 얼굴을 숨기는 혜미의 행동에 진호가 놀란 눈으로 그녀를 바라보았다.

"왜 그래요?"

"아빠."

"네?"

"아빠가 집 앞에서 기다리고 계세요."

혜미의 말에 진호가 고개를 정면으로 돌렸다. 주택가 골목 저 먼 발치에 망부석처럼 가만히 서 있는 한 중년 남자가 보였다.

"그냥 지나가요! 그냥!"

진호가 입술을 살며시 밀어 올렸다. 갑자기 멈추는 자동차. 히익 소리를 낸 혜미가 빠르게 진호를 향해 고개를 돌렸다.

"왜 멈춰요. 그냥 가요!"

"더 늦으면 더 혼날 거 같은데요?"

"네?"

갑자기 운전석에서 내리는 진호의 모습에 더 커질 것이 없을 것 같던 혜미의 눈이 더 크게 떠졌다.

"저기요. 이봐요. 빨리 다시 타지 못해요!"

작은 목소리로 급박하게 그를 불러 보았지만 그의 모습은 사라졌다. 그리고 갑자기 열리는 보조석 문.

"내리시죠. 주혜미 씨."

이 남자 미쳤다. 아무래도 이 사람은 아빠랑 같이 나의 다리를 치고도 남을 남자다. 어금니를 꾹 깨물었다. 웅크리고 있던 몸을 천천히 일으킨 혜미가 포기한 듯 깊은 한숨을 내쉬며 차에서 내렸다. 갑자기 앞에 멈춰 선 차를 바라보던 혜미 아빠의 눈이 크게 떠졌다. 키가 족히 190은 되어 보이는 체격 좋은 남자가 열어 준 차 문 사이로 자신의 딸이 내리는 모습이 포착되자 크게 떠졌던 눈이 완벽히 일그러졌다.

"야. 주혜미."

아빠의 목소리에 여전히 몸을 웅크리고 내린 혜미의 어깨가 작게 들썩거렸다.

"아빠."

"너! 왜 지금……!"

화가 묻어나던 아빠의 목소리가 자신을 향해 다가오는 체격 좋은 남자의 행동에 멈추었다.

"안녕하십니까. 박진호입니다."

저 남자가 지금 뭐 하는 거야. 가방을 가슴에 꼭 끌어안은 혜미가 긴장한 눈빛으로 마주 선 두 남자를 바라보았다.

"초면에 실례가 되지 않는다면 상황을 설명해 드려도 되겠습니까?"

당황하지 않은 차분한 표정과 목소리. 가만히 그를 바라보던 혜미의 아빠가 천천히 입술을 움직였다.

"네. 무슨 이야기죠?"

짧은 시간에 그의 설명은 끝이 났다. 또박또박한 목소리로 요점만 정확히 짚어 설명한 덕분인지 살짝 굳어 있던 혜미 아빠의 표정이 천천히 풀어졌다.

"너 진짜야?"

혜미를 향해 목소리를 키우는 아빠의 모습에 혜미가 빠르게 고개를 끄덕였다.

"정신을 어디에다가 두고 다니는 거야? 아무리 피곤해도 잠은 집에 와서 자야지."

"잠든지도 몰랐어요. 죄송해요."

길어질 것이라고 예상했던 아빠의 잔소리는 그것으로 끝이었다.

다시 진호를 향해 고개를 돌린 혜미 아빠가 천천히 말을 이었다.

"오히려 많이 놀라셨겠습니다. 제가 딸 단속을 잘 못 해서 일어난 일이니 이해해주십시오."

"아닙니다. 오히려 혜미 씨가 더 많이 놀랐을 겁니다. 너무 많이 야단치지 말아 주세요."

멀뚱멀뚱 친절히 오가는 대화를 듣고 있던 혜미가 천천히 두 사람에게 다가왔다.

"저는 그만 가 보겠습니다. 회사를 가야 해서요."

"네. 실례가 많았습니다. 조심히 들어가십시오."

살짝 고개를 숙여 인사를 마친 진호가 혜미를 향해 몸을 돌렸다.

"저는 이만 가 볼게요. 들어가세요."

"오늘…… 감사했습니다."

"뭘요."

끝까지 부드럽게 말을 건넨 진호가 몸을 돌려 차를 향했다. 진호가 차에 타자마자 집으로 들어가는 아빠를 따라 혜미도 빠르게 걸음을 옮겼다. 차가 출발하는 소리가 들리자 걸음을 옮기던 혜미가 살며시 고개를 돌려 멀어지는 차를 넌지시 바라보았다. 집으로 들어오자마자 소파에 털썩 앉는 아빠를 긴장한 눈빛으로 바라보았다.

"잠도 제대로 못 잤을 텐데. 들어가서 쉬어."

깜빡깜빡. 낯선 상황에 혜미의 눈꺼풀이 빠르게 움직였다.

"들어가서 쉬라고."

"네! 네! 저 들어가서 쉴게요."

혹시나 마음이 바뀌기 전에 빨리 자리를 벗어나야겠다는 생각에 후다닥 방으로 뛰어 들어왔다.

"하아⋯⋯. 무서워라."

두근두근. 빠르게 뛰는 심장이 선명하게 느껴졌다.

"대체. 이게 무슨 일이야."

긴장이 살짝 풀리자 웃음이 나왔다. 자신의 아빠는 가만히 눈을 뜨고 있는 것만으로 고압적인 기운이 넘치는 사람이다. 평소에 웬만한 사람들은 자신의 아빠 앞에 서면 이유 없이 주눅이 들어 마음먹었던 말도 제대로 꺼내지 못했다. 남의 일이라 그렇긴 하겠지만, 작은 흐트러짐 없이 끝까지 상황 설명을 똑바로 이야기하는 진호의 모습이 그저 신기하기만 했다.

"박진호⋯⋯ 덕분에 살았네."

휴우. 길게 편안한 한숨을 내쉰 혜미가 침대에 편하게 몸을 던졌다.

"언제 고맙다고 밥이나 한번 사야겠다."

* * *

"파일은 받으셨어요?"

호텔 레스토랑에 마주 앉아 아침을 먹던 인선이 물어왔다.

"네. 어제 바로 보냈더라고요."

"다행이네요."

작게 고개를 끄덕인 인선이 무언가 생각난 듯 눈을 살며시 크게 떴다.

"그러고 보니 혜미는 잘하고 있나?"

처음에 도착해 걱정하지 말라는 문자를 주고받은 이후로 도통 정신이 없어서 신경을 쓰지 못했다.

"연락 없었어요?"

"네. 도착해서 몇 번 주고받았는데. 제가 정신이 없어서. 근데 뭐 연락 없는 거 보니 아무 일 없는 거겠죠."

"그렇겠죠."

다시 시작된 식사. 말없이 음식을 먹던 선호가 고개를 들어 인선을 바라보았다.

"그리고 오늘 저녁에 작은 파티가 있어요. 제가 말 안 했죠?"

"파티요?"

생소한 단어에 인선의 눈이 살며시 커졌다.

"네. 오늘 마지막 날이라서 주최 측에서 마련한 파티예요. 그때 유인선 씨도 같이 가시면 됩니다."

"저도요?"

"네."

내일이면 출장의 모든 일정이 끝이 난다. 그동안 공식적인 석식 자리에는 한 번도 함께 참석한 적이 없었다. 살며시 다가오는 부담감에 인선의 얼굴 위로 걱정이 서렸다.

"오전 회의 끝나면 공식적인 일정은 다 끝나니 잠깐 쉬다가 가면 될 것 같습니다."

"아. 네."

탐탁지 않은 그녀의 대답에 흘깃 그녀를 바라본 선호가 부드럽게 입술을 밀어 올렸다.

"왜요? 부담스러워요?"

"네. 파티라고 하시니까. 그런데 가 본 적이 없어서요. 다른 직원 분들도 다 참석하는 건가요?"

"네."

"아. 그렇구나."

"그냥 편하게 즐기면 됩니다. 맛있는 거 많을 거예요."

가볍게 말하는 선호를 바라보며 천천히 고개를 끄덕였다.

* * *

오전 회의 일정을 마친 선호를 따라 회의실에서 나왔다.

"이제 일정은 다 끝나신 거죠? 고생하셨어요."

"네. 유인선 씨도 고생 많았어요."

"제가 뭐 한 게 있나요. 그냥 따라다니기만 했지."

"따라다니기만 한 것도 고생이에요. 얼마 시간이 안 남기는 했지만 돌아갈 때까지 편안하게 지내요."

"네."

대답을 마친 인선이 아침에 선호가 이야기했던 파티를 떠올렸다.

'무슨 옷을 입어야 하지.'

TV나 영화에서 본 것만으로 유추해 보건대 외국에서의 파티라 하면 자고로 화려한 드레스와 제대로 차려입은 턱시도 정도는 입어 줘야 하는 게 아닌가 하는 생각이 들었다. 자신의 가방 안에 있는 옷들을 하나하나 기억 속에서 끄집어내 보았다. 전혀 어울리지 않는 오피스 룩들뿐이다. 뭐 그래도 전혀 상관없겠지.

"차선호!"

가볍게 생각을 마친 인선이 멀리서 들려오는 주리의 목소리에 살며시 고개를 돌렸다. 어느새 가깝게 다가온 주리가 선호와 인선을 번갈아 보며 환하게 웃었다. 오늘도 역시나 밝은 에너지가 넘치는 그녀였다.

"안녕하세요."

"네. 안녕하세요. 인선 씨. 야. 너는 인사도 안 하냐?"

상냥하게 인선의 인사를 받은 주리가 가는 눈으로 선호를 흘겼다.

"왔냐?"

"어. 네가 오라며."

"응. 오늘 잘 부탁한다."

"걱정하지 마."

무슨 내용인지 전혀 알지 못하는 인선은 그저 두 사람을 번갈아 바라보았다. 환한 웃음을 머금은 주리가 인선을 향해 몸을 돌렸다.

"인선 씨. 가요."

"네? 저요?"

"네. 저랑 같이 가야죠."

대체 어디를……. 크게 떠진 인선의 눈이 선호를 향했다.

"아. 내가 미리 말을 못 했네요. 오늘 파티 때문에 주리가 도와줄 거예요."

뭘 도와준다는 거지? 여전히 이해하지 못한 인선의 아리송한 시선에 선호가 살며시 시선을 피했다.

"아. 모르셨구나."

천천히 인선의 머리부터 발끝까지를 훑어 내린 주리가 빙긋 웃었다.

"지금도 충분히 예쁘지만, 오늘은 특별히 예뻐야 하니까요. 나만 믿고 따라와요."

"어…… 어……."

"간다. 이따가 보자."

그래. 답하며 몸을 돌려 선호가 자리를 벗어났다.

팔짱을 끼고 빨리 가자며 재촉하며 걸음을 옮기는 덕에 그저 당황한 표정으로 그녀를 따라갔다. 호텔 앞에 세워진 그녀의 자동차에 올라탄 인선이 빠르게 물었다.

"어디 가는 거예요?"

"안 잡아먹어요. 걱정하지 마요."

빙긋 웃으며 던지는 그녀의 말에 인선이 멍한 표정을 지었다. 그런 인선을 흘깃 바라본 주리가 빠르게 말을 이었다.

"어제 선호가 부탁하더라고요. 인선 씨 오늘 파티 가야 하는데 아마 옷이랑 아무것도 준비 안 해 왔을 거라고요."

"아……."

전혀 몰랐던 이야기.

"그래서 제가 오늘 특별히 인선 씨를 모시고! 가는 거죠. 이제 이해되시나요?"

"안 그러셔도 되는데."

파티도 부담스럽긴 했지만, 이러는 것도 부담스러웠다.

"괜히 바쁘신데 저 때문에."

"네. 저 엄청 바빠요. 그런데 신기해서 말이에요."

"뭐가요?"

운전대를 잡고 정면을 바라보던 주리가 피식 웃었다.

"그거 알아요? 하긴 모르겠구나. 저 차선호라는 인간이 나한테 부탁이란 걸 웬만하면 안 하거든요. 그런데 부탁을 하지 뭐예요?"

"……."

"평소 같으면 '야. 이것 좀 해라.' 아주 건조한 말투로 말했을 텐데 어제는 웬일로 '야. 부탁 하나만 하자.' 이러더라니까요?"

안 봐도 뻔히 떠오르는 그의 표정과 목소리에 인선이 희미하게 웃었다.

"그러니 제가 바빠도 해야지 어쩌겠어요."

"죄송해요. 바쁘신데."

"노노. 전혀 인선 씨가 죄송할 일이 아니에요."

"그래도요."

괜찮다고는 하지만 자신 때문에 부탁했다는 말에 괜히 민망함이 밀려왔다. 여전히 편하지 않은 표정을 머금은 인선을 흘깃 바라본 주리가 천천히 말을 건네 왔다.

"그런데……. 선호랑 무슨 사이예요?"

살며시 내리고 있던 눈동자를 올렸다. 대표와 직원이라고 답하기에 얽혀 있는 사연이 있다 보니 인선이 잠시 머뭇거렸다.

"아! 미안해요. 나 먼저 얘기해야지. 혹시 들었어요? 나랑 선호가 무슨 사이인지?"

"아니요."

"하긴 그 녀석이 그런 말을 할 사람이 아니지."

안 봐도 뻔해. 읊조린 주리가 말을 이었다.

"제 남편 친구예요. 아니다, 엄연히 말하면 원래 셋이 친구였다가 제가 남편이랑 결혼한 거죠. 어렸을 적부터 친구예요."

"아……."

거리낌 없이 친해 보이는 이유가 있었다. 작게 고개를 끄덕이던 인선이 천천히 입술을 움직였다.

"저랑 대표님은 그냥 회사 대표와 직원 그거 말고는 없어요."

"그래요?"

의외라는 듯한 눈빛이 잠시 닿았다가 사라졌다.

"네. 회사 들어온 지 얼마 되지도 않았어요."

인선의 말에도 여전히 같은 표정으로 주리가 살며시 눈매를 찌푸렸다.

"그런데 이상하다."

"뭐가요?"

"아니……. 그. 아, 그런데 이런 말 해도 되나?"

잠시 머뭇거리던 주리가 다시 말을 이었다.

"이런 부탁을 한 것도 의외였고. 혹시 며칠 전에 선호 만났어요?"

매일 같이 있었기에 만났냐는 질문의 의도를 제대로 파악하지 못한 인선이 가만히 그녀를 바라보았다.

"저랑 미팅하고 돌아온 날이요. 그때 제가 잠깐 차에 뭐 가지러 내려왔다가 호텔 로비에서 선호 만났거든요."

아마도 자신이 편의점에 다녀왔던 날을 이야기하는 듯했다.

"그때 혹시 인선 씨 못 봤냐고 묻는데. 표정이 너무 심각해서 제가 당황스러울 정도였거든요."

"아. 그날 제가 전화기도 꺼져 있고 말도 안 하고 밖에 오래 나갔다 왔거든요."

"그랬어요?"

"아마 그래서 걱정하셨나 봐요."

인선의 말을 가만히 듣고 있던 주리가 다시 입을 열었다.

"그냥 걱정한 게 아닌 거 같던데요?"

주리의 말대로 인선도 그날 그의 걱정이 과했다는 것을 알고 있었다. 물론 그도 인정했던 부분이었다.

"제가 해외도 처음이고 너무 오랫동안 연락이 안 돼서 그러셨다고 하시더라고요."

"음……."

"주리 씨가 생각하는 그런 관계 아니에요."

주리가 말하려는 둘 사이의 관계가 어떤 것인지 대충 감음이 되었기에 인선이 웃으며 답했다.

"뭐 어쨌든 그날은 저도 조금 놀랐어요. 아무튼, 오늘 몇 년 만에 선호가 한 부탁을 제가 제대로 지켜야 하니. 저만 잘 따라오세요. 아시겠죠?"

톤이 한층 올라간 명랑한 목소리가 퍼졌다.

"네. 감사합니다."

여전히 쑥스럽기는 했지만, 색다른 경험이라고 생각하기로 하고 그녀를 바라보며 빙긋 웃었다. 고급스러운 빌딩이 줄지어 서 있는 도로에 차가 멈춰 섰다.

"내리세요. 다 왔어요."

차에서 내린 인선이 따라오라는 주리의 말에 그녀를 따라 걸음을 옮겼다. 문을 열고 들어가자, 고급스럽고 화려한 내부 실내장식이 인선의 눈을 사로잡았다. 세련되게 갖춰 입은 외국 여자가 주리와 인선에게 다가와 밝게 인사했다.

"저희 회사 행사 있을 때나 개인적인 일 있을 때 제가 자주 애용하는 숍이에요."

인선에게 짧게 설명을 끝낸 주리가 매니저쯤으로 보이는 외국여자와 상냥하게 대화를 주고받았다. 주리와의 대화를 마친 직원이 친절한 표정으로 다가와 인선의 머리에서부터 천천히 시선을 내리며 인선을 살피기 시작했다. 이런 것이 익숙하지 않은 인선의 얼굴이 살며시 붉게 물들었다.

"괜찮아요. 인선 씨. 한국에는 이런 문화가 별로 없잖아요. 그냥 편하게 즐기면 돼요."

주리가 다가와 괜찮다는 듯 작게 속삭였다.

"네. 그럴게요."

그녀의 속삭임에 부담감을 살며시 내려놓은 인선이 직원이 안내하는 곳으로 걸음을 옮겼다.

생각보다 긴 시간이 흘렀다. 아무것도 하지 않은 채 자신의 얼굴과 머리 위를 분주하게 움직이는 손에 모든 것을 맡겼다. 아마도 신부가 결혼식을 준비하면 이렇게 힘들지 않을까 하는 생각이 들었다. 그래도 시간이 지날수록 거울 속에 점점 변해 가는 자신의 모습이 신기해 몇 번이고 들여다보았다. 헤어와 메이크업을 마치고 주리가 직접 골랐다는 검정색 홀터 넥 드레스를 입었다.

"이거 등이 너무 파이지 않았나."

목선 아래로 등 라인이 훤히 보이는 드레스가 은근 신경 쓰이는 인선이 거울에 자꾸만 등을 비추어 보였다. 옆에서 그저 예쁘다 아름답다를 외치는 직원에게 어색하게 미소를 보였다.

"와. 진짜 예뻐요."

어느새 드레스를 갈아입은 장소로 들어온 주리가 감탄사를 뱉으며 들어왔다. 붉은빛이 감도는 실크 드레스를 입고 자신을 향해 다가오는 주리의 모습에 오히려 인선이 감탄사를 내뱉었다.

"와. 주리 씨. 너무 예뻐요."

주리가 큭큭 웃었다.

"네. 저도 예뻐요. 그런데 오늘은."

살며시 인선의 어깨를 두 손으로 잡은 주리가 거울을 향해 인선의 몸을 돌렸다.

"봐요. 어때요?"

"이상해요."

"엥? 어디 가요?"

"그냥. 제가 아닌 거 같아서요."

"아아……."

이해가 됐다는 듯 주리가 작게 미소 지었다.

"드레스가 너무 파이지 않았어요?"

"전혀요."

여전히 노출이 신경 쓰이는 인선이었다.

"이렇게 예쁜 몸매를 왜 숨겨 놓고 다녀요. 그리고 사실 가 보면 아시겠지만 이 정도 노출은 거기서 아마 노출도 아닐 거예요."

"그럴까요?"

"당연하죠. 제가 하루 이틀 다녀요? 잠깐만 기다려요."

매니저에게 다가가 잠시 이야기를 나누고 다시 돌아온 주리가 시간을 확인했다.

"이제 가면 파티 시작하겠네요."

"벌써요? 시간이 엄청 오래 걸렸네요."

대체 얼마나 오래 앉아 있었던 거야. 어쩐지 힘들더라.

"네. 이게 보통 일이 아니라니까요. 그러니 오늘 여기서 공들인 시간이 아깝지 않게 실컷 즐겨요. 알겠죠?"

"네. 그래야겠네요."

"가요. 늦겠어요."

차를 타고 호텔을 향했다. 불편하기도 했지만 어색함이 컸다. 이런 모습으로 선호의 앞에 마주할 생각을 하니 괜히 얼굴에 열기가 올라왔다.

Rrrrr. Rrrrr.

"허니. 어디예요?"

주리가 밝게 전화를 받았다.

"응. 지금 가고 있어요. 5분? 10분? 선호는 만났어요? 응. 같이 가고 있어요."

아마도 자신에 대해 물었던 모양이다. 전화를 받던 주리의 시선이 흘깃 인선에게 닿았다.

"어. 너무 아름답고 사랑스럽고 예뻐요. 기대하고 있으라고 전해 줘요."

주리의 말에 잠시 식었던 인선의 얼굴이 다시 붉어졌다. 전화를 끊은 주리가 그런 인선을 바라보며 빙긋 웃었다.

"기다리고 있나 봐요. 빨리 가야겠어요."

"남편분도 오시나 봐요."

괜한 민망함에 질문을 던졌다.

"네. 오늘 파트너 동행 파티잖아요. 저도 저의 하니를 불러야죠."

"파트너요?"

"네. 몰랐어요? 이 자식 진짜 아무 얘기도 안 해 줬네."

직원들 모두 참석하는 파티라더니. 인선이 그의 말을 떠올리며 작게 헛웃음을 터트렸다. 호텔 근처에 차가 도착했다.

"어? 나와서 기다리네. 어지간히 기다렸나 보네."

저 멀리 호텔 문 앞에 서 있는 두 남자의 모습이 보였다. 인선이 괜히 어색해서 고개를 숙여 자신의 모습을 확인했다. 차가 호텔 앞에 멈추고 선호가 보조석으로 다가오는 모습이 보였다.

'아니. 왜 이렇게 긴장해.'

이상하게 긴장하는 자신의 모습이 우스워 작게 웃음이 났다. 그저 평소와 마찬가지로 행동을 해야겠다고 생각을 마쳤다.

보조석 문이 열리고 살며시 고개를 든 인선이 자신을 바라보는 선호와 눈을 맞추었다. 그 또한 평소와 다른 모습이었다. 격식이 잘 갖춰진 검정 턱시도를 입은 그의 모습은 평소에도 범상치 않았던 그의 외모를 더욱더 빛나게 해 주었다. 조금 전 자신의 모습 때문에 했던 긴장은 저 멀리 날아가고, 자신의 눈앞에 서 있는 선호만이 눈에 들어왔다.

"잘 다녀왔어요?"

부드럽게 떨어지는 미소와 함께 잔잔한 목소리로 그가 물어왔다.

"네. 잘 다녀왔어요."

잠시 멍했던 정신을 바로 잡고 그와 마찬가지로 인선이 부드럽게 답했다. 천천히 그가 그녀를 향해 손을 내밀었다. 지금의 복장과 잘 어울리는 예의 바르고 격식이 갖춰진 그의 행동에 인선이 작게 미소 지었다. 작은 손을 그의 손위로 얹었다. 살며시 감싸며 당겨 오는 그의 이끌림에 차에서 내린 인선이 그와 마주 섰다.

"허니. 왜 나와 있어요. 그렇게 기다렸어요?"

애교가 가득 섞인 목소리가 옆에서 들려왔다. 인선을 바라보던 선호의 미간이 살며시 구겨졌다. 그 모습에 인선이 작게 소리 내웃었다.

"응. 기다렸지. 오늘 너무 예쁘다."

다가온 주리의 허리를 감싸 안으며 입술 위에 키스를 남기는 그녀 남편의 모습을 인선이 흐뭇하게 바라보았다.

"또 시작이네."

작게 읊조리는 선호의 목소리를 들은 주리가 남편의 팔짱을 낀 채로 두 사람에게 다가왔다.

"허니. 이쪽은 유인선 씨. 인선 씨. 이쪽은 제 남편 오영준이에요."

"안녕하세요. 오영준입니다."

다정한 인상의 영준이 다정한 목소리로 인사를 건넸다.

"안녕하세요. 유인선입니다."

"네. 반가워요. 오늘 선호 잘 부탁드려요."

"야. 네가 뭔데 나를 부탁해."

툴툴거리는 선호의 목소리에 주리가 선호에게 가깝게 다가왔다.

"차선호 어때?"

"뭐가? 왜 이렇게 가까이 다가와. 네 남편 옆으로 가."

"인선 씨. 어떠냐고."

왠지 어떤 말을 들어도 손발이 오그라들 것 같은 느낌에 인선이 난감한 표정을 지었다. 그러면서도 살짝 어떤 대답이 돌아올지 궁금해 그를 흘깃 바라보았다.

"수고했다."

그와 어울리는 답변이었다. 인선이 작게 웃었다.

"야. 그게 다야? 예쁘다. 아름답다. 세상에! 와우! 이런 거 뭐 없어?"

"적당히 해라."

"저게 부탁해서 일부러 신경 썼더니."

"수고했다고 했잖아."

인상을 가득 구긴 주리가 영준을 향해 몸을 돌렸다.

"허니. 오늘 나 어때요?"

"워우! 오늘 너무 눈부시게 아름다워! 대체 누구 와이프가 이렇게 눈부시지?"

얼굴 가득 풍부한 감정을 고스란히 담은 영준의 모습에 선호의 표정이 말도 못 할 정도로 일그러졌다.

"야. 봤지? 이 정도는 해야지."

"놀고들 있네."

선호가 웃고 있는 인선을 향해 몸을 돌렸다.

"우리는 먼저 가죠. 야! 오늘 너희 둘이 놀아."

그가 살며시 인선에게 팔을 내밀었다. 자연스럽게 인선이 팔짱을 끼자 선호가 천천히 문을 향해 몸을 돌렸다.

"왜. 같이 놀아야지 재미있지. 인선 씨. 안에서 만나요."

"네."

빨리 갑시다. 작게 속삭이며 걸음을 옮기는 선호의 행동에 웃음을 머금은 인선이 그와 걸음을 맞추었다. 어느새 멀어진 선호와 인선의 뒷모습을 멍하니 바라보던 주리가 빙긋 웃으면 영준을 바라보았다.

"잘 어울리지?"

"그러네."

상냥하게 웃으며 영준이 답했다.

"아무리 생각해도 인선 씨만 모르는 거 같단 말이야."

"뭐가?"

"원래 뭐 부탁 같은 거 잘 안 하는데 부탁한 것도 그렇고. 아. 허니는 모르지?"

"뭐를?"

"내가 며칠 지켜본 결과 지금까지 본 차선호와는 전혀 다르고 낯선 느낌이었거든."

고개를 갸웃거리며 이야기하는 주리를 영준이 가만히 바라보았다.

"보통 쟤한테 관심 있던 여자나 다른 여자들 대할 때랑 완벽히 다른 느낌."

"그래?"

"응. 여자한테 촉이라는 게 있잖아. 내가 쟤를 하루 이틀 봐? 아무튼, 분명해."

두 사람이 사라진 곳을 향해 영준이 고개를 돌렸다.

"그럼 그 사람은 다 잊은 건가?"

"그러게……."

잠시 말을 멈추었던 주리가 빙긋 웃었다.

"뭐 어쨌든 좋은 일이잖아? 누군가를 좋아하고 사랑하는 거. 그게 차선호한테도 왔다는 사실이."

"그래. 우리처럼. 그렇지?"

"응. 이제 우리도 들어가요."

걸음을 옮기던 주리가 천천히 고개를 들어 하늘을 바라보았다.

"응? 왜?"

갑자기 멈추는 주리의 행동에 영준이 물어왔다. 바람조차 흐르지 않는 맑고 아름다운 런던의 밤하늘. 여전히 하늘을 응시한 주리가 부드럽게 입술을 밀어 올렸다.

"그냥. 사랑에 빠지기 딱 좋은 날인 거 같아서. 가요."

* * *

파티 장소는 출장 기간 회의가 일어졌던 회의장이었다. 아무 생각 없이 그를 따라 들어간 인선의 눈이 휘둥그레졌다. 그동안 여러 번 왔던 곳이라고 믿기 어려울 정도로 다른 장소로 변해 있는 회의실. 은은하고 화려한 조명 아래 고급스러운 테이블 위로 먹기 아까울 정도로 예쁜 음식들이 나열되어 있었다. 잘 차려진 파티장 한쪽에 귀를 행복하게 만들어 주는 아름다운 곡을 연주하고 있는 작은 오케스트라까지.

화려하게 차려입은 아름다운 여자들과 턱시도를 갖춰 입은 남자들이 여기저기 모여 이야기를 나누는 모습이 보였다. 역시나 TV에서만 보던 광경이 눈앞에 펼쳐지자 신기함은 금치 못했다. 걱정했던 것과 다르게 처음 맞이한 분위기에 가슴속에 설렘이 자리 잡기 시작했다. 이곳저곳 즐거움을 담은 눈동자로 살피는 인선의 모습 위로 선호의 눈빛이 지그시 떨어졌다.

"어때요?"

"좋아요."

기다렸다는 듯 그녀가 바로 답했다.

"어색할 줄 알았는데 괜히 들뜨네요."

"좋다니 다행이에요."

"네. 그런데 왜 말씀 안 하셨어요?"

"뭐가요?"

살며시 올려 뜬 그녀의 눈동자를 가만히 바라보았다.

"오늘 파트너 동행 파티라면서요."

"아아……."

난 또 뭐라고. 그가 작게 속삭였다.

"우리 파트너 맞잖아요."

"……."

"잊었어요? 내가 유인선 씨랑 처음 식사한 날 말했던 거 같은데."

"아아……."

난 또 뭐라고. 이번에는 인선이 작게 속삭였다.

"이리 보나 저리 보나 파트너 맞으니까. 즐기다 가요."

이제는 아무 의미도 없는 파트너. 인선이 작게 웃었다.

"아무튼, 오늘 잘 부탁해요."

느릿한 웃음이 선호의 얼굴에 번졌다.

"네. 저도 잘 부탁드려요."

답하듯 그녀가 환하게 미소 지었다.

그와 팔짱을 끼고 파티장 안으로 들어갔다. 주리의 말대로 자신보다 화려한 드레스를 입은 아름다운 여성들의 모습에 감탄사가 절로 흘러나왔다. 테이블에 나란히 앉은 선호가 인선을 바라보았다.

"먹고 싶은 거 마음껏 먹어요."

"네. 그럴게요."

"한잔할래요?"

인선이 고개를 가볍게 끄덕였다. 자리에서 일어난 선호가 약간의 음식과 함께 와인 두 잔을 가지고 자리로 돌아왔다.

"와인 괜찮죠?"

"네. 괜찮아요."

그가 건네준 와인을 조금씩 홀짝홀짝 마시기 시작했다. 인선과 마찬가지로 와인을 한 모금 마신 선호가 잔을 내려놓고 물어왔다.

"어땠어요?"

"뭐가요?"

"그냥 출장. 힘들지는 않았어요?"

"제가 힘들 게 뭐가 있어요. 저는 그냥 좋았어요. 좋은 구경도 했고, 이렇게 신기한 곳에 와 보기도 하고. 회의 때 졸려서 조금 힘들기는 했지만요."

이해한다는 듯 선호가 웃으며 고개를 끄덕였다.

"처음에만 그렇지 다니다 보면 익숙해져요."

그의 말에 인선이 살며시 입술을 밀어 올렸다. 잠시 고민하던 인선이 말없이 와인을 마시는 선호를 바라보았다.

"저 대표님······."

"네."

"오. 차 대표. 오랜만이야."

꾹 다물었던 입술을 천천히 움직이려는 순간 뒤에서 들리는 목소리에 선호가 고개를 돌렸다.

"아. 안녕하세요. 잠깐만요."

"네."

자리에서 일어선 선호가 자신을 부른 남자에게로 다가갔다. 가만히 남자와 이야기를 나누는 선호의 모습을 바라보던 인선이 작은 숨을 내쉬었다.

"조금 이따가 얘기하지 뭐."

앞에 놓인 와인을 조금씩 마시며 그가 오기를 기다렸다.

"인선 씨. 선호 어디 갔어요?"

주리가 다가왔다.

"아. 방금까지 옆에 계셨는데. 아, 저기 계시네요."

먼발치에서 다른 사람들과 이야기를 나누는 선호의 모습이 보였다.

"얘는 이런 미인을 혼자 두고 저기 가서 뭐 하는 거야."

"괜찮아요. 영준 씨는 어디 가셨어요?"

"그분도 뭐 아는 사람들을 만나셔서. 이러려면 잘생긴 다른 남자 데려오는 건데."

뽀로통한 표정을 지은 주리가 주변을 살피다 눈을 반짝였다.

"인선 씨. 술 잘 마셔요?"

"아니요. 그냥 조금 마셔요."

"여기 엄청 맛있는 술들 많아요. 잠시만요. 제가 가지고 올게요."

"아. 저는……."

괜찮다는 말을 다 뱉지도 못했는데 주리가 눈앞에서 사라졌다.

"뭐. 내일 오전 일정 없으니. 조금은 마셔도 괜찮겠지."

주량이 많지는 않았기 때문에 살며시 걱정되기는 했지만, 적당히 조절하면 되겠지 생각했다. 잠시 후 예쁜 색상의 술이 담긴 잔을 들고 주리가 나타났다.

"와. 이거 색이 정말 예뻐요."

"저기 가면 원하는 칵테일 다 만들어 줘요. 이건 오늘 바텐더 추천 칵테일이에요."

조금 마시겠다던 사람은 어디 갔을까. 그 어느 때보다 인선의 눈이 반짝였다.

"이거 정말 맛있어요."

잔을 들고 살짝 안에든 액체를 찰랑찰랑 흔들며 인선이 히죽 웃었다.

"마시고 한 잔 더 마셔야지."

"인선 씨. 취했어요?"

"아니요. 괜찮은 거 같아요."

주리가 이리저리 인선을 살폈다. 혀가 꼬이거나 하지는 않았는데 시종일관 초승달처럼 휘어진 눈매며 빙긋빙긋 웃는 모습이 살며시 평소와는 다른 모습이었다. 가만히 인선을 지켜보던 주리가 작게 웃음을 터트렸다.

"왜 웃으세요?"

역시나 빙긋 웃으며 물어오는 인선.

"인선 씨. 귀엽네."

"저요? 아니에요. 안 귀여워요."

안 귀엽다는 말도 싱긋싱긋 웃으며 참 귀엽게 한다.

"안 되겠어요. 이제 그만 마셔요. 저 선호한테 혼나겠어요."

"에이. 괜찮아요."

"아니다. 더 좋아하려나? 너무 귀여운데?"

"네?"

"아니에요. 아무튼, 이제 그만 마셔요."

"저 정말 안 취했어요. 그냥 기분이 딱 좋은 상태."

정말로 취하지는 않았지만, 살며시 밀려오는 알코올 기운에 기분이 조금씩 좋아지기 시작했다. 한 잔만 더 가지고 오겠다는 인선을 만류한 주리가 고개를 들어 주변을 살폈다.

"얘는 대체 어디 간 거야? 오영준 얘도 어디 갔어."

한 시간 정도가 지났음에도 두 사람의 모습이 보이지 않았다.

"이 남자들이 진짜! 인선 씨. 저 잠깐 두 사람 좀 잡아 올게요."

"저는 괜찮아요."

"안 돼요. 파트너 데려와서 이게 뭐야. 딱 여기서 기다려요."

주리가 자리를 비우고 얼마 남지 않은 칵테일을 홀짝거리며 마시던 인선이 잔을 내려놓았다. 살며시 구부리고 있던 허리를 바르게 폈다. 평소에 입어 본 적 없는 드레스가 답답하게 느껴지기도 했고, 살며시 밀려 올라오는 술기운에 시원한 파티장 공기마저 답답하게 느껴졌다. 이리저리 돌리던 인선의 시선에 파티장 끝에 자리 잡은 테라스가 보였다.

"잠깐 바람이라도 쐬고 와야겠다."

혹시나 그가 찾을까 봐 핸드폰이 든 클러치를 손에 꼭 쥐고 테라스를 향했다.

문을 열고 나가자 파티장보다는 조금 따스한 공기가 온몸을 감싸 왔지만, 오히려 시원한 기분이 들었다. 은은한 조명이 번지는 예쁘게 잘 꾸며 놓은 호텔 정원이 한눈에 내려다보이는 테라스.

"와. 여기 예쁘다."

천천히 테라스 끝 난간으로 걸음을 옮겼다. 살며시 난간에 기대어 심호흡하듯 크게 숨을 들이마시고 내쉬었다. 코끝에 스며드는 풀 향기와 어느새 조금은 익숙해진 기분 좋은 영국의 밤공기. 저도 모르게 히죽 웃음이 났다.

"아. 나 정말 취했나. 기분이 너무 좋네."

이상하리만큼 기분이 좋았다. 의도해서 만든 기회는 아니었지만, 아마도 오랜만에 느껴 보는 여유 때문인 듯했다. 영국 출장을 따라온 것이 참 잘한 일이라는 생각이 들었다. 한국에 있었다면 아마도 지금과 같이 홀가분한 기분이 들지 않았을지도 모른다.

"진짜 예쁘네."

한참 동안 예쁜 풍경을 눈에 담던 인선이 작게 속삭이며 테라스에 놓인 테이블로 자리를 옮겼다. 편하게 기대어 환한 불빛이 번지는 파티장 안을 가만히 바라보다가 고개를 들어 하늘을 바라보았다. 구름 한 점 없는 깨끗한 밤하늘. 아무런 생각을 담지 않은 눈동자로 언제 다시 올지 모르는 낯선 곳의 하늘을 가만히 눈에 담았다.

* * *

"어디 갔다 왔어?"

인선이 사라진 자리를 지키던 주리가 모습을 나타낸 선호를 흘겨보았다.

"갑자기 잡혔어. 인선 씨는?"

"방금까지 여기 있었는데. 화장실 간 건가?"

"그래?"

선호가 파티장 내부를 빠르게 눈으로 훑었다.

"왜. 또 그날처럼 사라졌을까 봐 걱정되냐?"

"영준이는?"

말을 돌리는 선호의 모습에 주리가 피식 웃었다.

"말 돌리기는."

이것저것 캐묻고 싶은 것이 많았지만. 어차피 대답해 주지 않을 차선호임을 뻔히 알기에 주리가 포기한 듯 고개를 저었다.

"영준이 아직 안 왔어? 아까 나랑 같이 얘기하다가 먼저 자리 비웠는데."

"됐다. 내 남편은 내가 신경 쓸 테니. 너는 네 파트너나 잘 챙기세요."

"응. 그러려고."

선호가 기다렸다는 듯 몸을 돌렸다.

"아. 인선 씨 술 좀 마셨어. 많이는 아닌데. 살짝 취한 거 같기도 하고 아닌 거 같기도 하고."

주리의 말에 내딛으려던 선호의 발이 그 자리에 멈추었다.

"그래?"

"응."

"취했어?"

"말했잖아. 취한 거 같기도 하고 아닌 거 같기도 하다고. 근데 되게 귀여워."

"무슨 소리야."

"직접 가서 봐. 빨리 찾아. 난 우리 허니 올 때까지 한 잔 더 마시고 있어야지."

"야. 너도 적당히 마셔. 오늘은 업혀서 들어가지 말고 제발 좀 걸어가라."

"나 맨날 걸어갔거든?"

"네 발로 걸었겠지. 나 간다."

저게 진짜. 뒤에서 중얼거리는 주리의 목소리는 신경도 쓰지 않은 채 선호가 자리를 벗어났다. 파티장 내부를 천천히 살피던 선호의 눈에 그녀가 들어왔다. 커다란 유리창으로 테라스에 앉아서 멍하니 하늘을 바라보고 있는 그녀. 환하게 내려오는 달빛이 무색할 만큼 그의 눈에는 그녀만이 빛이나 보였다. 천천히 그녀를 향해 걸음을 옮겼다. 문을 열고 가깝게 다가가도 알아차리지 못하는 그녀를 가만히 서서 바라보았다. 하늘을 바라보던 그녀가 갑자기 빙긋빙긋 웃었다. 작게 웃음이 났다. 지난번 회식 자리에서 보았던 것과 다르지 않은 그녀의 모습. 그녀가 귀엽다는 주리의 말이 무슨 뜻인지 단번에 이해가 되었다.

"취했네."

그의 작은 목소리에 그제야 인선이 고개를 돌렸다.

"여기서 뭐 해요?"

편하게 기대었던 몸을 일으킨 인선이 테이블 위로 턱을 괴며 선호를 바라보았다.

"그냥. 안이 조금 답답한 거 같아서요. 여기 되게 예뻐요."

선이 고운 입술이 매끄럽게 밀려 올라갔다. 그 모습에 선호도 작게 미소 지었다.

"유인선 씨는 안 예쁜 게 뭐예요?"

"무슨 말인지 잘 모르겠어요."

"영국 와서 보이는 것마다 다 예쁘다고 감탄하길래. 궁금해서요."

인선이 피식 웃었다.

"예쁜 걸 예쁘다고 하고 좋은 걸 좋다고 하는 게 뭐가 나빠요. 왜 이상한 질문을 하세요."

가만히 듣고 있던 선호가 살며시 테이블 위로 턱을 괴었다. 얼마 남지 않은 거리에 마주친 눈동자. 고요하게 가라앉은 눈동자로 그가 물어 왔다.

"그럼 나는요?"

"무슨 뜻이에요?"

"나는 어때 보이냐고요."

선호의 말에 인선이 시선을 피하지 않고 히죽 웃었다.

"대표님이 예뻐 보여서 뭐 하려고요. 잘생기거나 멋져 보여야지."

"유인선 씨는 예뻐요."

매끄럽게 밀려 올라가던 인선의 입술이 살며시 움직임을 멈추었다. 호텔 앞. 차에서 내리는 그녀를 처음 본 순간 사실 눈을 떼고 싶지 않을 정도로 가슴이 설렜다. 혹여나 마음을 들킬까 봐 애써 태연한 표정을 유지했지만, 두근거림은 쉽게 멈춰지지 않았다. 예쁘다는 말을 해야겠다는 생각은 가득했지만, 차마 용기 내지 못하고 입안에 빙빙 도는 말을 애써 삼켰다. 멈추었던 인선의 입술이 다시 천천히 밀려 올라갔다.

"네. 제가 봐도 오늘 저 조금 예쁜 거 같아요."

"하하하하."

크게 소리 내 웃는 선호의 모습에 인선이 콧등을 찌푸렸다.

"뭐예요. 예쁘다고 그러더니 그렇게 크게 비웃고."

"아. 그런 뜻 아니에요."

"그럼 뭐예요."

살며시 눈을 흘기는 그녀를 바라보며 빙긋 웃었다.

"평소에 유인선 씨랑 너무 달라서요. 그런 말 안 하잖아요."

"저도 할 줄 알아요. 그냥 안 할 뿐이지."

살며시 인상을 찌푸렸던 인선이 다시 눈매를 예쁘게 휘며 웃었다. 여전히 가까운 거리에서 그녀를 바라보던 선호가 천천히 입술을 움직였다.

"술 먹으면 웃는 게 버릇인가 봐요."

"그런가?"

예쁘게 휘어졌던 눈이 동그랗게 떠졌다. 가만히 눈동자를 이리저리 굴리던 인선이 다시 말을 이었다.

"하긴. 친한 동생. 아 그 고양이 보살펴 주기로 한 동생이 아무 남자 앞에서 술 마시고 이렇게 웃지 말라고 그랬어요."

"술버릇 맞네요."

그런가. 작게 중얼거리는 그녀를 지그시 바라보던 선호가 천천히 물어 왔다.

"그럼 나는요?"

나지막하게 번지는 그의 목소리에 인선이 턱을 괸 채 살며시 고개를 기울였다. 몇 분 안에 똑같은 질문을 해 오는 그를 멀뚱멀뚱 바라보았다.

"뭐가요?"

"나는 유인선 씨의 그 아무 남자 안에 있는 겁니까?"

"……"

"난 아니었으면 좋겠는데."

"……"

"나는 유인선 씨한테…… 아무 남자예요?"

창문 너머 파티장에서 들리는 작은 피아노 소리와 함께 짙게 깔린 그의 음성이 귓가에 천천히 번졌다. 예쁘게 말려 올라간 속눈썹이 촘촘히 박힌 눈꺼풀이 천천히 오르내렸다. 그의 말대로 자신이 취한 것은 맞지만 그가 물어오는 의미가 무엇인지 인선을 알고 있었다. 아무것도 느껴지지 않던 가슴 위로 조금씩 선명하게 느껴지는 심장 박동. 잠시 가라앉았던 몸의 온도가 1도는 높아진 듯한 기분이 들었다. 뭐라고 답해야 할까. 아니면 그냥 모른 척해야 할까. 그를 마주한 눈동자 위로 미세한 떨림이 얹어졌다. 한참을 말없이 생각에 잠긴 듯한 인선의 눈동자를 가만히 바라보던 선호가 결국 먼저 입을 열었다.

"왜 대답을 안 해요?"

꾹 다물려 있던 작은 입술이 천천히 움직였다.

"잘 모르겠어요……."

솔직한 대답이었다. 가까운 곳에서 번지는 그의 향기와 피하지 않고 고스란히 떨어지는 그의 시선에 묘하게 가슴이 떨렸다. 당황스럽기는 했지만, 그가 전하는 느낌이 싫지만은 않았다. 선호의 입술 위로 옅은 미소가 번졌다.

"무슨…… 대답이 그래요."

"진짜로……. 저 잘 모르겠어요. 제가 지금 술을 마셔서 그런가. 무슨 뜻으로 물으신 건지는 알겠는데……."

순간 인선이 움직이던 입술을 멈추었고, 지그시 떠져 있던 선호의 눈매가 살며시 커졌다.

"무슨 뜻인지는 이해했어요?"

"아. 그러니까……."

"무슨 뜻인데요?"

당황해 살며시 얼굴을 붉히는 인선의 모습에도 선호는 조금도 물러서지 않고 되물었다.

"남자로서…… 어떠냐고 물으신 거잖아요."

"네. 그런 의미 맞아요."

조금의 망설임도 없이 답하는 그를 가만히 바라보았다. 자신의 대답을 기다리는 듯 작은 미동도 없이 자신만을 바라보는 눈동자. 잠시 숨 쉬는 것을 잊은 듯 머금고 있던 숨을 작게 내쉬었다.

"저 솔직하게 말해서. 정말 잘 모르겠어요. 너무 갑작스럽게 말씀하셔서⋯⋯."

"⋯⋯."

"그런데 싫거나 그렇지는 않아요. 사실 지금 조금 떨려서⋯⋯. 그래서 잘 모르겠어요⋯⋯."

그 역시 숨을 멈춘 듯 고요했다. 읽을 수 없는 생각을 머금은 눈동자가 인선에게 닿았다.

"잘 모르겠다⋯⋯."

인선의 말을 고스란히 작은 목소리로 읊조린 그의 가슴이 들뜬 숨에 작게 들썩였다.

"⋯⋯."

천천히 그가 인선을 향해 몸을 기울여 왔다. 작은 호흡마저 고스란히 느껴질 정도로 가깝게 다가온 그의 얼굴에 인선의 눈이 크게 떠졌다. 인선의 얼굴 위로 고운 선을 그리듯 그의 눈동자가 부드럽게 움직였다.

"잠깐만⋯⋯ 실례할게요."

살짝 벌어진 인선의 입술 위로 따뜻한 감각이 내려앉았다. 속삭이듯 조심스럽게 건넨 부드러운 음성처럼 마음을 간지럽히는 부드러운 키스. 낯선 감각에 물들어 한껏 밀려 올라갔던 그녀의 눈꺼풀이 시간이 지나며 천천히 아래로 떨어졌다. 순간 세상은 고요했고, 맞닿은 감각은 또렷했다. 잔잔한 파도가 밀려오듯 가슴이 너울거렸다. 꼭 감은 눈꺼풀 위로 예쁘게 말려 올라간 속눈썹이 자잘하게 떨림을 머금었다. 봄비처럼 톡톡. 조심스럽고 잔잔하게 그의 향기가 스몄다.

두근두근 강하게 느껴지는 심장 박동과 함께 맞닿은 입술이 조심스럽게 떨어져 나갔다. 저도 모르게 삼켰던 숨을 내쉰 인선이 천천히 눈을 떴다. 여전히 가깝게 머물러 있는 그의 눈동자 위로 살며시 떨림이 느껴졌다. 키스처럼 부드러운 음성으로 그가 물어왔다.

"이래도…… 모르겠어요?"

느릿하게 물어오는 진지한 눈빛에 여전히 느껴지는 떨림. 그 떨림이 고스란히 번져 온 듯 인선의 가슴이 정신없이 떨리기 시작했다.

"아……."

살며시 벌린 입술 사이로 아무 말도 내뱉지 못했다. 자신에게 건네는 따뜻한 말투, 가끔 마주치는 온화한 미소. 배려라고 생각했다. 그런 배려가 부담이라기보다는 고마움이었고 그래서 다른 의미를 담지 않으려고 했다. 하지만 그렇지 않다고 또렷이 이야기하는 눈빛에 인선은 차마 무어라 답해야 할지 아무것도 정리가 되지 않았다.

복잡한 머릿속이 고스란히 얹어진 그녀의 표정을 바라보던 선호의 입술에 살며시 미소가 번졌다. 살짝 고개를 떨구었다가 다시 고개를 들어 그녀를 바라보았다. 고민이 많았기에 그녀에게 더 가깝게 다가가지 못했다. 그녀가 저런 표정을 짓는 이유를 모르지는 않지만, 괜히 쓸쓸해져 허탈한 웃음이 나왔다.

"유인선 씨……."

"네."

멍하게 답하는 그녀의 모습에 그녀에게 기울였던 상체를 천천히 일으켰다.

"지금 대답하지 않아도 괜찮아요."

"……."

"내가 너무 갑자기 물어서 인선 씨 그런 반응. 당연하다고 생각해요."

그저 자신의 욕심이었다.

"그래도 꼭 전하고 싶었어요. 내 마음."

당신이 말했던 것처럼 더는 후회하고 싶지 않다.

"그런데……."

"……."

"나 되게 오래는 못 기다릴 거 같은데. 알겠죠?"

장난스럽게 웃으며 이야기하는 자신의 모습에 여전히 인선은 입술을 꾹 다물고 고민이 가득한 눈으로 바라보고 있다. 그런 그녀의 모습에도 조금 전 머금었던 달콤한 입술을 다시 한번 취하고 싶은 충동이 강하게 일었지만, 꾹 참기로 했다.

"둘이 여기서 뭐 해? 공연 시작한대. 들어와."

테라스 문을 반쯤 연 주리가 외쳤다.

"그래. 갈게."

아무렇지 않은 듯 태연한 표정으로 답한 선호가 자리에서 일어났다.

그리고 조심스럽게 인선을 향해 내민 손.

"가요."

그의 손에 시선을 내린 채 인선이 머뭇거렸다.

"어서요. 그런 표정으로 시간 보내기에 오늘 유인선 씨 너무 예쁘잖아요."

선호의 말에 저도 모르게 픽 웃음이 났다. 지금 누구 때문에 이러는데. 작게 웃음이 번진 인선의 얼굴을 바라보던 선호가 살며시 상체를 숙였다. 무릎 위에 놓인 작은 손을 살며시 잡아당기자 이끌리듯 그녀의 시신이 선호를 향했다.

가요. 작게 속삭이는 그의 모습에 인선이 천천히 몸을 일으켰다. 손을 당겨 자신의 팔짱을 끼게 한 선호가 태연스럽게 미소를 지으며 걸음을 옮겼다. 천천히 그와 걸음을 맞추던 인선이 살며시 시선을 올려 그를 바라보았다. 여전히 평소보다 빠르게 뛰고 있는 자신의 심장 박동이 선명하게 느껴졌다.

"하아……."

갑작스럽게 내쉬는 선호의 한숨에 그를 바라보고 있던 인선의 눈이 살며시 커졌다. 가만히 정면을 바라보던 선호가 살며시 인선을 향해 고개를 기울였다.

"왜…… 왜요?"

"큭. 이제 말하네요?"

그러고 보니 그의 고백을 듣고 처음 소리 내 말을 한 인선이다. 여전히 왜 그러냐는 듯한 그녀의 눈빛.

"자꾸 그렇게……."

"네?"

말을 이으려던 선호가 잠시 말을 멈추었다. 자신을 향하고 있는 맑은 눈동자를 가만히 바라보던 선호가 입술을 밀어 올렸다.

"아니에요. 아무것도 아니에요. 가요."

"네."

아무렇지 않은 듯 태연한 표정을 짓고 있었지만, 심장이 터질 것만 같았다. 자신의 팔 위로 조심스럽게 얹어진 그녀의 손도, 걸을 때마다 스치는 그녀의 좋은 향기도. 가만히 있어도 온 신경이 그녀에게 집중되어 있었다. 그런 그녀가 자신을 바라보는 것이 느껴지자 저도 모르게 한숨이 터졌다.

'미치겠다.'

그녀에게 혹여나 들릴까. 마음속으로 지금의 감정을 고스란히 내뱉었다.

자리로 돌아가자 역시나 주리가 두 사람을 밝은 표정으로 맞이했다.

"인선 씨. 괜찮아요? 아까 조금 취한 거 같았는데."

"네. 괜찮아요. 바람 쐬니 괜찮아졌어요."

"차선호. 내 말이 맞지?"

물어오는 주리에게 무감한 선호의 시선이 닿았다.

"내가 말했잖아. 인선 씨 엄청 귀엽지 않아?"

주리의 말에 순간 인선이 난감한 표정을 지으며 선호를 흘깃 바라보았다.

"어. 귀엽더라."

순간 정적이 흘렀다. 인선의 얼굴이 눈앞에 놓인 잔 안의 와인처럼 순식간에 붉어졌다. 질문을 던졌던 주리도, 와인 잔을 기울이던 영준도 약속이라도 한 듯 동작을 멈추고 선호를 바라보았다.

"왜?"

여전히 같은 표정으로 태연하게 와인을 한 모금 머금는 선호의 모습에 주리와 영준의 시선이 인선에게 닿았다.

왜 지금 부끄러움은 나의 몫인가. 어떤 표정을 지어야 할지 몰라 어색한 미소를 지었다.

"어우. 왜는 무슨. 그럼 인선 씨 귀엽지. 공연 시작한다. 허니, 우리 공연 봐요."

내가 지금 무슨 소리를 들은 거야. 영준의 귓가에 속삭이는 주리의 모습에 선호가 피식 웃었다.

"한 잔 줄까요?"

"아니요. 저는 괜찮아요."

선호의 물음에 빠르게 답했다. 오늘 더 마시면 안 되겠다는 생각이 강하게 파고들었다.

"공연 시작하네요."

"네."

파티장의 밝은 조명이 꺼지고 무대 위 화려한 불빛만이 남았다. 붉어진 얼굴을 감출 수 있다는 생각에 안도감이 들었다. 그가 옆에 있다는 것만으로 자꾸만 의식이 되었지만, 애써 신경을 공연에 집중했다.

한 시간가량 이어진 공연이 끝이 났다. 은은한 조명이 다시 파티장을 밝혔고, 다시 시작된 사람들의 웃음 섞인 목소리가 주변 공간을 채웠다.

"자. 파티는 이제부터 시작이니까. 우리 마셔요!"

잔을 들며 앞으로 내미는 주리의 모습에 인선이 잔을 들어 살며시 부딪히고 내려놓았다. 칵테일을 한 모금 마시던 주리가 탐탁지 않은 시선으로 인선을 바라보았다.

"인선 씨. 왜 안 마셔요? 오늘은 실컷 즐겨요."

"아. 저는 이제 그만 마실게요."

괜히 취해서 선호의 앞에서 히죽거리며 웃으면 어쩌나 걱정이
되었다.

"에이. 그러지 말고 같이 즐겨요. 아까 칵테일 맛있다면서요. 우
리 아직 맛 못 본 거 많아요."

"그래요. 어차피 내일 오전에 일정 없어요. 쉬다가 오후 비행시
간 맞춰서 가면 돼요."

들었죠? 선호의 말에 환하게 웃으며 주리가 잔을 부딪쳐 왔다.

"괜찮아요. 편하게 즐겨요."

다시 한번 들려오는 선호의 목소리와 함께 인선이 결국 잔을 들
었다.

한 모금 한 모금. 입안 가득 머금은 향긋하고 알싸한 맛에 매료
되어 인선도 결국 모든 걱정을 내려놓고 편안하게 술잔을 기울였
다. 시간이 지날수록 분위기가 무르익은 파티장은 여기저기서 즐
거움이 담긴 웃음소리와 대화 소리가 커졌다.

"인선 씨. 애인 있어요?"

살며시 볼이 붉어진 주리가 뚫어져라 인선을 바라보며 물어
왔다.

"아니요. 저 없어요."

히죽 웃음을 머금은 인선이 답했다.

"어머! 한국 남자들 다 제정신이야? 이렇게 사랑스럽고 예쁜 사
람을 혼자 두고."

"그러게요. 진짜. 푸우……."

"아니면 인선 씨 눈이 높은 거 아니에요?"

의심하듯 주리가 가늘게 눈을 뜨고 바라보았다.

"제가요? 에휴……."

한숨을 길게 내쉰 인선이 흘깃 선호를 바라보았다. 너는 알지 않니? 시선을 다시 주리에게 돌린 인선이 미간을 가득 구기며 말했다.

"아아니요. 전혀요. 제가 드럽게 눈이 낮아서. 아아아주 드으럽게 눈이 낮아서…… 이 모양이에요. 보는 눈이 아아아아주 개판이거든요. 헤헷. 아. 술이나 마셔야지……."

"무슨 소리예요? 눈이 드으으럽게 낮아요? 인선 씨가?"

"그런 게 있어요. 똥인지 뭔지 구분도 못 하는 쓰으을모도 없는 눈……."

고개를 절레절레 젓는 인선의 모습에 선호가 입술을 손으로 가렸다. 웃으면 안 될 거 같은데 한숨 푹푹 쉬다가 히죽거리며 웃는 그녀의 모습이 귀여워 도저히 참을 수가 없었다.

"대체 무슨 소리인지 모르겠네."

"그런 게 있어요. 저도 이제 진짜, 진짜 나만 좋아하고 나만 예쁘다, 예쁘다 해 주는 멋진 남자 만날 거라고요. 알겠냐?"

도대체 누구한테 묻는 거야. 선호가 작게 속삭이며 역시나 밀려오는 웃음을 꾹 참았다.

"아? 그럼 우리 선호는?"

앞에 놓인 술잔을 반쯤 풀린 눈으로 바라보던 인선이 흘금 주리를 보았다.

"우리 차선호가 좀 싹수는 없기는 해도. 얼굴은 좀 되는데. 똥은 아니잖아요?"

"야. 이게 진짜. 누구한테 또…… 이래. 드럽게."

킥킥. 인선이 입술을 가리며 웃었다.

"대표님이라……."

갑작스럽게 인선이 고개를 선호에게 돌렸다.

"으음. 어디 보자."

슬금슬금 자신의 얼굴 가까이 그녀의 얼굴이 다가왔다.

'흡.'

공간 감각을 잃은 듯 갑자기 그녀의 얼굴이 돌진하듯 밀고 들어왔다. 그리고 코끝이 닿을락 말락 한 거리에 멈춘 그녀.

"왜. 왜……요."

훅 치고 들어온 그녀의 여린 몸. 부드러운 감각이 자신의 팔과 어깨에서 느껴지자 온몸의 세포가 바짝 곤두선 듯 정신이 번쩍 들었다.

선호가 차마 들이마신 숨을 내쉬지 못하고 그대로 얼어 버렸다. 자신이 지금 무슨 행동을 하고 있는지도 모르는 인선은 그저 몽롱해진 눈동자를 천천히 움직였다. 다듬은 듯 곧게 뻗은 눈썹이며, 옆으로 선이 긴 모양 좋은 눈매, 늘 듣기 좋은 음성을 속삭이는 적당한 두께의 입술. 이리저리 살피던 인선의 눈동자가 선호의 눈동자와 정면에서 멈추었다. 당혹감이 밀려든 선호의 얼굴. 그런 선호의 모습이 신기해 흥미진진하게 바라보던 주리와 영준의 눈이 반짝거렸다.

"차……선호."

"……."

향긋한 알코올 향기와 함께 그녀가 달콤하게 자신을 불렀다.

"자알……생겼다."

선호의 앞에 바짝 다가가 히죽거리며 웃는 그녀의 모습에 주리가 큭큭 소리 내며 웃기 시작했다.

"차아서노야……."

"저. 유인선 씨. 너무…… 많…… 많이 마신 거 같아요. 정신 좀……."

그녀와 맞닿은 감각에 이제는 온몸이 타 버릴 것같이 뜨거워졌다. 도저히 안 되겠다는 생각에 맞닿은 그녀의 어깨를 살며시 손으로 잡는 순간.

"우리이이……결혼하자."

* * *

"하아……."

작은 입술 사이로 괴로움이 가득 담긴 숨이 터졌다.

'이러다가 목이 타 버릴지도 몰라.'

밀려오는 갈증에 몸을 뒤척거렸다. 제대로 떠지지도 않는 눈을 억지로 밀어 올리려고 안간힘을 썼지만, 눈꺼풀마저 자신의 의지대로 따라 주지 않았다.

"물…… 물……."

새하얀 팔이 획획 공중을 휘저었다.

"여기요."

친절한 음성과 함께 손안에 무언가가 잡혔다.

"열었어요. 마셔요."

미세하게 겨우 밀어 올린 눈꺼풀 사이로 자신의 손 안에 작은 페트병이 보였다. 그것이 무엇인지 인식하는 순간 단단한 감각이 자신의 등을 파고들었다. 밀어 올리는 힘에 천천히 상체가 일으켜지는 것이 느껴지자 생각할 필요도 없이 재빨리 물을 마시기 시작했다. 한 방울도 남기지 않고 탈탈 털어 원샷을 감행했다. 타들어 갈 것 같던 목을 따라 촉촉함이 스미자 가득 구겨졌던 인선의 미간이 살며시 펴졌다.

"아……. 이제 살 것……. 어?"

차갑게 몸속으로 스미는 감각이 고스란히 등줄기를 따라 흘렀다. 누군가가 아래에서 끌어당기는 듯 무겁게만 느껴지던 눈꺼풀이 번쩍 떠졌다. 단단한 팔로 자신을 감싸 안은 채 부드러운 눈빛을 던지고 있는 남자. 온몸에 느껴지는 단단한 감각이 선명하다.

이게 대체 무슨…… 상황이지. 창문 너머로 번지는 아침 햇살이 눈부셔 초점이 잠시 흐려진 눈을 빠르게 깜빡였다. 또렷해진 눈동자 위로 선명하게 선호의 얼굴이 잡혔다.

"히익!"

소스라치게 놀라 품 안의 작은 어깨가 들썩거렸다. 그래도 변하지 않는 그의 부드러운 눈빛, 그리고 한술 더 떠…….

"잘 잤어요?"

모닝 꿀물이라도 한 잔 마신 것 같은 목소리가 귓가를 간지럽혔다.

꿈일까 아닐까. 꿈일까 아닐까. 그의 품에서 화들짝 놀라 빠져

나온 인선이 머리끝까지 이불을 덮었다. 본능적으로 빠르게 고개를 숙였다.

"히익! 미쳤다."

입었던 드레스는 도대체 어디에다가 벗어 던지고, 아슬아슬 가슴선이 훤히 보이는 슬립만 입고 있는 자신의 모습. 이게 대체 무슨 일이야. 이게 대체 무슨 일이야. 같은 말을 수십 번 되뇌며 어젯밤 일을 기억해 내기 위해 안간힘을 썼다. 분위기에 취해 건네는 술을 마시고. 마시고. 마시고. 그리고…….

'차아서노야…… 우리이이…… 결혼하자.'

썩을. 차라리 기억나지 말았으면 하는 기억만 머릿속에 둥둥 떴다.

"언제까지 그러고 있을 거예요?"

이불 밖에서 들리는 목소리에 인선이 숨을 멈추었다. 가느다란 손가락이 괴로운 듯 머리를 감싸 쥐었다.

"안 나올 거예요?"

부르지 말아 줘. 그냥 평생 여기 이러고 있을래. 여기가 내 무덤이다. 그렇게 생각하고 싶어. 생명줄처럼 꼭 붙잡고 있던 이불에 얼굴을 꼭 묻었다.

"엄마야! 꺄악!"

손끝에 잡고 있던 이불이 순식간에 빠져나감과 동시에 얼굴 위로 시원한 공기가 엄습했다. 일단 눈이라도 가리면 덜 민망하겠지. 인선의 얼굴이 빠르게 베개를 파고들었다. 큭큭 선호의 웃음소리가 들렸다. 아슬아슬하게 슬립이 걸쳐진 하얀 어깨가 공기 중에 드러났다. 그리고 잠시 허전함이 깃들었던 어깨 위로 포근한 이불이 감싸졌다. 말없이 이불을 덮어 주고 그 위를 토닥토닥 두드리는 손길에 베개에 파묻고 꼭 감았던 인선의 눈이 살며시 떠졌다. 아무 말 없이 두드리는 손길은 계속되었다. 슬그머니 고개를 돌렸다. 그가 자신과 마찬가지로 베개에 얼굴을 기대고 나란히 누워 자신을 바라보고 있었다.

고요한 눈동자와 살며시 밀려올라 간 입술. 천천히 인선의 시선이 아래로 흘렀다. 맙소사. 며칠 전 또렷하게 눈동자를 파고들었던 선명한 근육이 눈앞에 다시 펼쳐졌다. 시선이 갈 곳을 찾지 못해 눈을 다시 질끈 감았다.

"어젯밤에 볼 거 다 봤으면서 이제 와서 그러면 뭐 해요?"

웃음이 담긴 목소리에 인선의 눈이 번쩍 떠졌다. 동그란 눈매 안에 눈동자가 자잘하게 떨렸다.

"대…… 대표님."

"네. 유인선 씨."

"우리…… 어제……."

'잤어요?'라고 묻기에는 용기가 부족해 뒷말을 삼켰다.

"어제 뭐요?"

더 말해 보라는 듯 그가 물어 왔다. 알면서 은근히 즐기는 듯한 그의 표정에 새어 나오려는 한숨을 꾹 삼켰다.

진정하자. 진정하자. 아무리 외쳐도 두근거리는 심장이 진정이 되지 않았다. 조금만 더 기다렸다가는 울음을 터트릴 것 같은 그녀의 표정에 선호가 살며시 고개를 숙여 작게 웃었다.

"어제 우리 잤냐고요?"

"설마요!"

"아우. 귀 따가워. 왜 소리를 질러요!"

그럴 리가 없어. 아무리 술을 마셨다 하더라도 당신이랑 내가. 그렇고 또 그렇게 또 그럴 리가 없지 않아? 절대 그럴 리 없다는 그녀의 다부진 눈빛이 빛났다.

"그렇게 확신하면서 왜 숨어요?"

"그거야……."

우리 지금 좀 헐벗었잖아. 확신은 한다만 기억이 나지 않으니 머리가 깨질 지경이었다.

"안타깝게도. 우리 아무 일 없었어요."

"……."

"아쉽죠?"

"아니요! 당연히 아무 일도 없었어야죠!"

큭큭. 웃음을 터트린 선호가 베개를 꼭 끌어안으며 인선을 바라보았다. 즐거움이 가득 담긴 눈동자에 오히려 민망함이 밀려왔다.

"대…… 대체. 제가 왜 여기서……."

그러고 보니 선호의 방이었다.

"자고 있었던 거죠?"

"기억 안 나요?"

"당연히 안 나니까 물어보죠! 우리가 왜 가…… 같이 누워 있죠?"

"그럼 어디까지 기억나요?"

너랑 결혼하자고 내가 외친 그때까지. 차마 말하지 못하고 입술을 꾹 다물었다. 웃음을 머금었던 선호의 입술이 천천히 움직였다.

"그러니까 어제⋯⋯."

* * *

사건의 전말은 이랬다.

"우리이이⋯⋯ 결혼하자."

덥석 손을 잡는 인선의 행동에 선호의 몸이 눈에 보이게 들썩였다.

"어머!"

역시나 놀란 주리가 입술을 가리며 눈을 번쩍 떴다.

"서언호야⋯⋯ 결혼해. 결혼!"

"저. 유인선 씨. 이 손 좀⋯⋯."

어찌나 목소리가 큰지 주변 테이블에 앉은 사람들의 시선이 선호와 인선에게 닿았다.

"내에가. 너 결혼시키려고 이러어어고 있자나⋯⋯ 응? 겨론해⋯⋯ 겨론⋯⋯ 응?"

선호가 헛웃음을 터트렸다. 순간 그녀의 말에 정신없이 뛰는 심장이 안쓰러울 정도였다.

"유인선 씨. 정신 좀 차려 봐요."

"서언호야아⋯⋯ 차! 서! 노!"

"나 여기 있으니까. 정신 좀 차려 보라고요."

화도 못 내겠고 나긋나긋한 목소리에 겨우 힘을 주어 이야기해 보아도 아무 소용이 없었다.

"와. 진짜 귀엽다. 근데 갑자기 결혼하자니. 너 청혼 받은 거야?"

아무것도 모르고 주리는 그저 즐겁다.

"나랑 하겠다는 게 아니잖아. 들으면 몰라?"

"그러게. 대체 무슨 뜻이야? 완전 흥미진진하다. 그지? 허니?"

"됐고. 아무래도 방으로 데려가야겠다."

여전히 자신에게 바짝 붙어 있지만, 조금 잠잠해진 그녀.

"하아− 미치겠네."

고통과 웃음이 뒤섞인 목소리가 흘러나왔다. 그녀를 부축해 천천히 몸을 일으키는 순간.

"차 대표. 오랜만이야."

들려오는 목소리에 선호의 동작이 멈추었다.

"아. 대표님."

차마 스치고 지나가지 못할 인물이 하필 눈앞에 나타났다. 난감한 표정을 머금던 선호가 주리를 바라보았다.

"주리야. 네가 인선 씨 방에 데려다줘. 키는 아마 가방에 있을 거야. 나는 잠깐……."

"어. 그래."

상황을 파악한 주리가 재빨리 다가와 인선을 부축했다.

"인선 씨. 나랑 같이 가요? 알겠죠?"

* * *

생각보다 이야기가 길어졌다. 겨우 마무리를 지은 선호에게 주리가 다가왔다.

"방에 잘 데려다줬어. 답답해하는 거 같아서 드레스도 벗겨 주고 나왔어. 생각보다 많이 취했네."

"그러니까 누가 그렇게 먹이래?"

"너도 먹으라고 했잖아. 왜 나한테 그래?"

"아무튼, 수고했다."

"난 더 있다가 갈 건데? 너는?"

굳이 더 머무를 이유가 없었다.

"나도 방으로 갈게."

"그래. 내일 공항으로 가기 전에 한 번 더 봐."

"응. 놀다 가라."

가볍게 인사를 건넨 선호가 파티장을 빠져나왔다. 살며시 인선의 상태가 걱정되기는 했지만, 주리가 어련히 잘했겠지 하는 생각과 함께 자신의 방으로 향했다.

"아……."

방 앞에 도착한 선호의 얼굴 위로 난감한 표정이 깃들었다.

"내 정신 좀 봐."

파티장에 들어가 자신의 키를 인선에게 맡겼던 것이 이제야 떠올랐다. 길게 생각하지 않고 호텔 프런트를 향했다. 보조키를 받아 온 선호가 방으로 들어갔다. 불이 꺼진 컴컴한 방. 비어 있어야 할 카드 키 꽂는 자리에 제대로 꽂혀 있는 카드 키.

"뭐지?"

이상한 생각에 불을 켜려고 한 걸음 옮기는 순간. 툭, 발끝에 차이는 무언가에 천천히 고개를 숙였다. 아무렇게나 팽개친 듯 벗어 놓은 여자 하이힐이 눈에 들어왔다.

"으으음…… 더워."

방 안에서 들리는 귀에 익은 목소리에 선호가 고개를 번쩍 들었다.

* * *

"……."

멍한 눈동자 위로 이제는 알겠냐는 듯 빙긋 웃는 선호의 얼굴이 번졌다.

"왜 같이 누워 있냐는 질문에 답이 됐나요?"

"……."

"내 침대에 먼저 누워 있었던 건 유인선 씨예요. 난 그냥 내 침대에 누웠을 뿐이고."

멍한 얼굴 위로 열기가 화르르 치밀었다. 그렇다고 같이 누워 있을 필요는 없지 않나요? 대표님? 이라고 묻기에는 그가 잘못한 것이 하나도 없었다.

"주리가 방을 착각한 덕분에 이런 일이 생겼네요."

덕분에……. 고마워하기라도 해야 하나.

차마 웃지도 못하고 화내지도 못하고 인선의 표정이 초를 다퉈 변했다. 그저 천천히 눈을 깜박이며 바라보던 선호가 옅게 미소 지었다.

"근데 나는 좋았어요."

나긋나긋한 목소리가 마주한 공간 안에 흘러들었다.

"밤새 유인선 씨 잠든 모습 실컷 볼 수 있었거든요."

거짓이 담기지 않은 목소리와 선명한 눈동자. 선호는 차마 아무 말 하지 못하고 어색함을 가득 머금고 자신을 바라보는 그녀의 모습에 작게 웃음이 났다. 빡빡했던 출장 일정에 티 내지 않았지만, 온몸이 녹아내릴 것같이 피곤했던 선호였다. 파티에서 적지 않게 마신 술에 머리만 닿으면 잠이 들 것만 같았다. 하지만 예상치 못했던 그녀의 방문. 조금만 손을 뻗어도 닿을 거리에 그녀가 있다는 사실만으로 1초도 멈추지 않고 심장이 정신없이 뛰었다. 벅차지만 더없이 행복한 순간. 그렇게 밤이 새도록 그녀와 마주하고 그녀와 호흡했다.

부드럽게 휘어진 그의 눈매 사이로 나른한 눈빛이 흘러나왔다. 소리 없이 움직인 그의 손끝이 천천히 그녀의 얼굴에 닿았다. 순간 다가온 감각에 움찔거리기도 잠시, 흐트러진 머리카락을 넘겨준 손이 부드럽게 인선의 뺨 위를 살며시 쓰다듬었다.

"아무래도 나……."

얼굴 위로 선명하게 번지는 부드러운 감각처럼 부드러운 음성이 흘렀다.

"당신 많이 좋아하나 봐."

사랑에 빠지는 순간이 언제인지 누구도 알 수 없지만, 아마도 세상에서 가장 아름다운 순간일 것이다. 당신을 좋아해. 고백을 말하는 그의 얼굴은 아름다웠다. 볼 때마다 몰래 감탄했던 그 어떤 순간보다 더.

왜 이 사람이 나를 좋아한다고 하는지, 왜 저런 표정으로 나를 바라보는지. 그렇다 할 연결고리도, 마음을 받을 만한 둘 사이의 그 어떤 이유가 떠오르지 않음에도 자신에게 떨어지는 시선에 가슴이 설렜다. 어쩌면 이 남자 진심을 말하는 게 아닐까? 따스한 시선이 파고든 인선의 눈동자가 살며시 떨려 왔다.

선호는 마음을 전한 뒤 편안하게 웃었다. 기다리겠다는 말이 무색해질 만큼 또 이렇게 그녀에게 마음을 풀어 놓았다. 살피듯 자신의 얼굴에 조심스럽게 내려앉은 그녀의 시선. 그녀는 지금 무슨 생각을 할까? 궁금해진 선호가 미세하게 움직이는 그녀의 눈동자를 계속 쫓았다. 시선을 느낀 그녀의 눈동자가 작게 움찔거렸다. 고민하듯 멈춰 선 움직임. 얼굴 위로 점점 번지는 예쁜 붉은빛. 어찌할 줄 몰라 이로 질근질근 괴롭히고 있는 작은 입술.

"하아……."

선호의 입술 사이로 깊은 한숨이 터졌다. 그 한숨에 입술을 지분거리던 그녀의 움직임이 멈추었다. 아주 잠시 감았던 눈을 뜬 선호가 천천히 그녀를 향해 다시 시선을 돌렸다. 더는 그녀와 이렇게 가깝게 있으면 안 되겠다는 생각이 강한 파도가 몰아치듯 밀려왔다. 그녀를 보내야 했다.

"씻어야죠? 그만 일어나요."

갑작스러운 그의 말에 인선의 눈이 가득 커졌다.

"아니요! 저는 제 방에 가서 씻을게요!"

몸을 살며시 일으키던 선호가 기겁하는 그녀의 모습에 큭, 웃음을 터트렸다.

"왜요? 내 방에서 씻고 가려고 그랬어요?"

좋기는 하겠다만 누구 죽는 꼴 보려고.

"아니요! 저는 제 방으로…… 가……야죠."

후다닥 몸을 일으키던 인선이 멈칫 움직임을 멈추었다. 또로록 굴러간 시선이 저 멀리 의자에 놓인 드레스에 닿았다. 침대에서 완벽히 몸을 일으킨 선호가 성큼성큼 옷장으로 향했다.

'와……'

역시나 흠잡을 곳 없이 잘 다듬어진 그의 뒤태에 저절로 시선이 옮겨 가는 것을 막지는 못했다.

'정신 차리자.'

지금 감탄이나 하고 있을 때가 아니라는 생각이 번쩍 들었다. 이불을 둘둘 말고 가야 하나. 샤워 가운이라도 달라고 해야 하나. 아니면 드레스를 입어야 하나. 고민하는 찰나 그가 한 손에 자신의 재킷을 들고 눈앞에 나타났다. 아마도 그가 입으면 무릎까지 내려올 길이의 재킷.

"방까지 이거 입고 가요."

침대에 옷을 내려놓은 그가 인선을 등지고 창문으로 걸음을 옮겼다. 후다닥 일어난 인선이 재빨리 재킷에 몸을 넣었다. 빠르게 훑은 시선 안에 테이블 위에 놓인 자신의 가방이 보였다. 키가 아마 저기 있겠지.

"저는 이만 가 볼게요."

낚아채듯 가방을 손에 넣은 인선이 여전히 창문 밖을 바라보고 있는 선호를 향해 외쳤다. 대답도 듣기 전에 몸을 돌렸다.

"유인선 씨."

부르는 목소리에 활짝 연 문으로 반쯤 몸을 내밀던 인선이 눈을 질끈 감았다. 빨리 이곳을 벗어나고 싶은데. 왜 자꾸 부르는 걸까.

"신발은 신고 가야죠."

"아……."

급해도 너무 급했다. 그래서 자신이 맨발이라는 사실도 인식하지 못했다. 어느새 옆으로 다가온 그가 무릎을 굽혀 발 앞에 구두를 놓아 주었다. 작은 한숨이 흘렀다. 인선이 신발을 신고 나서야 선호가 몸을 일으켰다.

"조금 이따가 봅시다. 아침 먹어야죠."

"저는 아침은…… 속이 안 좋아서……."

속이 아니라 마음이 안 좋아. 마음속 말은 삼키고 어색하게 웃었다.

"그럴수록 더 먹어야 해요. 영국에서 마지막 식사인데. 함께하죠. 한 시간 후에 엘리베이터 앞에서 만납시다."

어림도 없다는 그의 말투에 어쩔 수 없이 고개를 끄덕였다. 문이 닫히고 몇 걸음 옮기지 않은 인선이 털썩 벽에 몸을 기대었다.

"미쳤나 봐!"

조금씩 정신이 돌아오면서 어제 자신이 내뱉었던 말들이 스멀스멀 머릿속으로 돌아오기 시작했다.

'서언호야아…… 차! 서! 노!'

밀려오는 괴로운 기억에 허우적거리던 인선이 생각을 천천히 멈추었다.

'당신 많이 좋아하나 봐.'

자신의 만행에도 넌지시 건네 왔던 고백. 그리고 어젯밤 살랑이는 봄바람처럼 부드럽게 다가왔던 키스. 포근하게 입술을 덮어 왔던 감각이 순식간에 되살아났다. 꾹 다문 입술 위를 손가락으로 스치듯 어루만졌다. 어제 그의 입술이 주었던 것과는 선연하게 다른 감각. 주체하기 힘들 정도로 심장이 선명하고 빠르게 뛰었다. 멀리 복도 끝에 누군가 다가오는 인기척에 인선이 빠르게 자신의 방으로 걸음을 옮겼다.

* * *

"왔어요? 갑시다."

아무렇지 않은 얼굴로 그가 말을 건넸다. 그를 발견한 복도 끝에서부터 감당되지 않을 정도의 민망함이 밀려왔던 자신과는 전혀 다른 모습이었다. 신기할 정도로 평소와 다름없는, 아니 오히려 더 편안해 보이는 그의 모습에 괜한 억울함이 들 정도였다.

"속은 괜찮아요?"

역시 속보다 머리가 더 안 좋은 느낌이다.

"네. 괜찮아요."

"마땅히 해장할 게 있으려나."

아침마다 빵으로 가득 채워졌던 조식 메뉴를 떠올린 듯 그가 작게 중얼거렸다.

호텔 레스토랑에 도착한 그가 느끼하지 않은 음식 몇 가지를 가지고 와 그녀의 앞에 놓았다.

"드세요. 일단 빵은 별로일 거 같고."

"제가 가져다 먹을게요."

"아무것도 먹기 싫은 얼굴이라서요. 아무것도 안 먹고 비행기 타려는 건 아니죠?"

평소 같으면 그저 배려라고 느껴질 그의 행동이 확연히 다르게 느껴짐이 부담스러웠다.

"네. 먹을게요."

앞에 놓인 접시에서 과일 몇 개를 집어 억지로 입안에 넣었다. 생각했던 것과 다르게 또 입에 들어가니 아주 잘 삼켜진다. 맛도 나쁘지 않아 일단 생각을 내려놓고 속풀이에 나섰다. 가만히 바라보던 그가 큭큭 웃었다. 다시 접시로 다가가던 인선의 손이 공중에 멈추고 당황한 시선이 흘깃 그에게 닿았다. 왜…… 웃는 거지?

"아. 미안해요."

그녀의 표정을 읽은 선호가 입술을 손바닥 안에 숨기며 웃음을 삼켰다.

"좋아서요."

"……."

"좋아서 웃었어요."

"에……."

흠흠. 목소리를 가다듬은 선호가 오히려 더 굳어 버린 인선을 바라보았다.

"잘 먹는 모습. 좋아서요."

"……."

"괜히 나 때문에 못 먹으면 어쩌나 고민했거든요."

알기는 아는구나. 그런데 어쩌면 저렇게 태연할까. 모양 좋은 눈매를 곱게 접으며 자신을 바라보는 그의 모습에 인선이 공중에 멈춘 손을 살며시 내렸다.

"저. 대표님."

"네."

"진심이세요?"

"네."

무엇이 진심인지 주어가 완벽하지 않음에도 그가 찰떡같이 알아들었다.

"왜요?"

이유를 알려 주세요. 물어오는 인선의 모습에 선호의 휘어졌던 눈매가 살며시 제 모양을 찾았다. 시선을 떨군 그가 흠 소리를 낸 후 침묵했다. 괜히 물었나. 그냥 모른 척 밥이나 먹고 벗어날 것을. 잠시 후회를 머금는 사이 그의 시선이 다시 인선에게 닿았다. 유하게 밀려올라 간 그의 입술이 천천히 움직였다.

"유인선 씨가 더 잘 알 것 같은데요?"

"네?"

"내가 연애하고 싶은 상대를 내 앞에 나타나게 한 사람이 유인선 씨잖아요."

"대체 그게……."

무슨 말도 안 되는 소리냐고 물으려던 인선이 지그시 떨어지는 그의 눈빛에 입술을 꾹 다물었다. 어루만지듯 떨어지는 눈빛을 담은 그가 다시 천천히 입술을 움직였다.

"나 이렇게 만든 건 당신이니까. 그 이유 잘 찾아봐요."

선연한 웃음이 번진 얼굴이 환하게 빛났다. 무엇이 이유이든 나는 지금 행복하다는 듯. 오늘 아침 고백의 말을 건네며 품었던 눈빛과 미소. 그와 다르지 않은 그의 표정에 인선에 가슴이 조금씩 벅차올랐다.

선호에게 이유는 없었다. 자신의 한마디에 당황하는 모습도 조심스럽게 눈빛을 건네며 물어오는 모습도. 어색해 공중에 멈칫거리던 작고 예쁜 손도. 그녀의 모든 것이 선호에게 이유였다. 이야기하라고 하면 밤새 쏟아 낼 수 있을 만큼 온통 그녀로 가득 찬 세상이 그저 그는 행복했다.

몽롱해졌던 정신을 차리기 위해 인선이 눈을 빠르게 깜빡였다. 예상치 못한 상황에 자꾸만 휘둘리는 듯한 느낌. 가슴에서 느껴지는 선명한 감각을 일단은 꾹 눌러야겠다는 생각이 가득했다. 숨을 빠르게 들이마신 인선이 단단해진 눈동자로 그를 바라보았다.

"대표님. 저 드릴 말씀이 있어요."

어제부터 타이밍을 찾지 못하고 자꾸 입안으로 삼켰던 이야기였다.

"네. 해 봐요."

무슨 말이든 다 들어 주겠다는 듯 넉넉한 표정의 선호가 답했다.

"한국 돌아가면, 지금 제가 하는 일들 정리하려고 합니다."

인선의 다소 사무적인 말투에.

"네. 그리고요?"

그는 그저 대수롭지 않게 답했다. 아주. 아주 조금은 당황하지 않을까, 하는 생각을 했던 인선이 너무 아무렇지 않은 그의 태도에 오히려 당황했다.

"지금 우리 계약, 그리고 회사도 빠르게 정리할 예정이에요."

"네. 그리고요?"

살며시 인선의 눈매가 찌푸려졌다.

"누누이 말씀드렸듯이 제가 괜히 욕심 부려서 이루어졌던 말도 안 되는 계약이에요. 사모님이 주신 계약금도 모두 돌려 드리려고 해요."

"아……."

시종일관 같았던 그의 표정이 미세하게 움직였다.

"그러지 않아도 괜찮은데……."

"말도 안 돼요! 한두 푼도 아니고."

아무것도 한 것이 없는데. 차라리 선이라도 한 번 봤으면 말을 안 해.

버럭하는 인선의 모습에 선호는 그럼 그렇게 하라는 답과 함께 다시 부드러운 미소를 지었다. 이렇게 간단한 문제를 왜 고민했을까 하는 생각이 들 정도로 가벼운 그의 행동에 인선은 맥이 탁 풀리는 느낌이 들었다.

"할 말 다 끝났어요?"

"네."

그러라고 하니 그래야지. 인선이 짧게 답하고 눈앞에 주스가 담긴 잔을 살며시 들었다.

"이제 나도 뭐 좀 물어봐도 돼요?"

입술에 살짝 주스 잔을 댄 채로 인선이 고개를 끄덕였다. 비스듬히 입술을 밀어 올린 선호가 천천히 입술을 움직였다.

"그래서 나랑 연애할 거예요? 안 할 거예요?"

흡. 하마터면 마시던 주스를 온화한 미소를 짓는 그의 얼굴 위로 뿜을 뻔했다.

"콜록. 콜록……."

에이, 천천히 좀 마시지. 넉살 좋은 목소리와 함께 안쓰러운 눈빛을 머금은 선호가 휴지를 입술 근처로 내밀었다.

"주…… 주세요. 콜록……."

재빨리 그의 손에서 빼앗은 휴지로 입술을 닦았다. 살며시 찌푸려진 눈동자에 물기가 자잘하게 맺혔다. 사레가 걸려서인지, 그의 질문 때문인지. 잔뜩 붉어진 얼굴이 수습되지 않는 난감한 상황에 봉착했다. 되게 오래 못 기다린다더니. 진짜 몇 시간 안 돼서 물어오는 그를 물기가 가득한 눈으로 바라보았다.

"내가 이렇게 인내심이 부족한 사람이 아닌데……."

알긴 아는지 그가 먼저 입을 열었다.

"자꾸 이러면 유인선 씨가 곤란하겠죠?"

오히려 자신보다 더 난감한 표정을 짓는 그다. 알면서 대체 왜 그런 말을. 당황한 인선의 미간이 살며시 찌푸려졌다. 얼굴 가득했던 열기가 조금은 사라지고, 기침하느라 거칠었던 호흡이 진정된 인선이 똑바로 그를 바라보았다. 잠시 머금은 생각에 머뭇거리던 입술이 천천히 움직였다.

"대표님이 갑자기 왜 제가 좋아지셨는지는 모르겠지만……."

"……."

"아시다시피 제 상황이, 지금 누구를 만나거나 그럴 준비가 되어 있지 않아요."

누군가의 고백에 얼씨구나 좋다고 반응할 마음도 상황도 아니었다. 그도 모르지 않을 것을 알기에 천천히 다시 말을 이었다.

"며칠 전에 있었던 일도 그렇고 개인적인 일들도 다 정리가 되지 않은 상태에서 누군가를 만나는 일은 사실 하고 싶지 않아요."

명백한 거절의 뜻이었다. 가슴의 설렘과는 별개의 문제였다. 사실 그와 마주했을 때의 설렘이 어떤 의미인지 여전히 알지 못했지만, 지금은 아니라는 생각만이 또렷이 머릿속을 채웠다. 미안해야 할 일이 아닌 것 같지만 마음은 또 그렇지 않아 그와 똑바로 마주했던 시선이 살며시 흔들렸다.

"아, 그렇구나……."

안타까운 듯 속삭였지만 그다지 충격이 크지 않은 그의 표정이었다.

"괜찮아요. 걱정하지 마요."

무엇을 걱정하지 말라는 건지. 오히려 자신을 다독이듯 건네는 음성에 인선의 눈매가 살며시 커졌다.

"지금은 준비가 되어 있지 않고, 아무것도 정리가 되지 않은 상황이니까."

자신의 말을 곱씹듯 입에 담은 선호가 입술을 꾹 눌러 물었다. 이유가 이해가 되더라도 그다지 유쾌한 상황은 아니겠지. 말없이 그를 살피며 깜빡깜빡 빠르게 움직이는 인선의 눈을 똑바로 응시하던 그의 얼굴에 옅은 미소가 번졌다.

"언젠가는 오겠죠."

"……."

"그 정리 끝나는 날."

"……."

"그때 그럼 나랑 연애해요."

거절을 받지 않겠다는, 명백한 선전 포고였다.

* * *

"인선 씨. 반가웠어요. 우리 또 봐요."

호텔 로비 앞. 역시나 환한 웃음을 머금고 다가온 주리가 헤어짐의 인사를 건넸다.

"네. 감사했어요. 저 때문에 어제 고생하셨을 텐데. 너무 죄송해요."

"고생은 무슨요."

손사래를 치며 빙긋 웃어 보인 주리가 영준과 이야기 중인 선호를 흘깃 바라보았다. 갑자기 가깝게 다가온 주리의 행동에 인선의 눈이 살며시 커졌다. 살짝 고개를 숙인 주리가 인선의 귓가에 작게 속삭였다.

"제가 아무리 생각해 봐도 인선 씨만 모르는 거 같아요."

"네?"

한 걸음 떨어진 주리가 의미심장한 미소를 지었다.

"잘 한번 생각해 봐요."

"……."

"우리 선호가 생각보다 괜찮은데……."

"아……."

그제야 무슨 의미인지 이해한 인선이 살며시 얼굴을 붉히며 자신과 주리를 향해 걸어오는 선호를 바라보았다.

"아무리 생각해도 선호는 인선 씨한테 마음이 있는 거 같은데. 물론 마음이 항상 쌍방일 수는 없지만……."

아쉬운 듯 주리가 말끝을 흐렸다. 그와 눈이 마주쳤다. 고백의 순간 자신을 향했던 그의 눈빛이 떠올라서, 그를 똑바로 보는 것이 민망해 살며시 시선을 내렸다.

"나 간다."

다가온 선호가 짧게 건넨 인사에 주리가 눈을 흘겼다.

"그래. 가라. 너는 애가 왜 그렇게 딱딱하냐."

"또 뭐가?"

"아니다. 됐다. 누가 보면 내일 또 보는 사람인 줄 알겠네."

이제 한국으로 돌아가면 오랫동안 다시 못 만날 친구에 대한 툴툴거림에 선호가 작게 웃었다.

"네가 나 없다고 뭐 못 살 거나 그럴 사람은 아니잖아?"

"그래. 알아. 가라. 가!"

"너도 조심히 들어가고 한국 가면 연락할게."

"인선 씨. 반가웠어요. 나중에 또 만나요."

"네. 영준 씨. 저도 반가웠어요."

옆으로 다가온 영준과도 인사를 나눈 두 사람이 차를 향해 몸을 돌렸다. 차를 향하던 선호가 걸음을 멈추고 살며시 고개를 돌렸다.

"주리야."

들려온 목소리에 주리와 영준의 시선이 선호를 향했다.

"어제 고마웠다."

"뭐가?"

"있어. 그런 게."

덕분에 아주 설레고, 아주 행복했다. 아마도 인선을 챙겨 줘서 그런가 보다 대수롭지 않게 고개를 끄덕이는 주리를 향해 미소를 지어 보인 선호가 다시 걸음을 옮겼다.

두 사람을 태운 승용차가 공항을 향했다. 그와 나란히 뒷좌석에 앉은 인선이 말없이 창밖을 바라보았다. 먼저 말을 건네기도 어색하고 괜히 고개를 돌렸다가 그와 눈이 마주치기라도 하면 난감할 것만 같았다. 한참 동안 앞으로 선호를 어떻게 대해야 할까, 한 가지 생각만 하던 인선이 소리 나지 않게 작게 웃었다. 이곳에 도착했을 때 머릿속을 가득 채웠던 생각과는 전혀 연관이 없는 생각들만 가득 담겨 있는 머리. 내가 이렇게 단순했던가. 아니면 그가 대단한 능력을 가진 걸까. 예상하지도 못했던, 그리고 의도하지도 않았던 상황에 여전히 머리는 복잡했지만, 탁 막혀 있었던 마음은 이상하리만큼 편안해져 있었다.

　오랜 비행을 마치고 한국에 도착했다. 비행시간 내내 평소와 다름없이 자신을 대하는 그의 행동에 인선도 완벽히는 아니었지만 애써 의식하지 않으려고 노력하며 편하게 그를 대했다.
　"데려다줄게요. 타요."
　"네."
　인선을 태운 선호의 차가 인선의 집을 향했다.
　"회사는 그래도 한 달은 채워 줬으면 좋겠어요."
　한동안 유지되던 침묵을 깨고 선호가 말을 건넸다. 그렇지 않아도 갑작스럽게 그만두는 것은 예의가 아니라고 생각했다.
　"네. 그럴게요."
　"그럼 며칠 남은 거지?"
　혼잣말처럼 중얼거린 그가 머릿속으로 날짜를 계산하듯 살며시 눈을 올려 떴다.
　"일주일 조금 넘게 남았네요."
　생각을 마친 그가 던진 말에 인선이 고개를 끄덕였다.

"그러면 뭐 할 거예요?"

"……."

"사업은 정리한다고 했고. 그다음에 뭐 할지 정했어요?"

"그냥. 조금 쉬면서 생각하려고요."

그것도 나쁘지 않네요. 선호가 가볍게 답했다.

"네. 일단 사업 정리 먼저 하고 이사도 해야 하고 당분간은 아마 바쁠 거 같네요. 그리고 여행도 조금 가 볼까 생각 중이에요."

"이사해요?"

흘깃 그의 시선이 닿았다.

"네. 어려서부터 오랫동안 살았던 집이라 고민했었는데. 혼자 살기도 너무 크고 여러 가지 따져 보니 정리하는 게 맞는 거 같아서요."

"그래서 집 내놨어요?"

"이미 팔렸어요. 요즘 거래가 없다고 해서 사실 은근히 팔리지 않길 바라기도 했는데. 운이 좋은 건지 계약하겠다는 사람이 있더라고요."

아쉬운 듯 인선이 옅게 미소 지었다.

"아. 그렇구나."

잠시 생각에 잠겼던 선호가 금세 물어 왔다.

"새로 살 집은 구했어요?"

"아니요. 출장 때문에 잠시 미뤘어요. 이제 찾아봐야죠."

정지 신호에 걸린 차가 멈추고 정면을 바라보던 선호가 살며시 인선을 향해 고개를 돌렸다. 덩달아 고개를 돌린 인선과 시선이 맞닿자 그가 말했다.

"진짜 한동안 바쁘겠네요."

당연하다는 듯 인선이 고개를 끄덕였다. 살며시 선호가 눈매를 찌푸렸다. 왜 그가 그런 표정을 짓는지 이해가 되지 않는 인선이 살며시 고개를 기울였다.

"시간이 없으려나?"

"무슨 시간이요?"

물어오는 인선을 지그시 바라보던 그가 살며시 입술을 밀어 올렸다.

"내 생각 할 시간이요."

"네?"

맥락 없이 툭 치고 들어오는 그의 발언에 잠시 넣어 두었던 민망함이 불쑥 고개를 내밀었다.

"나도 앞으로 바쁠 예정이지만, 아마도 하루에 적게는 몇 시간은 유인선 씨 생각할 거 같은데."

"……."

"조금 서운할 거 같아서요."

"……."

"강요는 아니지만 그래도 가끔 내 생각했으면 좋겠어요."

초록빛 신호가 들어오자 그가 빙긋 웃으며 다시 정면을 바라보았다. 잠시 멍해졌던 인선이 저도 모르게 큭 소리를 내며 웃었다.

"왜 웃어요?"

흘깃 돌아온 시선에 인선이 웃음을 삼키며 천천히 입술을 움직였다.

"대표님."

"네. 말해요."

"정말 왜 그러세요?"

적당히 좀 하라는 듯 원망이 섞인 그녀의 목소리가 흘러나왔다.

"뭐가요?"

내가 뭘 어쨌다고. 조금의 흐트러짐도 없이 당당한 그의 표정에 인선이 잠시 할 말을 잊었다.

"정말 진심……."

"네. 진심이에요."

"……."

"몇 번을 물어도 내 대답은 같아요."

단호한 답변이 이어지고.

"그런데 그거 말고 나한테 다른 거 궁금한 거 없어요?"

순식간에 목소리를 바꾼 그가 부드럽게 물어 왔다. 그거 말고 지금 궁금한 게 뭐가 있겠어.

"네. 없어요."

단호한 인선의 답변에 선호가 소리 내 웃었다.

"취미가 뭔지, 좋아하는 음식은 뭔지. 평소에 즐겨 듣는 음악은 뭔지. 이런 뭐 간단한 것도 궁금한 거 없어요?"

대체 그걸 왜 지금 궁금해야 하는 걸까. 황당함을 머금은 인선의 표정에 그가 빙긋 웃어 보였다.

"나는 그런 사소한 것까지 다 궁금해요."

가벼운 장난처럼 머금었던 웃음이 천천히 사라졌다.

"아침에 일어나서 제일 먼저 무슨 생각을 하는지. 평소에 좋아하는 음악은 뭔지. 혹시 못 먹는 음식은 없는지. 좋아하는 영화 장르는 뭔지……. 이런 사소한 것까지 모두 다 알고 싶어요.”

“……”

“그러지 말아야지 하면서도 어느새 나도 모르게 당신 생각만 하고 있었어요.”

그가 웃음 섞인 짧은 숨을 내쉬었다.

“이 정도면 알겠어요?”

가볍게 물어오는 그와 천천히 눈을 맞추었다.

“그러니 몇 번을 물어도 내 대답은 같아요.”

* * *

“피곤할 텐데 내일은 푹 쉬어요.”

하루의 휴가가 주어졌다. 괜찮다고 말을 했지만, 그의 뜻은 강경했다. 그가 건네는 캐리어를 말없이 받아 든 인선이 고개를 끄덕였다.

“대표님도 피곤하실 텐데 운전 조심해서 들어가세요.”

그녀의 말에 그가 가만히 미소 지었다.

“저 그만 들어갈게요.”

“네. 그래요.”

그저 미소만 지은 채 미동도 하지 않는 그를 가만히 바라보다 천천히 몸을 돌렸다.

“그런데…….”

뒤에서 들려오는 그의 목소리에 한 걸음 옮긴 인선의 시선이 다시 그에게 닿았다. 이야기하라는 인선의 시선에 그가 머뭇거리다가 옅게 미소를 지었다.

"내일 뭐 할 거예요?"

조심스럽게 물어오는 선호의 모습에 인선이 작게 웃었다.

"그냥…… 궁금해서요."

"쉬라면서요. 쉬어야죠."

"아……."

모양 좋은 그의 손가락이 이마를 긁적거렸다.

"그래요. 내일 잘 쉬어요."

"네. 들어가세요."

자꾸만 발목을 잡는 그의 오묘한 시선에 인선이 머뭇거리다 다시 걸음을 옮겼다. 한참이 지나도록 뒤에서 느껴지는 시선을 애써 무시하며 집으로 향했다.

집으로 들어온 인선이 불을 켜고 멍하니 거실 한가운데 멈춰 섰다. 며칠 되지 않았음에도 아무도 없는 익숙한 공간이 낯설게 느껴졌다. 가방을 내려놓고 멍하니 창밖을 바라보던 인선이 천천히 창문을 향해 걸어갔다.

"아……."

여전히 같은 모습으로 자신을 바라보고 있는 선호의 모습. 눈이 마주치자 그가 부드럽게 웃었다. 마주한 웃음에 예상하지 못했던 두근거림이 가슴 위로 느껴졌다.

"왜 안 가고……."

머뭇거리던 손길로 천천히 창문을 열었다. 조금씩 열리는 창문 틈 사이로 여름 향이 어우러진 밤바람이 따스하게 불어왔다. 여전히 자신을 향해 고스란히 떨어지는 눈빛. 얼굴 위로 느껴지는 열기는 아마도 바람 탓이겠지. 애써 무시한 인선이 작은 숨을 내쉬었다.

"들어가세요."

크게 소리 내지 않고 속삭이듯 입술을 움직이는 인선의 모습에 여전히 미소가 묻은 얼굴이 천천히 끄덕여졌다.

"잘 자요."

나지막하게 속삭인 그가 그제야 몸을 돌려 차에 올라탔다. 조용한 골목길. 시동 소리와 함께 출발한 그의 차가 천천히 골목길을 빠져나갔다. 붉은 자동차 후미 등에 시선을 고정한 채, 그의 차가 사라질 때까지 인선은 자리에서 움직이지 않았다. 눈동자에 남은 붉은 불빛의 잔영과 함께 가슴에서 느껴지는 작은 두근거림이 한동안 사라지지 않았다.

〈2권에 계속〉